迷宮中的將軍

加布列・賈西亞・馬奎斯 著

葉淑吟 譯

El general en su laberinto

Gabriel García Márquez

來自各界無比崇敬的最高讚譽！

《迷宮中的將軍》最令人驚訝的是「魔幻寫實」的元素完全消失了，
馬奎斯的敘述直接，歷史精準明確，
他的書寫對於權力的幻想與肉身的背叛，既悲傷又撼動人心！

——**墨西哥作家／卡洛斯・富恩特斯**

我一字不漏地讀完了這本書……
馬奎斯原本是個魔幻寫實作家，
卻寫出一部左拉才可能寫出的自然主義作品……
雖然拉丁美洲人民對玻利瓦爾的故事耳熟能詳，
但這本書就像偵探故事一樣讓人深深著迷。

——**哥倫比亞前總統／阿豐索・羅培茲・米歇爾森**

這本書的寫作動力，
部分來自馬奎斯在諾貝爾獎致詞中投入的心思。
如同前人，他覺得有義務代表整個拉丁美洲，
而不只是一個國家，
因此他的發言多是心照不宣的「玻利瓦爾式」語言，
他的諸多理想也在這本小說中重現！

——文學評論家／**傑拉德・馬汀**

馬奎斯筆下的玻利瓦爾是個活生生的人，
他生活、他慾愛、他憤怒、他享樂、他粗鄙，
總之，這是一個真實的玻利瓦爾！

——哥倫比亞前總統・詩人・小說家・翻譯家／**貝里薩里奧・貝坦庫爾**

《百年孤寂》中對烏托邦與空想的描繪手法精湛，
而在《迷宮中的將軍》裡它們更成了全書的主軸。
馬奎斯令人信服地表明，無論是玻利瓦爾將軍的苦心經營，

或是奧雷里亞諾上校的勞力費心，
他們的追求與冀盼最終都化為了泡影，
一切理想似乎注定都要破滅，
這也是伏爾泰、盧梭的啟蒙主義造就的空想的失敗！

——哥倫比亞學者．翻譯家／**阿羅德．阿瓦拉多．特諾里奧**

讀完這部小說，
我感覺馬奎斯是決心要把玻利瓦爾從塑像座上搬下來，
將他的真實面貌，用文學的語言赤裸地展示在讀者面前……
在《迷宮中的將軍》裡，孤獨——愛情的對位法始終存在，
或者說，愛情是與孤獨共存的！

——哥倫比亞記者／**瑪麗亞．埃爾維拉．薩佩爾**

驚人的傑作，無限的感動，
一部對非凡人物的致敬之作！

——詩人／**瑪格麗特．愛特伍**

馬奎斯透過充滿詩意的想像力，
將玻利瓦爾將軍的夢想與空想化為現實，
生動的畫面與場景為本書帶來了驚人的魔力！

——**紐約時報**

馬奎斯藉由一個憂鬱、懷舊、充滿魔力與想像的大陸，
為我們展現他的世界級文學，以及他的文字此刻所擁有的力量！

——**波士頓環球報**

一部驚人之作！
馬奎斯為拉丁美洲和一位傳奇人物做了一場精采絕倫的倒帶！

——**洛杉磯時報**

馬奎斯用他迷人、獨特又莊嚴的文字，
讓一個垂死之人起死回生，並讓他的命運再次獲得共鳴！

——**娛樂週刊**

一本豐饒的巨作……
在各種層面上這本書都深具挑戰與啟發！
——聖彼得堡時報

馬奎斯的文字充滿魔力，
讓人沉浸在玻利瓦爾那潮溼、疲倦又腐壞的世界裡！
——密爾瓦基前哨新聞報

簡潔明快、優雅經典……
馬奎斯筆下的玻利瓦爾讓我們看到了矛盾的人性！
——底特律新聞報

猶如一幅令人驚歎的人物畫像，
教人鼻酸又心悅誠服……一部大師之作！
——舊金山紀事報

馬奎斯為我們創造出無數充滿魔力的人物，
他筆下的將軍不僅魔幻，而且更加寫實！

——華爾街日報

馬奎斯的技法精湛依舊，
筆下的故事雖然悲慘，但敘述卻充滿了光明與活力！

——達拉斯晨報

導讀——

任一史詩都成就在它最卑微之處

作家／馬欣

「我迷失在一個夢裡，尋找一個不存在的東西。」這本書看似是一名人的臨終故事，抽出的線索卻可映照當今眾生。

馬奎斯總有這番能耐，以一滴水的倒影，讓每個人都現形。將那「很久以前」變成你的現在，把迷宮癡人的處境折射出你我。

那句活在迷宮的警語，是來自拉丁美洲獨立戰爭領袖西蒙・玻利瓦爾在其生命的最後十四天所說的話，如此清醒於迷障之中，投射於馬奎斯這本小說裡。馬奎斯從該名將軍散佚的信件與傳記中，以及眾歷史學家的研究裡，寫下這位曾被拉丁美洲人擁戴的英雄，又隨之被驅離出權力中心的將軍，其生命最後一趟雖在自己國家卻被當成異鄉客流離的旅程。

他像是一則萬世不變的寓言，說著豐功偉業之後必然伴隨的摧枯拉朽。

馬奎斯以他新聞從業者的經驗，蒐羅關於曾幾乎一統拉美共和國的將軍玻利瓦爾的史實，同時又在其生平絕境中挖掘出一魔幻洞眼。將軍被迫放棄共和之夢，最後回到於馬格達萊納河的旅程，這條過去被西班牙宰制的航運命脈，在被解放後竟也視將軍為「瘋子狂人」。「將軍」這個頭銜在書中成了一個概念，象徵著既是鎮暴者也是解放者、是主政者也是過渡客的迷宮，而他肉體的殘敗速度一如他故土有了新國名後，迎向的卻是群體更妾身未明的夢魇。

「投射」始終是馬奎斯最高明之處，一人一景一世界，本書處處是微小的大千。將軍的迷宮在意識上雖仍堅強如長城，肉體卻如先知般背叛了他。起初他以一具漂浮在浴池的孱弱軀體出現，之後四肢萎縮，到眼角流出擦不乾的膿液，這個曾被神化的英雄，以肉體的凋零，讓現實淒豔了起來。對照總在烈日曝曬下生存不易的拉美大地，將軍的肉身跟他從西班牙人手中戰回的故土一樣，雖然擁有了新的名字卻如無主幽魂，不知寄身在哪國與哪代，從而國體被更多的保守派與煽動黨所撕裂。

書中另一個隱性卻存在感強烈的角色，是與將軍共享同一個名字，被名為「玻利瓦爾」的流浪狗。滿身膿瘡的牠跑上將軍的船，被另兩隻狗鬥得滿身血卻仍一息尚存，牠既像被將軍贏回來的土地，也像是將軍本身，將軍為其取了跟自己同樣的名字，自嘲是他仍在上位的靈魂得到的最後救贖。

在故事的死亡之旅中，他時而夢囈，時而如燭火般清明，道出了自己人生如身在「迷宮」的真實，縮影眾生都是場大夢。

書中這樣記述這位曾經愛智、相信盧梭筆下《愛彌兒》公民能自決的南美將軍的回憶：「我能平靜度日的第一天，就是我在位的最後一天。」他活在針尖上，大業未竟的他，體會到的不朽竟是嘲笑。

他被自己的參謀長桑塔德背叛，短暫的總統之位讓他無法出逃他國，曾在雲端上的名聲在他經過自己曾深愛的城市聖塔菲後如夢初醒，人們只信傳奇，他仍記得上次經過這奶與蜜之城時萬民擁戴的榮耀，之後連野雞都趕不走的將軍，只被街角的接客者憐憫：「願天主保佑您！幽魂！」

於是再偉大的人生，都總結在將軍卡著痰的一句遺囑裡：「混帳，我要怎麼離開這座迷宮！」

十年前我讀這本書時，拉美的歷史與書中眾多人物如同迷霧，讓我要撥開他們各自被綑綁的階級，才能撥雲見日，但後來發現這是馬奎斯小說的可貴之處，所有被標籤的人物最後都見證了反諷。讓讀者在茫茫歷史中豁然開朗的是看到再高的榮耀，都躲不過（也巴望著）摧枯拉朽的解脫。最會寫人生荒謬的馬奎斯，終能以詩意的結尾，釋放了這個活著時在他人眼中已如鬼魂的老將軍。

渴望被驅魔一般的拉美黑暗歷史，從殖民國手中將他們解放的玻利瓦爾將軍反讓他們必須直面有了名字之後，更要面對的是那名字背後的自己究竟是什麼。這道哲學命題讓奴役太久的群體不堪負荷，正如四十七歲的將軍完成了解放大業，在最後的旅程中，卻要面對於「將軍」這個頭銜之外，真正的自己又是什麼？

除了「將軍」這座迷宮，頭銜外的自己是否仍有嗡鳴線索？與將軍對照的是一良心將軍蘇克雷，也是玻利瓦爾認為最有能力帶領共和國的良知武將，但蘇克雷的心智卻知道故土在殖民的夢魘中未醒，他說：「這裡不缺總統，缺的是有能力的鎮暴之士。」然而不爭的蘇克雷卻被刺殺在山區之中，如一朵鮮活不堪外界的虛幻大夢。

未老先衰的將軍始終記得一八二六年那個戰勝的光榮夜晚，他每敬一次酒便說：「西班牙人已從秘魯幅員廣闊的土地上消失無蹤。」他親口說，這片遼闊的大陸在這天已完成獨立大業，要推動的是史無前例的國家聯盟……如今的讀者來看，他的誓言如一露珠，如此可喜，彷彿少年。他為啟動這願景，將人生柴火盡數點燃，但理想與生命如全然交織，那夢做完之時，人生又剩下多深的夜空。

這本書以哲學家海德格的「以死向生」回推生命的本質：如何才是綻放？夢

想枯萎時人生又是如何？

馬奎斯是如此寫著老將軍死前的最後一幕：「這時他雙手環抱胸前，開始聽見榨糖廠的奴隸們嘹亮的歌聲，高唱六點鐘的聖母經，他看見窗外天空上即將永遠消逝的閃耀金星，長年積雪的峰頂，新長出的藤蔓植物，但是他看不到下個禮拜六下午綻放的小巧的黃色鐘形花，那天屋子將因為舉辦喪事緊閉，而在他人生最後的光芒熄滅之後，往後的幾個世紀內，再也不會見到一樣的生命。」

如此，將軍終於能渺小地收尾，一生壯闊能見容在一朵花下、一句奴隸唱的詩歌前，這樣向死而生的重生手法，一生榮辱都不算什麼，卑微讓人自由如風中之塵。

這本書雖集中在將軍最後的死亡隱喻，他的功績看似徒勞，他的悔恨感覺難堪，但這些積重難返，都足以輕盈地一問：「那將軍還不是將軍之前是什麼樣的人呢？」

他臨死前聞到聖馬特奧製糖廠的氣味，因此回到了他很早就失去父母的前半生，後來娶了妻子，曾是個擁有田產的公子哥。妻子死後，他不再談亡妻，把她放在一個比遺忘更深的位置，這是一個沒有她才能繼續下去的粗暴手段。後來他擁有無數情人，但都屬於將軍的床伴，沒有從前那公子哥的愛人。

他崇拜拿破崙，憧憬巴黎文明，他追求一個理想國，卻始終不是真的活在被他解放的南美。在他遺忘的「失去」裡，將軍以國家為愛人，投影在一個巨大的實現中而角色化了自己。這書中迷途的是將軍，失去的是他自己。

書中一開始提到的聖女貞德（她所遭到的背叛卻成就其聖名），將軍在旅程中撿到癩皮狗是對自己的憐憫。馬奎斯的視角總是這樣超然，讓人看到萬物無分高低，各有其成全。

如果《百年孤寂》是馬奎斯對於全人類的未來所寫的魔幻預言，那麼《迷宮中的將軍》則是在盛名之後，無論好與壞，都將面對屬於自己的斷崖。而歷史嘛，放心，背叛終究是它的主題。

《迷宮中的將軍》是那麼美的個人史詩，以死來成就百般滋味，沒有一種滋味不夾雜著腐朽與壯盛。即使將軍在世人眼中是個悲劇，但他的萬般狼狽與終於安息，竟留給仍活在虛妄假象裡的我們，一則無庸置疑的愛的訊息。

獻給阿爾瓦洛・穆提斯，
是他把創作本書的點子贈與我。

惡魔似乎操縱了我一生的起伏。

——一八二三年八月四日，致桑坦德之信

一

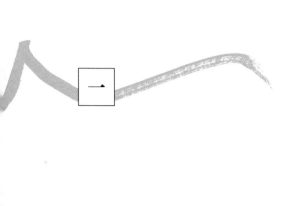

荷西．帕拉西歐斯看見他瞪大眼睛，赤條條地漂浮在浴缸的淨身水裡，即使是他這個服侍他再久的僕人也以為他淹死了。他知道這是他沉思的方式，只是他躺著漂浮，彷彿中蠱的模樣，不像屬於這個世界。他不敢靠近，只是壓低聲音，遵照命令在五點前喚醒他，好趁著曙光微露出發。將軍回過神，在昏暗中看見管家那雙清澈的藍眸，跟松鼠一樣毛色的鬈髮，散發一如往常無所畏懼的威嚴，手裡端著番石榴罌粟藥茶。將軍抓住浴缸把手起身，像海豚躍出藥草水，孱弱的身軀竟有著這般精力，真令人意想不到。

「我們走吧。」他說。「遠走高飛，這裡沒人喜歡我們。」

荷西．帕拉西歐斯在非常多不同的場合，聽他這麼嘟囔非常多次，到現在還是不確定那究竟是不是真話，儘管馬廄的畜隊已經準備就緒，隨行的軍官隊伍也開始集合。他幫忙將軍隨意擦乾赤裸的身體，披上高地人的斗篷，因為他的手正在發抖，端著的杯子咯咯作響。幾個月前，當將軍穿上自從在利馬那些金迷紙醉的夜晚後就不曾再穿的山羚羊皮長褲，他發現隨著體重減輕，身高也跟著慢慢縮水。他甚至感覺裸體的模樣也看起來不同，身軀的蒼白，顯得經過露天曝曬的頭跟手看來焦黑。他在七月剛滿四十六歲，但提前衰老，那頭加勒比海粗硬蓬亂的鬈髮已裹上白霜，骨架扭曲變形，看來如風中殘燭，似乎熬不到隔年的七月來臨。然而，他不停地胡亂踱步，俐落的動作卻又像另一個比較不受生命摧殘的人。他一連五口喝光熱燙的藥茶，差一點燙傷舌頭，他閃過他留在地面凌亂的蓆子上的水漬，彷彿剛喝下的是回魂湯。這時鄰近大教堂傳來五點的鐘響，但是他一句話也沒說。

「三〇年五月八日禮拜六，英國人在這一天用弓箭射死聖女貞德。」管家說。「雨從凌晨三點開始下個不停。」

「從十七世紀的凌晨三點就開始下。」將軍說，他的語氣不快，因為失眠了一夜呼氣依然夾雜一股酸味。接著他用嚴肅的口吻又補一句：「我沒聽見雞啼。」

「這裡沒有公雞。」荷西．帕拉西歐斯說。

「這裡什麼都沒有。」將軍說。「這裡是充斥異教徒的土地。」

他們在波哥大的聖塔菲，海拔兩千六百公尺高，他的臥室寬闊，牆上空無一物，寒風從關不緊的窗戶鑽進來，顯然對健康不利。荷西．帕拉西歐斯把刮鬍碗擺在大理石化妝台上，再放上一盒紅色天鵝絨刮鬍器具，器具都是鍍金製作。他把燭台連同蠟燭擱在鏡子旁的架子，這樣一來將軍就有足夠照明，接著他把火盆拿來給他烘乾雙腳，再遞去他總是隨身放在背心口袋的細邊銀框的四方形眼鏡。將軍戴上眼鏡，開始拿剃刀刮鬍，他使用左手和右手的動作都十分靈巧，因為他天生兩手運用自如，穩穩的動作令人訝異，而不過幾分鐘前他還無法端好杯子。他在房間裡不停蹽圈，摸黑刮完鬍子，他盡可能不要照鏡子，不想迎上自己的眼睛。接著他拔除一撮撮鼻毛和耳毛，拿起銀柄絲毛牙刷沾碳粉把完美的牙齒刷得晶亮，剪修手腳的指甲，最後他脫下斗篷，往身上灑一大瓶古龍水，雙手按摩全身，直到精疲力竭。這一天清晨，他比平常還要一絲不苟地進行每日的淨身彌撒，努力清潔身體，淨化靈魂所背負的徒勞的二十年戰事和對權力的醒悟。

他接待的最後一位訪客，是前一晚來探訪的瑪芮拉．沙耶茲，一個來自基多的勇敢女人，她愛著他但不打算陪他到生命盡頭。跟往常一樣，她留在這裡是向將軍稟告所有他不在期間發生的事，因為許久以來，他已不再信任除了她以外的人。他把幾樣個人紀念物交給她保管，沒什麼價值，以及他最珍貴的幾本書和兩箱私人文件。前一天，他趁著正式道別的短暫時刻對她說：「我非常愛妳，但此時此刻，如果妳能更理智，我會更愛妳。」她懂意思，這是他們轟轟烈烈愛過八年的時間中，他對她的眾多頌讚之一。在他認識的人當中，只有她相信他這一次真的要離開。但是也只有她有理由希望他回來。

他們沒打算在啟程之前再見一次面。然而，女屋主阿瑪莉亞夫人安排他們最後一次秘密道別當作禮物，她讓一身騎士裝的瑪芮拉從馬廄的門進來，嘲弄說這是迴避當地偽善的目光。這不是因為他們是秘密戀人，畢竟這早已是攤在陽光下的事實，還因此引起眾人嘩然，而是她無論如何都要維護屋子的好名聲。將軍也戰戰兢兢，下令荷西·帕拉西歐斯別關上隔壁廳堂的門，那是屋內僕人進出的必要通道，守衛隊伍的副官正在那兒打牌，一直打到拜訪結束之後許久。

瑪芮拉為他朗讀書本整整兩個小時。不久前她看起來還算年輕，可現在身上的脂肪比實際年齡堆積得更多。她抽水手的水煙壺，身上散發馬鞭草的水氣味，那是一種軍人使用的乳液，她做男裝打扮，走在士兵之間，但粗啞的嗓音在漆黑中纏綿時聽來依舊迷人。她就著微弱的燭光讀給他聽，坐的那張扶手椅還留著最後一任總督的紋章盾圖，他仰躺在床上聆聽，身穿家居服，披著一件羊駝毛斗篷。只有從他的呼吸節奏才能判斷他並沒有睡著。那本書是諾葉·卡爾薩迪亞斯寫的《一八二六年利馬的消息與謠言的教訓》，她朗讀時特意用起伏的語調，非常符合作者的風格。

接下來一個小時，只聽見她的聲音迴盪在沉浸在夢鄉中的屋子裡。但最後一次夜巡過後，突然爆出許多男人的哈哈大笑聲，驚動馬廄裡的狗。他睜開雙眼，內心的好奇多過於慌張，她則是闔上膝上的書，大拇指擱在那頁做記號。

「是您的朋友。」她對他說。

「我沒有朋友。」他說。「如果真的還有朋友，再過不久也不是了。」

「他們在外面看門，防止有人來殺您。」她說。

於是，將軍知道了全城的人早已知道的事：他面對的不只是一起而是好幾起正在籌劃的暗殺。他的最後一批支持者守在屋內防止事情發生。在門廳和內院四周的走廊上看守的是騎兵和擲彈兵，他們全是委內瑞拉人，將護送他到印第安卡塔赫納港口，搭上一艘前往歐洲的帆船。他們其中兩人對著臥室大門把蓆子鋪在地面橫躺睡下，副官則是等瑪芮拉朗讀完畢，打算繼續在隔壁廳堂打牌，但是將軍並非時時刻刻都安全，畢竟軍隊中有那麼多來歷不明和各種性子的人。他聽了壞消息，面不改色，打手勢下令瑪芮拉繼續讀下去。

他總是把死亡當作這個職業無可避免會遇上的一種風險。他遊走在危險的邊緣打仗，但從未受苦或受傷，他穿梭在敵軍的戰火中，卻能保持近乎不理智的冷靜，他的軍官們的解釋很簡單，那就是他自以為所向無敵。他遇過無數密謀害他的襲擊，全都毫髮無傷，他曾因沒睡在自己的床上，數度逃過一劫。他沒有隨身護衛，吃喝從不注意食物是從哪邊送來的。只有瑪芮拉知道，他的漫不經心並不是毫無自覺或相信宿命論，而是哀傷地深信著，他不會可憐兮兮、一絲不掛死在自己的床上，不會不受眾人感念。

在這個臨行前的夜晚，他依然失眠，而例行會所做的只有一件事與平常相當不同，他沒在上床前洗熱水澡。荷西．帕拉西歐斯很早就替他備好藥草浴，用以恢復體力，幫助化痰，而且保持水溫，隨時都可以洗。但是他不想洗。他吞下紓緩習慣性便秘的通便藥丸，準備一邊聽她輕聲呢喃利馬的豔情八卦一邊打個盹。突然間，他無來由犯了一陣咳嗽，彷彿撼動整棟屋子的牆壁。在隔壁廳堂的副官停下打牌。其中一個叫貝爾福特．韓頓．威爾森的愛爾蘭人在房門口探頭，看看他們有什麼吩咐，卻撞見將軍斜趴著在床上，想嘔出肚子裡的東西。瑪芮拉扶著他的頭俯在夜壺上方。荷西．帕拉西歐斯是唯一經過允許不用敲門進臥室的人。他一臉警戒守在床邊，直到意外結束。將軍眼眶含淚，深深地吸氣，指向化妝台方向。

「都怪那些枯死的花。」他說。

他一如往常，總是替自己的不幸隨便找個怪罪對象。瑪芮拉比任何人都還了解他，她示意荷西．帕拉西歐斯把花瓶拿走，裡面插的夜來香已在清晨枯萎。將軍再次躺回床上，閉上雙眼，她重拾剛才的語調繼續朗讀。直到她感覺他睡著，才將書本放在夜桌上，在他發燒的滾燙額頭上印下一吻，低聲交代荷西．帕拉西歐斯，早上六點她會到四角路口做最後道別，那裡是通往沃達那條路的起點。接著她披上厚斗篷，躡手躡腳離開臥室。這時將軍睜開雙眼，用微弱的聲音對荷西．帕拉西歐斯說：

「叫威爾森送她回家。」

縱使瑪芮拉千百個不願意，這個命令最後還是達成，因為她自認能照顧自己，不需要一群長矛兵護送。荷西．帕拉西歐斯拿著油燈走在她前面，往內院附近的馬廄而去，院子裡有一座石頭噴泉，夜來香已在凌晨時分先綻放一批。雨停歇了一會兒，穿梭在樹林間的風停止了嘶喊，但是冰冷的夜空連一顆星子也不見蹤影。貝爾福特．威爾森上校不斷說著夜間的通關密語，要躺在走廊蓆子上的哨兵安心。經過大廳窗前時，荷西．帕拉西歐斯看見屋主正在倒咖啡給一群朋友、軍人和民眾，他們徹夜未眠，聚在這裡等待啟程時刻。

荷西．帕拉西歐斯回到臥室，發現將軍身陷夢囈。他聽見他斷續吐出幾個字，湊起來剛好是一句話：「沒人能了解。」他的身體像是高溫燃燒的火堆，放出陣陣熏天的臭屁。第二天，將軍根本搞不清自己究竟是睡著說夢話，還是醒著說胡話，也不記得這件事。這是他所謂的「我的失智危機」。不過沒人大驚小怪，因為他從四年多前出現症狀，卻沒半個醫生敢以科學角度大膽給出解釋，每到第二天，他就會像是從灰燼重生，完全恢復理智。荷西．帕拉西歐斯拿條毛毯包住他，把點燃的油燈放在大理石化妝台上，退出房間，他沒關上門，待在隔壁廳堂熬夜待命。他知道將軍會在黎明的任何時刻煥然一新，踏進裝著水面靜止的浴缸，試著恢復被可怕的惡夢啃噬的精氣。

這時喧鬧的一天終於抵達盡頭。一支七百八十九名騎兵和擲彈兵的軍隊藉故發動叛亂，請求發放已經拖延三個月的薪餉。其實他們別有目的：他們大部分來自委內瑞拉，多數人打的是解放四個國家的戰爭，最近幾個禮拜以來，他們屢遭謾罵，在街上遇到不計其數的挑釁，確實有理由擔憂他們在將軍離國之後的命運。最後這場紛爭解決了，但不是發放叛亂分子要求的七萬塊披索，而只有津貼和一千塊披索，這些人在黃昏時組隊返回他們的故土，身後跟著一群扛著家當的女人和她們孩子以及家畜。群眾對著他們咆哮，連鑼鼓喧天的軍樂也無法蓋過，他們放狗攻擊他們，拿一串串鞭炮丟他們，打亂他們的腳步，那舉動彷彿從未對敵軍這麼做過。十一年前，當脫離長達三個世紀的西班牙統治，人稱登徒子的墮落者薩馬諾總督假扮朝聖者，從同樣的街道竄逃，不過他帶著一箱箱塞滿黃金偶像和祖母綠原石的寶物，以及巨嘴鳥、閃耀的蛺蝶彩繪玻璃，此時當然一定也有人在陽台為他哭泣，拋去一朵鮮花，和真心祝福他一帆風順，旅途多彩多姿。

將軍待在向戰爭與海事部長借住的屋子裡寸步不離，但秘密參加了解決衝突的協商，最後他派出荷西·勞倫西歐·席爾瓦將軍跟著叛軍到委內瑞拉邊界，以防混亂情勢再起，他信任這位投身政治成為他的助手的侄子。他沒看見隊伍從他的陽台下經過，但是聽見號角和小鼓響起，以及聚集在街道上的群眾的喧鬧聲，至於他們叫喊些什麼卻聽不清楚。這並不重要，他正在跟抄寫員檢視延遲收到的信件，口述一封給玻利維亞總統安德烈斯・德聖塔・克魯茲大元帥的信，在信裡宣布他要交權讓位，但不太確定他是否會前往國外。寫完信時，他說：「我這輩子再也不寫信了。」不久，他在午睡時熱得冒汗，夢中聽見遠處傳來吵鬧的叫喊，接著被一串劈啪聲嚇醒，那可能是叛亂分子的槍聲，也可能是煙火販的鞭炮聲。但是他問起時，有人回說那是節慶活動。就這麼簡單：「將軍，那是節慶活動。」包括荷西・帕拉西歐斯在內，沒人敢跟他說清楚是什麼節慶活動。

等到瑪芮拉晚上來訪時，他才知道他口中稱的煽動黨，也就是他的政敵的支持者在警衛隊的縱容下，走上街頭慫恿工匠工會反抗他。這一天是禮拜五，也是市集日，更容易在大廣場上引起混亂。天黑時下了一場驟雨，雨勢比平常還要猛烈，夾雜著閃電和雷聲。但是傷害已經造成。聖巴爾托洛梅中學的學生闖進最高司法機關辦公室，要求展開一場不利將軍的公開審理，他們手持刺刀毀壞一幅他的真人尺寸肖像畫，那幅油畫出自一位自由黨軍隊昔日的掌旗官之手，然後他們把畫從陽台丟了下去。一群喝完奇恰酒爛醉的暴民洗劫皇家街的商店，和郊區幾間來不及關門的酒館，還在大廣場上槍決一尊塞滿木屑的枕頭將軍，即使沒穿金鈕扣的藍色軍服，大家也能認出那是誰。他們控訴他背地裡鼓動軍隊造反，企圖奪回連續握權十二年後經議會全體投票所剝奪的權力。他們控訴他妄想當終身總統，再傳位給一位歐洲王儲。他們控訴他假裝出國，其實是要前往委內瑞拉邊境，再從那裡計畫回國，指揮叛軍奪取大權。公共建築外牆張貼著抗議海報，上面印著反將軍的辱罵字眼，他的一些眾人熟知的支持者躲在別人家裡，等待沸騰的情緒平息。崇拜他的頭號政敵法蘭西斯科．德寶拉．桑坦德將軍的報紙，也大肆造謠他的不明病症，和不斷強調他將離開，這一切不過是希望大家挽留他的政治手段。這一晚，當瑪芮拉．沙耶茲鉅細靡遺地向他描述下暴雨的白天發生的事，代理總統的士兵正試著清除大主教宮殿牆壁上用木炭寫下的標語：「他不會離開也不可能會死。」將軍吐出一聲嘆息。

「局勢或許非常糟糕。」他說。「但我的境況恐怕更慘，因為大家竟然要我相信，所有離這裡不過一個街區距離發生的事是節慶活動。」

事實上，連他最親近的朋友也不相信他就要離去，不管是交出權位還是告別國家。這座城市太過狹小，居民目光如豆，不了解他這趟不確定的遠行有兩大問題：他沒足夠的錢帶龐大的隨從去任何地方，他曾擔任國家總統，一年內離國必須經過政府允許，他卻壓根兒不打算申請。他下令打包行李，是刻意講給想聽的人聽，就連荷西・帕拉西歐斯都不認為這足以證明他下定決心，因為他曾不惜拆掉屋子，只為假裝離開，結果只是有效的政治花招。他的副官感到他沮喪的症狀在過去一年太過明顯。然而，這已經發生過幾回，而就在最出其不意的一天，他們目睹他醒來後煥然一新，重拾往日的活力，回到生活的正軌。荷西・帕拉西歐斯一直跟緊盯這些難以預料的變化，他以自己的方式表達看法：「我的主子想什麼，只有他自己最清楚。」

他的反覆交權讓位被編入了民歌，最早的是他在宣誓就職總統的演說中一句含糊不清的話：「我能平靜度日的第一天，就是我在位的最後一天。」接下來幾年，他曾交權讓位相當多次，每一次的情況都大不相同，從來不知道哪一次才是真的。其中鬧得最沸沸揚揚的一次，是兩年前的九月二十五日那晚，他在總統府臥室遭遇暗殺，沒穿外套躲在一座橋下六個小時，最後安然無恙逃脫。凌晨時分，議會派委員會探訪，看見他包著一條羊毛毯，雙腳泡在一盆熱水裡，他筋疲力竭，但不是因為發燒，而是萬念俱灰。他向他們宣布，這樁陰謀不會遭到調查，不會有人被起訴，預定新年召開的議會改為立即召開，以選出另一位共和國總統。

「選完以後，」他下結論。「我將永遠離開哥倫比亞。」

然而，調查還是進行了，並對主嫌嚴刑懲處，一共十四人在大廣場上遭到槍決。一月二日應該召開的制憲議會延後到十六個月後才舉行，沒有人再提起交讓權位這件事。但是那段時間，他一直對所有外國訪客、偶爾造訪的客人或者過路的朋友說：「我要去受人愛戴的地方。」

從他病重的公開消息，也難以看出他是否要離開。大家都相信他受病痛折磨。然而，當他最近一次打完南部戰爭回來，所有看見他穿越鮮花拱門的人都驚訝發現，他回來只是為了準備死亡。他沒有騎與他一路相伴的坐騎白鴿，而是一頭鋪著草墊的禿毛騾子，頭髮染上白霜，額頭烙印愁緒，軍服髒汙不堪，一隻袖子的縫線還鬆脫。他的身上已不復見昔日的光芒。當晚官邸舉辦了一場氣氛凝重的晚會，他沉默不語，不知道是因為政治惡境使然，或僅僅是心不在焉，他對一個部長打招呼，卻叫成其他人的名字。

他氣數已盡的模樣，還不足以叫人相信他真的要離開，因為他快死的消息從六年前就傳開，然而他依然緊握指揮大權不放。第一次是一位英國海軍軍官傳來的消息，他在利馬北部的帕蒂維爾卡沙漠，巧遇正在打南部解放戰爭的將軍，當時戰火如火如荼。他在一間臨時搭蓋的充當軍營總部的破爛茅屋裡，發現他躺在地上，身上緊緊裹著一件羊毛斗篷，頭上纏著一條破布，他受不了在猶如煉獄的正午忍受發自骨頭的冰冷，也沒力氣嚇走在他四周啄食的母雞。將軍跟他費力地交談一番，期間腦中幾次突如其來的一片空白，接著他打發訪客，用一種令人斷腸的戲劇性語調說：

「走吧，去告訴世界您目睹我半死不活，說我在這片荒蕪的沙地上連母雞都趕不走。」

聽說他的病痛是沙漠毒辣的豔陽引起的中暑。聽說他先是在瓜亞基爾接著又在基多垂死掙扎，除了飽受胃灼熱折磨，最令人擔心的是他對世事漠不關心，心靈異常平靜。沒有人知道這些傳聞有什麼科學根據，因為他一向不信醫生的診斷。他根據一本多諾斯提耶赫的法國居家療法手冊《自療醫藥藥物》，自行診斷和吃藥，荷西・帕拉西歐斯把手冊當作神諭，到哪裡都帶著，彷彿能用來釐清和治療任何身體的毛病或心靈的煩悶。

總之，雖然他垂死掙扎，戰績卻無比輝煌。當他以為會戰死在帕蒂維爾卡，卻再一次翻越安地斯山區，征服胡寧，在阿亞庫喬打完最後一場勝仗，完成解放整個西班牙殖民的美洲，建立玻利維亞共和國，他陶醉在榮耀中，在利馬其樂無比，後來不曾再有同樣時光。因此，一再宣布他生病，終於要交權讓位和離開國家，和似乎證明這一次是千真萬確的種種正式舉動，不過像是重新上演一齣看過太多次的鬧劇，也實在叫人難以置信。

歸來幾天後，將軍開了一個結尾不是太愉快的政務會議，結束時他拉住安東尼奧．荷西．蘇克雷元帥的手臂。將軍對他說：「您留下。」他領著他到私人辦公室，那裡只接待非常少數經過精挑細選的人，他幾乎是強迫他在他的個人扶手椅坐下。

「這個座位比較適合您，而不是我。」將軍對他說。

這位阿亞庫喬大元帥是他的親密朋友，對國家局勢瞭若指掌，但是將軍仍然詳細交代一切事項，再吐露最後目的。制憲議會將在幾天內舉行，選出共和國總統，通過新憲法，雖然為時已晚，仍要全力挽救統一美洲大陸的黃金夢。秘魯落入勢力再起的特權階級手中，局勢似乎難以挽回。玻利維亞在安德烈斯．德聖塔．克魯茲將軍的帶領下走出自己的方向。委內瑞拉在荷西．安東尼奧．派耶茲將軍的統治下剛剛宣告自治。厄瓜多即將獨立建國，因為南部地方首長胡安．荷西．弗洛瑞斯統一了瓜亞基爾和基多。而哥倫比亞共和國，是為了建立一個遼闊的統一的祖國所播下的第一顆種子，如今卻萎縮為新格拉納達總督轄區。剛剛展開自由人生的一千六百萬美洲居民又落入當地酋長的操弄。

「總之，」將軍下結論。「我們雙手完成的一切，卻被其他人用腳踐踏。」

「都怪命運捉弄。」蘇克雷大元帥說。「我們樹立典範，深深埋下獨立的種子，此刻人民爭相獨立。」

將軍立刻厲聲回答。

「不要學敵人說那種下流話。」他說。「儘管是不爭的事實。」

蘇克雷元帥道歉。他聰明絕頂，有條有理，個性靦腆，卻是個迷信的人，他長得討喜，即使臉上烙印著因天花留下的疤痕，也無損他的魅力。將軍非常喜愛他，總說他想假裝謙虛卻未能如願。他是皮欽查、圖穆斯拉和塔爾基戰役的英雄，剛滿二十九歲就指揮阿亞庫喬的光榮戰爭，摧毀西班牙在南美洲的最後一座堡壘。儘管戰功彪炳，他更引人注目的是打勝仗仍保有良善的心，以及他做為政治家的特質。這時他已卸下所有軍職，舉手投足絲毫不見軍人架子，他穿著一件長到腳踝的黑色毛料外套，總是翻起領子抵擋附近山丘吹來的刺骨寒風。他對國家唯一也是最後的承諾，是代表基多成為制憲議會的議員。他已滿三十五歲，身強體壯，迷戀瑪里亞娜．卡爾瑟琳夫人，也就是索蘭達女侯爵，她來自基多當地，美麗又淘氣，幾乎只是一個青少女，他兩年前為謀權力娶了她，如今兩人育有一個六個月大的女兒。

將軍想不出其他比他更適合繼承共和國總統大位的人選。他知道他還要再五年才到憲法條款規定的年齡，這是拉斐爾．烏爾達內塔將軍設下的門檻，目的就是為了防堵他。然而，將軍正在暗中進行修改。

「請您接受。」將軍對他說。「我會轉任大元帥，守著政府，就像隻逗留在一群母牛附近的公牛。」

他看起來氣虛體弱，但語氣充滿不容置疑的堅定。然而，蘇克雷元帥老早覺悟，此刻坐的扶手椅永遠不會是屬於他的位置。不久之前，當將軍第一次跟他提起當總統的可能性，他曾說自己永遠學不會怎麼統治一個政府組織和方向越來越混亂的國家。照他看來，肅清的第一步應該要把軍人逐出權力核心，他想向國會提建議，不准任何將軍在接下來四年擔任總統，或許他的意圖是阻止烏爾達內塔上台。但是反對這個修正案的最強烈聲浪將會來自權高位重者：全都是將軍。

「我身心俱疲，失去方針，無法工作。」蘇克雷元帥說。「況且，總統您跟我一樣非常清楚，這裡不缺總統，缺的是有能力的鎮暴之士。」

當然，他會參加制憲議會，甚至受到提名的話，願意接受主持議會的榮譽。但僅止於此。他馳騁戰場十四年，從中學到的教訓是活著才是最大的勝利。他建立玻利維亞，擔任總統，以智慧的手腕治理這個國土遼闊的未開發國家，並學到權力的變幻莫測。他的心智教他看清了榮耀的虛無。「所以說，閣下，我不願意。」他下結論。六月十三日是聖安東尼奧節，他應該要待在基多，跟妻子和女兒一同慶祝這個跟他同名的聖徒紀念日，以及未來的所有紀念日。過完聖誕節之後，他下定決心只為她們而活，享受愛的圍繞。

「我只向人生乞求這些東西。」他說。

將軍臉色慘白。「我還以為我不會再對任何事感到吃驚。」他說，並直視他的眼睛：

「這就是您最後要說的話？」

「還有，」蘇克雷元帥說。「我還想說我永遠感激閣下對我的好意。」

將軍拍了一下大腿，想把自己從一個無法挽回的夢裡喚醒。

「好吧。」他說。「您剛剛替我的人生做出最後的決定。」

這一晚，將軍服用某位醫生開來改善膽汁毛病的催吐劑，整個人委靡不振，開始寫下他的辭呈。一月二十日，他召集制憲議會，發表訣別演說，演說中他讚揚議會主席蘇克雷元帥是將軍中最具資格的人選。他的讚揚引起議會一片歡呼，但是坐在烏爾達內塔旁的議員在他耳邊低喃：「這個意思是說，有人比你更具資格當總統。」將軍的那句話加上議員惡意的煽動，恍若燒紅的兩根鐵釘，扎在拉斐爾．烏爾達內塔將軍的心頭。

這是公正的話。拉斐爾．烏爾達內塔將軍不像蘇克雷戰功彪炳，不如他深具魅力，不及他足智多謀，資格自然輸上一截。但是他的冷靜沉著和堅毅不拔曾受將軍親口稱讚，他也證明了自己對他的忠心和愛戴，他是這個世界的少數幾個人當中，敢當面要他承認他所畏懼的事實的一個。將軍發現自己的疏忽，在演說內容排印前設法補救，親筆把「將軍中最具資格的人選」改為「最具資格的人選之一」。這個補救卻化解不了烏爾達內塔將軍的怨恨。

幾天過後，烏爾達內塔在一場將軍與親他的議員朋友的聚會上，控訴他假意要離開，卻暗地要大家選他再就任。三年前，荷西・安東尼奧・派耶茲將軍在委內瑞拉省靠武力奪權，首次企圖脫離哥倫比亞。當時，將軍去了一趟卡拉卡斯跟派耶茲和解，在喜悅的歌聲和鐘聲中和他當眾擁抱，為他量身打造一套讓他可以任意指揮的特殊制度。「災難自此開始。」烏爾達內塔說。因為他討好的舉動不僅毒害和新格瑞那達的關係，也種下分裂的種子。烏爾達內塔總結，此刻將軍最能報效國家的是戒除戀棧權力的壞習慣，不要拖延交權讓位的時間，以及離開國內。將軍以同樣激烈的方式辯駁。但烏爾達內塔是個正直的人，他用字遣詞簡單又辛辣，留給在場的人一段偉大長久的友誼崩塌的印象。

將軍重申他的辭呈，指派多明哥・卡塞多在制憲議會選出新元首之前擔任代理總統。三月一日他搬離官邸，他從僕人進出的小門離開，不想遇到拿著香檳酒向他的繼任者祝賀的賓客，他搭乘一輛別人的四輪馬車前往富查，到代理總統借他住的鄉間別墅，那坐落在市郊一處風光明媚的寧靜地區。當他感覺自己成了一名尋常老百姓，就發現催吐劑引起的極度不適越來越嚴重。他像是做白日夢，吩咐荷西・帕拉西歐斯準備他要寫回憶錄的工具，荷西・帕拉西歐斯送來足以寫上四十年回憶的墨水和紙張，他也通知侄子費南多從下個禮拜一開始借用他抄寫員的優秀能力，他認為清晨四點是最能回想切身仇恨的恰當時刻。他曾多次告訴侄子，他想從最早的回憶談起，那時他剛滿三歲不久，在委內瑞拉聖馬提歐莊園做了一個夢。他夢見一頭有一口金牙的黑騾子闖進家中，從大廳走到儲藏室，不疾不徐地吃掉沿路找到的東西，這時家人跟奴隸都在睡午覺，牠吃光窗簾、地毯、燈具、花瓶、飯廳的碗盤餐具、祭壇上的聖人像、衣櫃、衣箱和箱中的物品、廚房的鍋具、大門，窗戶跟鎖鏈以及窗門，所有從門廊到臥室的家具，唯一完整無缺的是他母親的化妝台上的橢圓形鏡子，還在半空原來的位置上。

但是他在富查的別墅住得相當舒服，天空的浮雲輕快掠過，微風輕柔吹送，他不再提起回憶錄，而是利用黎明時刻沿著充滿青草香的小徑散步。接下來的日子，來探訪他的人都認為他已經康復。尤其是他最忠誠的軍人朋友紛紛求他續任總統，即使得發動軍事政變也在所不辭。他戳破他們的期盼，回答以武力奪權有損他的榮譽，但他似乎沒放棄希望，等待議會做出合法的決議確立由他續任。荷西・帕拉西歐斯再一次說：「我的主子想什麼，只有他自己最清楚。」

瑪芮拉繼續住在聖卡洛斯宮附近，這座建築也是歷任總統的官邸，她十分留心街道上的閒言閒語。她每個禮拜到富查兩到三次，如果有緊急狀況就去得更加頻繁，她總會帶上修道院烤焙的熱乎乎杏仁糕和甜食，或者肉桂巧克力棒，當作下午四點的午茶點心。她很少帶報紙前去，因為將軍對批評變得神經兮兮，隨意一看都可能大發雷霆。相反地，她會講些政治的瑣事，沙龍裡背信忘義的故事，八卦場所的預言，即使都是傷害他的話，他都不得不聽，聽到胃腸絞痛，因為他只容許由她來說真話。當他們無話可講時，他們會檢查信件，或由她來讀信，或跟副官一起打牌，但是他們兩個總是單獨用午餐。

他們是八年前在基多相識，那是在一場歡慶解放的舞會上，當時她還是詹姆士・索恩醫生的妻子，這位英國醫生在西班牙總督治理的最後時期定居利馬，成為貴族階層的一分子。她是將軍自二十七年前喪妻之後最後一個跟他持續談情說愛的女人，也是他信任的左右手，他文件的守護者，最能打動他的朗讀者，她以上校的身分加入他的參謀部。她曾醋勁大發，在吵架中差點咬掉他一隻耳朵，不過這都已成遙遠往事，現在他們在最瑣碎的談話中仍然常常擦出怨恨，但都像偉大的愛情最後以融洽的妥協收尾。瑪芮拉沒留下來過夜。她不想在黑夜心慌趕路，所以早早離開，尤其在這個季節黃昏眨眼即逝。

從前在利馬的馬格達萊納區別墅，他為了跟名門貴婦或跟其他算不上名門的夫人玩樂，得想辦法編織各種理由支開她，而此刻在富查的別墅狀況恰恰相反，他像是沒有她就會活不下去。他凝視著她來的那條路，折磨荷西．帕拉西歐斯，每隔一會兒就問他幾點了，要他把扶手椅換位置，替壁爐加火，熄滅火堆，再重新生火，他毫無耐心，脾氣暴躁，直到看見車子從丘陵後面駛來，生命又燃起希望。但是當探訪時間比預定拖得還長，他一樣心煩氣躁。到了午覺時間，他們一起躺在床上，沒關房門，沒脫衣服，也沒睡著，他們想來一場最後的歡愛，不止試過一次，卻是個錯誤的決定，他的身體已經無法再取悅她的靈魂，而他卻拒絕承認。

那段日子，他頑固的失眠引起了身心的混亂。他隨時不自覺地睡著，可能在口述信件的一句話時或打牌途中，他自己也不清楚這到底是睡意突然來襲，還是瞬間昏厥，但一躺下，他立刻思緒萬千，清醒得不得了。到了黎明，他勉強半睡半醒，之後又被溫柔地穿過樹林的風喚醒。於是，他不得不把口述回憶錄的工作再延一天，單獨一個人去散步，有時一直到午餐時間才回來。

他出去時沒帶護衛，也沒帶兩條忠心的狗，打仗時狗還曾偶爾陪主人上戰場，他也沒騎坐騎，因為已經賣給騎兵隊來籌措旅費。他沿著一排白楊樹步向附近的河流，腳下踩著一層腐爛的樹葉，他身上披著一件小羊駝斗篷，穿著一雙內鋪厚羊毛的靴子，頭戴一頂以前只在睡覺時戴的綠色絲質扁帽，以抵禦大草原的刺骨寒風。他坐在幾棵狀似哀淒的柳樹下，對著一座搖搖欲墜的木板小橋沉思，他專注凝視河水，有一次他曾把水流的方向跟人類的命運拿來相比，非常有他年輕時的老師西蒙·羅德里格茲修辭比喻的風格。他的一名護衛暗中跟著他，沒被他看見，跟到他返家為止，將軍返回時全身被露水溼透，屏著最後一絲氣息爬上露天階梯，抵達門廊時，他臉色憔悴，神情恍惚，但睜著一雙瘋子般快樂的眼睛。他每次逃出門散步，總覺得身心愉快，躲在暗處的護衛甚至聽見他在樹林間高唱軍歌，一如他沐浴在傳奇性光輝和遭逢史詩般戰敗的歲月時一樣。認識他較深的人都不解他的好心情從哪裡來，連瑪芮拉也不禁懷疑，他曾親口稱揚的制憲議會是不是再一次確定選他當共和國總統。

選舉這天，他晨間散步時撞見一隻無主獵犬在籬笆旁和鵪鶉嬉戲。他吹口哨逗弄，那隻狗猛然停下動作，豎起耳朵查看，發現他穿著一件幾乎拖地的斗篷，頭戴一頂佛羅倫斯教宗的扁帽，像被天主放逐在薄霧繚繞的廣闊大草原上。牠仔細嗅聞他的身體，他則伸出手指頭撫摸牠的毛髮，半晌牠猛然離開，用那雙金黃色的眼珠子凝視他，發出猶疑的嗥叫，然後倉皇逃開。將軍看著獵犬從一條陌生的小徑跑離，發現自己置身在一個遍布小巷的郊區，滿地泥濘，四周都是紅瓦屋頂的磚頭屋，庭院飄出陣陣擠奶的熱氣。突然間，他聽見有人大喊：

「人民瘋子！」

牛糞從某間馬廄扔出來，他沒來得及避開，直接砸中他的胸口，飛濺到他的臉上。他回神了，除了牛糞攻擊，那叫聲也將他從離開總統官邸就不曾醒來的恍神狀態拉回。他知道這是新格拉納達人民替他取的綽號，跟某個穿著道具軍服打扮而成名的街頭瘋子同名。連一個自稱自由派分子的議員也曾趁他不在議會時，這麼當眾叫他，卻只有兩個人站起來抗議。他倒是不曾親身遇到。他拿起斗篷的一邊擦拭臉頰，當護衛從樹林暗處出來，準備拔劍處罰攻擊的人，他都還沒擦乾淨。將軍感覺內心怒火中燒。

「你在這裡搞什麼鬼？」他問。

軍官立正站好。

「執行任務，閣下。」

「我不是您的閣下。」將軍回答。

將軍在盛怒之下摘除他的職位和頭銜，軍官不禁慶幸他沒權力採取更狠毒的處分。連對他十分了解的荷西・帕拉西歐斯都不理解他怎麼這般嚴厲。

這天十分難熬。他在屋內繞圈踱步，就像在等待瑪芮拉般焦慮不安，但是大家都看得出來，他這一回不是渴望見她，而是擔心議會的消息。他試著預估議會進程的每一分鐘。當荷西・帕拉西歐斯回答他已經十點，他說：「就算煽動分子再怎麼叫囂辱罵，投票都已經開始。」之後他陷入沉思，過了許久再一次高聲自問：「誰知道像烏爾達內塔這種人心裡打什麼主意？」荷西・帕拉西歐斯清楚將軍知道答案，因為烏爾達內塔管不住嘴，早已到處宣洩他不滿的理由和怨恨。當荷西・帕拉西歐斯再次從旁經過時，將軍不經意地問：「你覺得蘇克雷會投誰？」荷西・帕拉西歐斯跟他一樣清楚蘇克雷元帥不能投票，因為這幾天他跟著聖塔瑪爾塔的主教荷西・瑪利亞・艾斯特維茲蒙席去委內瑞拉，那是議會指派的任務，要就分裂的條款進行協商。「主人，您比任何人更清楚。」將軍從早上散步回來後一直心情惡劣，此刻他終於第一次露出微笑。

他胃口不太穩定，但總會在十一點前在餐桌坐下來，吃一顆溫熱的水煮蛋配一杯波爾多紅酒，或嘗一點乳酪，不過這一天當其他人用餐時，他在露台上望著道路，他全神貫注，連荷西・帕拉西歐斯都不敢向前打擾。下午三點過後，他聽見騾子的蹄聲，忽見瑪芮拉的馬車現蹤丘陵，於是猛然起身。他奔向前去迎接她，替她開門，扶她下車，而他一看到她的臉立刻知道消息。議會一致同意選來自名門望族長子的華金·莫斯克拉當共和國總統。

他的反應不是生氣也不是失望，而是驚嚇，他當時會親自向議會提名華金·莫斯克拉，是認為議會不會接受。他陷入沉思，一直到下午茶時間都沒有說過話。「沒有一張票投給我？」他問。的確一張也沒有。然而，支持他的議員稍後組成政府代表團來訪，向他解釋黨員一致同意集中選票，這不代表他在一場激烈的競爭落敗。他怒火中燒，似乎一點都不欣賞那套高貴精明的伎倆。相反地，他心想，他們若在他第一次遞出辭呈就接受，或許才能無損他的榮耀。

「總之，」他嘆氣。「煽動分子又贏了，而且是雙贏。」

然而，他把波濤洶湧的情緒隱藏得很好，忍到在門廊上送別他們為止。但是當馬車消失在視線之外，他開始一陣狂咳，讓別墅上下如履薄冰，直到天黑。其中一個政府代表團的成員說，議會對於這個決定萬分謹慎，也因此拯救了共和政府。他對這句話並不在意。但是當晚，當瑪芮拉逼他喝一碗熱湯時，對他說：「沒有任何議會救得了共和政府。」上床之前，他聚集他的副官和僕人，以過去不知多少次打算交權讓位卻引人懷疑時的一貫隆重態度，向他們宣布：

「明天我立刻離國。」

結果他沒在隔天離去，而是四天之後。當他重拾失去的平靜，便口述了一則再會宣言，並小心隱藏內心的創傷，然後回到城內準備上路。新政府的戰爭和海軍部長佩德羅・阿爾坎塔拉・埃南將軍送他回到他在教導街的住處，倒不是對他獻殷勤，而是要保護他遠離越來越駭人的死亡威脅。

離開聖塔菲之前，他賣掉所剩無幾的有價物品，希望旅途寬裕些。除了馬匹，他還賣掉在波托西大肆揮霍時期的一套銀製餐具，鑄幣廠只依照金屬價格估價，根本不在意美輪美奐的工藝或歷史的光輝：兩千五百塊披索。最後一次清點，他總共帶走一萬七千六百塊六十分披索現金，一張卡塔赫納國庫八千塊披索的取款憑單，一份議會核給他的終身俸，還有一些分散放在各個行李箱中的六百盎司黃金。黃金是他的私人財富，他出生當時，家族在美洲算得上家財萬貫，如今只剩下少得可憐的餘燼。

在出發的這天早晨，他換好外出服，荷西・帕拉西歐斯不慌不忙地整理行李，裡面只有兩套非常破舊的替換內衣，兩件假領襯衫，一件軍用外套，上面的雙排鈕扣據說是用印加帝國末代皇帝阿塔瓦爾帕的黃金鑄成，一頂絲質睡帽，一頂蘇克雷元帥從玻利維亞帶給他的紅色尖帽。他的鞋子只有一雙家居拖鞋和一雙穿在腳上的漆皮短靴。荷西・帕拉西歐斯在他的個人行李箱裡放了急救箱和少數值錢物品，還有盧梭的《社會契約論》和義大利將軍拉依蒙多・蒙特庫科利的《戰爭的藝術》，這兩本珍貴書籍是將軍的副官的父親勞勃・威爾森贈與的，曾經屬於拿破崙一世。剩下的東西寥寥無幾，拿一口士兵的布袋就能全部塞進去。當他準備好要去見等在客廳的政府代表團時，他看著布袋說：

「我親愛的荷西，或許我們都無法相信那些多到不勝枚舉的榮耀，竟然一隻鞋子就塞得進去。」

然而，七頭載運家當的騾子，還載了幾盒獎牌、黃金餐具和許多還算有價值的東西，以及十箱私人文件、兩箱看過的書、至少五箱的衣物，還有好幾盒各式各樣的東西，有的完好有的損壞，但沒人有耐心一一清點。總之，和三年前從秘魯返鄉那次的行李相比落差極大，當時他集三大權力於一身，擔任玻利維亞和哥倫比亞總統，也是秘魯的獨裁者：一群馬隊加上七十二個行李箱，和超過四百個盒子，裝滿無以計數的東西，價值無從估計。那一次，他把超過六百本的書留在基多，從未打算找回。

快要六點了。下了似乎千年的綿綿細雨暫時停歇，但是世界依然冰冷和一片霧茫茫，軍隊駐守的屋子開始彌漫軍營的臭氣。騎兵和整支擲彈兵隊起立，凝視一臉陰鬱的將軍在副官的相伴下，從走廊盡頭走過來，他沐浴在晨曦的綠光中，肩披一件合身的斗篷，頭戴一頂寬邊帽，大片帽簷的陰影加深了他臉上的凝重。他拿著浸溼古龍水的手帕摀住嘴巴，這是依循古老的安地斯山區的迷信，避免匆忙來到室外時遇上不好的空氣。他沒有佩戴任何辨識階級的徽章或揭露昔日位高權重的東西，但是權力賦予的神奇光環，讓他在吵鬧的政府隨從之間挺拔不群。他邁向會客室，步伐緩慢，踩在圍繞內院鋪設草蓆的走廊上，無視當他經過時立正站好的看守士兵，踏進會客室前，他模仿修士把手帕塞進袖口的特有動作，再把頭上的帽子交給一名副官。

除了屋內徹夜守候的士兵，破曉過後一些市民和軍人也陸續抵達。他們群聚在各個角落一起啜飲咖啡，都做深色服裝打扮，細碎的說話聲充斥，四周空氣變得稀薄，籠罩一種哀傷的隆重。突然間，某位外交官的尖銳嗓音冒了出來，壓過所有的低語：

「這裡真像在辦喪禮。」

這句話沒說完，因為他聞到背後飄來古龍水的氣味，瀰漫整個室內空間。他回過頭，大拇指和食指端著一杯熱騰騰的咖啡，不安地想著這位剛剛無聲無息飄進來的幽魂，是否聽見他失當的言論。但是沒有：將軍最後一次造訪歐洲是二十四年前，當時還相當年輕，他對歐洲的懷念之情要比怨恨還要深沉。因此，將軍首先走過去跟這位外交官打招呼，搬出英國人那套常見的過度的禮數。

「希望這個秋天海德公園不會濃霧彌漫。」

外交官思索了一會兒，因為這幾天他聽說將軍要前往三個不同的地方，而倫敦不在安排當中。但是他立刻會意過來。

「閣下，我們會設法讓白天和夜晚都放晴。」他說。

新總統沒出現，因為議會是趁他不在時投票，還要再一個月，他才會從波帕揚返回。目前暫代他職位的是準副總統多明哥．卡塞多將軍，據說共和國的任何職位對他來說都是大材小用，因為他相貌堂堂，氣宇軒昂，可比帝王。將軍帶著相當的敬意跟他寒暄，又用一種嘲弄的語氣對他說：

「您可知道我沒有出國許可？」

這句話博得哄堂大笑，儘管每個人都知道這不是一句玩笑話。卡塞多將軍保證會在下一班郵件中，把有效護照寄去沃達。

政府代表團成員有本城的大主教，也就是新任總統的兄弟，和其他權貴人士以及高官政要和他們的夫人。市民穿著毛靴，軍人腳套馬靴，因為他們打算陪著即將流亡的顯貴走上好幾里路。將軍親吻大主教的戒指，和每位夫人的手，接著冷淡地跟紳士握手，他是精通禮數的大師，置身於錯誤的城市，卻全然無視它的本質，他曾經不止一次說過：「這裡不是屬於我的舞台。」他跟踏進會客室沿路遇到的人一一打招呼，餽贈每個人一句他在禮教手冊裡悉心學來的句子，但沒注視任何一雙眼睛。他的聲音不帶感情，他因為發燒有些破嗓，而經過這麼多年浪跡在外和戰爭的磨練，他那加勒比海的口音依舊，因此他在面對安地斯人帶語病的說話時尤其自覺粗鄙。

他打完招呼，從代理總統手中接過一封經過新格拉納達權貴人士簽署的信件，裡面表達對他在任多年和治理國家的感謝。這只是當地向他致敬的形式之一，他在安靜的眾人面前假裝看信件，其實沒戴眼鏡連最斗大的字也看不清楚。然而，假裝看完後，他對政府團簡短交代幾句話，說得如此恰當精準，沒人敢說他根本沒讀內容。最後，他的視線快速地掃過會客室一圈，沒有費心隱藏心中的一絲不安，他問：

「烏爾達內塔沒來嗎？」

代理總統告知，拉斐爾．烏爾達內塔將軍跟在叛軍之後，前去支援勞倫西歐．席爾瓦將軍的防禦任務。這時，冒出一句壓過其他聲音的話：

「蘇克雷也沒來。」

他無法充耳不聞這個不請自來的刻意告知。他原本黯淡閃躲的眼睛，此刻迸出熊熊火光，還沒搞清楚是誰就回答：

「為了不打擾阿亞庫喬大元帥，並沒有通知他出發的時間。」

看來，將軍還不知道蘇克雷元帥在委內瑞拉出師未捷，已在兩天前返鄉，還被禁止踏上他的故土。沒有人通知他將軍要離開，或許大家都沒想到他竟然不是第一個知情。荷西．帕拉西歐斯知道消息時，剛好時機不恰當，接著又在最後這段時間忙亂不堪，也就給忘了。當然，也不排除他負面的想法，蘇克雷元帥可能為了沒收到通知而心生不滿。

隔壁飯廳的餐桌上已經備好豐盛的當地白人早餐：葉粽、血米腸、烘蛋，蕾絲綴邊餐巾上擺置各式各樣的甜麵包，還有跟醬料一樣香濃的鍋煮熱巧克力。屋主夫婦知道將軍早上不吃餐點，頂多只喝一杯摻入阿拉伯膠的罌粟熱茶，但還是特意延遲了早餐時間，希望他能主持餐會，總之，最後阿瑪莉亞夫人邀他在餐桌主位的安樂椅坐下，但他婉拒這份榮幸，對所有人露出禮貌性微笑。

「我的路程遙遙。」他說。「祝各位好好享用。」

他踮起腳尖向代理總統道別，後者給他一個熱烈的擁抱，讓大家親眼看清楚將軍的身材是多麼矮小，在說再見的這一刻看起來有多麼柔弱無依。接著將軍再次跟所有人握手，親吻各位夫人的手。阿瑪莉亞夫人試著挽留他，希望他能等到雨過天青再走，但他跟她都清楚知道，雨再下一個世紀也不會停。此外，他似乎急著趕路，讓人覺得耽誤他的時間十分不妥。男屋主領著他走進花園，頂著看不見的細雨到馬廄。他想幫忙將軍，伸手挽住他的手臂，當他像玻璃一般易碎，卻訝異發現那皮膚下奔竄一股充沛的精力，彷彿一道跟孱弱的身軀無關的暗流。政府派來當代表的外交人員和軍人的小腿肚個個都濺滿泥巴，斗篷被雨水溼透，等著陪他踏上旅程的第一天。然而，沒有人確切知道陪著來的人，誰是出於友誼，誰想要保護他，誰只想確定他是真的離開。

他要騎的騾子是從百頭畜隊精挑細選出來的，有個西班牙商人偷了牲口，為了換取撤銷對他的速審，便把這支畜隊捐獻給政府。當將軍抬起一腳短靴踩上馬伕備好的鐵蹬時，戰爭和海軍部長卻叫住他：「閣下。」他文風不動，腳踩在鐵蹬上，雙手抓著鞍座。

「請留下來。」部長對他說。「就這麼最後一次，再犧牲自己拯救祖國吧。」

「埃南，這是不可能的。」他回答。「我已經沒有祖國，沒有犧牲的對象了。」

一切到此結束。西蒙·荷西·安東尼奧·德拉桑蒂西馬·特立尼達·玻利瓦爾·伊帕拉西奧將軍就要永遠離開。他從西班牙的手中搶走一個比歐洲大上五倍的帝國，指揮作戰二十年，維護帝國的自由和團結，採行鐵腕統治直到上個禮拜為止，但是臨走的前一刻，卻沒人相信他要走，因而心中徒留遺憾。只有英國外交官清楚知道他是真的要離開，以及要去哪裡，他寫了一份官方報告給他的政府：「他僅剩的時間，恐怕還不夠他踏進墳墓。」

二

啟程的第一天非常不愉快，連沒他病得重的人都會這麼認為，因為就在出發的早晨，他發現聖塔菲大街小巷暗藏一股敵意，心情因而轉壞。當天空在細雨間逐漸發亮，他沿途看見的只有幾頭迷路的母牛，但是空氣中彌漫帶著敵意的深沉怨恨。儘管政府為求謹慎，安排將軍行經一般人比較少走的街道，他還是看見了寫在修道院外牆上的羞辱字句。

荷西·帕拉西歐斯騎馬跟在他旁邊，穿著一若以往，即使在砲聲隆隆中也不曾改變，一件如參加聖禮一般莊嚴的長外衣，絲質領帶上別著黃寶石別針，羔羊皮手套，錦緞背心和兩條交叉掛著的對錶鏈條。他的馬鞍底座是來自波托西的銀製品，馬鞭是黃金打造，因此路經安地斯山區時，在不止兩座村莊內，有人分不清他跟總統到底誰是誰。然而，他照料主人無微不至的模樣，是怎麼都不會讓人搞混。他深深了解也敬愛將軍，對他逃亡似的告別感同身受，況且是在一座從前只要宣布他歸來就會歡天喜地慶祝的城市。只不過在三年前，當他從南方打完艱鉅的戰爭回來，得到的是猶如雪崩壓下來的莫大榮耀，不管是美洲先人或在世者都未曾享過，他是眾所矚目的焦點，那場歡迎是自動自發而起，規模可說是劃時代。在那段時間，民眾會抓住他的馬匹嘴套，在大街上擋下他，向他抱怨公共設施或徵稅，或請求他開恩，或僅僅想靠近他，感受他的偉大光輝。他像處理重大政事一樣看重街上的請求，而且令人訝異的是，他熟知每個人的家務問題，或他們的生意進展與健康的狀況，凡跟他說上話的人，都有一種在瞬間跟他分享了權力的快感。

沒有人相信他是當年的那個人，或者他像謹慎的逃犯，即將永遠離開的是當年那座悲悽的城市。他在其他任何地方，都不曾像在這些死氣沉沉的街道上更像個異鄉遊子，儘管是一樣的棕色屋頂，一樣花香瀰漫的幽靜花園，住在這個村莊的居民彷彿慢火燉成，他們的舉止做作，說的拉迪諾方言比較像是用來隱藏秘密。然而在這一刻，他想著這些捉弄或許只是想像，這座地方依舊沒變，還是當初他還未熟識就選來建造他的榮耀的那座城市，一樣霧氣繚繞，一樣寒風凜冽，依然是他心中的最愛，他把城市理想化，當作人生的中心和理由，以及半個世界的首都。

在總算帳的時刻，將軍本人似乎對自己威信盡失最感訝異。就連沒那麼危險的地點政府都安排守衛隱身在暗處，防堵前一天下午處決將軍人偶的憤怒的民眾擋住他的去路，但是一整路依然聽得見同樣那聲冰冷的叫喊：「人民瘋子！」

唯一算得上同情他的是個在街頭討生活的妓女，她在看見他經過時說：

「願天主保佑您！幽魂！」

大家都裝作沒聽見。將軍心情鬱悶，陷入沉思，他繼續騎著騾子，無視外界一切，直到眼前出現壯麗的大草原。瑪芮拉．沙耶茲在四角路口等待隊伍經過，那兒也是石磚路的起點，她獨自騎著馬，遠遠地對將軍做最後一次揮手道別。他回應同樣的動作，繼續他的旅程。從此他們不曾再相見。

不久之後，細雨停了，天空轉為一片蔚藍，接下來，這天只見兩座積雪的火山靜靜地矗立在遠方的地平線。但這一次，他沒表露對大自然的熱愛，也沒注意快步經過的一座座村莊，和雖然沒認出他們卻揮手道別的人。總之，最令送行隊伍不解的是，他竟然沒對大草原上許多飼養場的漂亮馬群投以溫柔目光，他曾多次說過那是他在世界上最喜愛的畫面。

第一晚，他們在小村莊法卡塔蒂瓦過夜，接下來將軍告別送行隊伍，帶著他的隨從繼續上路。隨從一共五個人，除了荷西．帕拉西歐斯，還有荷西．瑪利亞．卡雷紐將軍，他的右手臂在戰爭中受傷截肢；他的愛爾蘭副官貝爾福特．韓頓．威爾森，父親是勞勃．威爾森將軍，這名沙場老將幾乎打過所有的歐洲戰爭；他的侄子費南多，具有中尉軍階，是他的副官也是抄寫員，他的父親也就是將軍的兄長，在第一共和期間死於一場海難；他的副官安德烈斯．伊巴拉上尉，他們是親戚，他在兩年前九月二十五日的那場突襲，右手臂遭馬刀砍成殘廢。以及荷西．德拉克魯茲．帕雷德斯上校，他身經百戰，打過無數的獨立戰爭。將軍的榮譽守衛隊有百位，都是從委內瑞拉軍隊精挑細選出來的最優秀騎兵和擲彈兵。

荷西・帕拉西歐斯特別悉心照料兩條狗，牠們是在上秘魯得來的戰利品。這種狗美麗又勇敢，原本在聖塔菲的總統官邸擔任夜間守衛，但是牠們的另外兩個伙伴在將軍遭暗殺的那晚被刀砍死。在永無止境往返利馬和基多，聖塔菲到卡拉卡斯，卡拉卡斯到聖塔菲，和再次返回基多和瓜亞基爾的旅途中，這兩隻狗始終跟著騾隊，看守載運的行李。在最後這一趟從聖塔菲到卡塔赫納之旅，牠們的任務不變，只是行李不若以前那麼多，而且有軍隊監看。

將軍在法卡塔蒂瓦起床後心情紛亂，不過從高原沿著一條圍繞著起伏丘陵的小徑往下走，心情逐漸轉好，氣候溫和許多，陽光不再那麼刺眼。大家擔心將軍的身體狀況，多次要他休息，但是他情願不吃午餐，想先抵達炎熱的平地。他曾說過騎馬有助思考，旅途中他總是夜以繼日趕路，但是會輪換好幾匹坐騎，以免操壞牠們。他有一雙老騎士的弓形腿，走起路來像是習慣帶著馬刺睡覺，臀部長了跟磨刀皮帶一樣厚的粗繭，贏得「鐵屁」的榮譽綽號。自從獨立戰爭開打，他已經騎了一萬八千里路：繞行世界超過兩圈，還沒有人否認他能騎在馬背上睡覺的傳說。

正午過後，他們開始感覺熱氣從山谷爬升，便決定在一間修道院的迴廊上休息。女院長親自接待他們，一群本地見習修女發放剛出爐的杏仁糕和快發酵的粗粒玉米漿。女院長看見先頭部隊個個汗流浹背，穿著雜亂，必定以為威爾森上校是位階最高的軍官，或許是因為他英俊瀟灑，有一頭金髮，軍服佩戴最多軍階徽章，因此只忙著招呼他，那服服貼貼的溫柔模樣，引起不懷好意的閒話。

荷西．帕拉西歐斯利用錯認的機會，讓主子在迴廊的木棉樹蔭下休息，將軍包著毛毯，想藉流汗退燒。他昏昏沉沉，不吃也不睡，聆聽一群見習修女伴著一位年長修女演奏的豎琴高歌，高唱土生白人的情歌。最後，其中一人拿著帽子在迴廊上替修道院募捐。當她經過演奏豎琴的修女面前時，聽見她說：「不要跟那個生病的乞求施捨。」但是見習修女沒理會她的話。將軍連看都沒看她，只是一臉苦笑地對她說：「孩子，乞求施捨的人應該是我。」威爾森捐了一包錢，這樣慷慨的舉動引起他的長官善意的揶揄：「您看，上校，光榮需要多少代價。」後來威爾森十分詫異，不論是在修道院，還是在接下來的路途上，竟然都沒人認出這位創立幾個新共和國而名聲遠播的男人。對後者來說，這當然也是不可思議的教訓。

「我已不是過去的我。」他說。

第二晚，他們在一間老菸廠改建的旅舍過夜，因為距離不遠的瓜杜瓦斯村莊，有人打算為他舉行他最不想參加的補償儀式。這間旅舍相當寬敞，瀰漫陰森氣息，加上生氣蓬勃的植被，湍急的黑色河水，整個環境給人詭異而不安的感覺，那條河往下奔去，伴隨轟隆巨響，最後抵達香蕉園熱燙的土地。將軍知道那條河，他第一次經過這裡就說過：「如果要設陷阱害誰，我一定會選這裡。」他曾經避開這個地點好幾次，因為他會聯想起貝魯克斯，一條在前往基多的路上的險峻通道，那裡連最大膽無畏的旅客都避之唯恐不及。他認為自己承受不了這裡充盈的沉重的蒼涼，因此有一次，他不顧眾人意見在兩里外紮營。這一次，他卻不顧自己的疲累不堪和發著高燒，認為無論如何，比起在瓜杜阿斯村莊的那些損友為他們準備的同情宴，無論如何這裡還比較能忍受。

旅舍主人看見他的模樣這麼淒慘，建議叫來附近一座小村莊的印第安人，這個人光聞病人身上襯衫的汗味就能治病，不管距離多遠或是否曾經見過他。將軍嘲弄他太迷信，並且不准手下去找那個印第安江湖術士。他向來不信醫生，稱他們是買賣他人病痛的販卒，怎能把自己的命運交給一個小村莊的巫師。最後，更讓人確定他瞧不起醫藥科學的理由還有一點，那就是他糟蹋人家擔心他身體狀況的好意，拒絕替他準備的舒適臥室，冒著暴露在露氣中的危險，逕自在寬廣的露天長廊上掛起吊床過夜，而下面就是小山谷。

除了在天亮時刻喝了一杯熱茶，他一整天都沒進食，但為了不失禮，還是跟他的軍官坐在餐桌旁。儘管他比任何人都還能忍受野戰生活的艱苦，他對吃喝的態度跟苦行者相差無幾，卻像個品味精緻的歐洲人，喜歡也懂得品酒和美食，他從初次踏上旅途開始，就學習法國人一邊用餐一邊聊食物的習慣。這一晚，他只啜飲半杯紅葡萄酒，出於好奇嘗了燉鹿肉，想證實是否真如主人所說的帶磷光的肉有股茉莉花香，因為連他的軍官也異口同聲地確定這項說法。他在席間說的話不超過兩句，也盡量不表現出在旅途中偶爾開口時那樣的有氣無力，大家都佩服他盡力壓抑內心的酸楚，避談眾人皆知的不幸和他惡化的健康。他這個人一旦遭到羞辱，多年後依然會記仇，而且無法跨越怨恨的折磨，但此刻他對政治卻隻字不提，也沒說起禮拜六的意外事件。

大夥兒吃完之前，將軍請求離席，他拖著高燒發抖的身體，換上睡袍和睡帽，倒在吊床上。夜間十分涼爽，巨大的橙色月亮在山丘間慢慢爬升，但是他沒有心情賞月。距離長廊的幾步之外，守衛士兵齊聲高唱通俗的流行歌曲。他們依然遵照他昔日的指令，駐守在他的臥室附近，一如凱撒大帝的軍團，這樣一來他能從他們夜裡的談天，掌握他們在想什麼以及他們的精神狀態。他輾轉難眠時，曾多次散步到營區寢室，欣賞天色破曉，也經常和士兵唱歌炒熱歡樂氣氛，歌詞是臨時編誦的讚揚或笑話。但是這一晚，他難以忍受歌聲，並下令他們安靜。河水不斷沖刷著岩石，受到高燒的影響，這惱人的聲音彷彿更加響亮，將他逼向癲狂。

「混帳！」他咆哮。「能不能叫河水停一停！」

但是他不能：叫河水不要流動是不可能的。荷西．帕拉西歐斯希望他能冷靜下來，於是從裝滿藥物的箱子裡拿出一顆鎮靜劑，但是他拒絕服用。這是他第一次聽見將軍吐出一句之後他常掛在嘴邊的話：「我就是因為吃了一包開錯的嘔吐藥而失去大權，我可還沒準備好連命也一起交出去。」幾年前他說過類似的話，當時另一個醫生開給他含砷的嘔吐藥茶治療間日熱，卻差一點害他死於痢疾。從那時開始，他只接受瀉藥，每個禮拜會毫不猶豫吃上幾回，紓緩嚴重的便秘，如果拖太久變得情況緊急時，還得加上番瀉葉灌腸劑。

剛過午夜，荷西．帕拉西歐斯應付完將軍的癲狂後筋疲力竭，就躺在粗糙的磚頭地面睡著了。當他醒來時，吊床上已經不見將軍的蹤影，地上留著他被汗水溼透的睡衣。其實這早已見怪不怪。如果屋內沒人，他習慣在下床後，光溜溜地到處遊蕩到天明，好打發失眠時光。但這一夜，他擔心將軍的安危和一些其他理由，因為他剛剛度過不愉快的一天，此外寒涼潮溼的天氣並不適合外出散步。屋內只有泛綠的月光照明，荷西．帕拉西歐斯帶著毛毯找人，發現他躺在走廊上的石頭長凳上，恍若墳塚上的一尊躺臥的雕像。將軍轉過頭，眼神發亮，已經看不出半點發燒的跡象。

「這一次又像在聖胡安德帕亞拉那一夜。」他說。「可惜的是蕾吉娜．瑪莉亞．露薏莎不在身邊。」

荷西．帕拉西歐斯對他的回憶十分清楚。他指的是一八二〇年一月的某天夜裡，他帶著兩千名士兵，抵達在委內瑞拉阿普雷的高原上某個遺世獨立的小村莊。當時他已經從西班牙手中解放十八個省。加上新格拉納達總督轄區、委內瑞拉的都督府，和基多省的舊時領地，他建立了哥倫比亞共和國，同時開始他第一任總統的生涯，並擔任他軍隊的首長。他的最終願望是把戰事延伸到南邊，實現建立世界最大國家的極致夢想：一個從墨西哥到合恩角獨一無二的自由國度。

然而，從那一夜之後，他的作戰情況每況愈下，夢想真的越來越像是一場夢。他們在洛斯亞諾斯行進間遇到一場突發的瘟疫，馬匹倒在熱帶大草原上，留下綿延十四里長的腐臭屍體。許多軍官失去信心，樂於違反軍令，紛紛靠搶劫提振士氣，甚至開始嘲弄將軍，威脅說要槍斃帶頭者。兩千名士兵打著赤腳，衣衫襤褸，他們沒有武器、食物和毛毯，征服不了大草原，他們疲於打仗，許多人已經病倒，開始棄隊逃亡。他想不出合理的解決辦法，卻對軍隊下令，只要抓到和交出逃跑的同伴，就懸賞十塊錢披索，而且會直接槍斃逃犯不問原因。

他這一生有太多理由，足以知道他難逃再次失敗的命運。也不過是兩年前，他跟他的軍隊在距離那裡不遠的奧里諾科河雨林迷路，他害怕士兵互吃同伴，不得不下令他們吃馬果腹。根據英國軍團的某位軍官證實，他在那段時間外表邋遢，彷彿游擊隊士兵。他頭戴斯拉夫龍頭盔，腳套挑夫草鞋，身穿一件紅鈕扣結和金扣子的藍色軍服，長矛飄著一面私掠船的黑色旗幟，上面的骷髏和交叉的脛骨就印在一句鮮血揮灑的格言之上：「不自由，毋寧死。」

在聖胡安德帕亞拉那一夜，他的穿著沒那麼不修邊幅，面臨的情勢卻相當不利。這不但反應了他的軍隊當時的情況，更揭露了解放軍的所有悲劇，那就是儘管多次從慘敗中重生、茁壯，卻承受不住太多的勝利所帶來的沉重壓力。相反地，西班牙將軍帕布羅．莫里略有各種方式逼愛國分子就範，整頓殖民地的秩序，因為他控制著委內瑞拉西邊的廣闊地域，盤據山區，逐漸壯大勢力。

面對這樣的情勢，將軍夜裡無法成眠，於是光溜溜地在空無一人的房間遊蕩，那棟寬闊的莊園老宅在月光下彷彿變換出不同的樣貌。前天大部分的馬屍在遠離大宅的地方集中焚燒，但那股腐臭依然教人難以忍受。經歷前一個禮拜好幾天的死裡求生，軍隊不再開口唱歌，將軍也無力阻止站崗士兵餓到昏睡。突然間，他看見蕾吉娜．瑪莉亞．露薏莎，她就坐在露天長廊的盡頭，面向廣闊深藍的草原。她是個美麗的黑白混血女郎，正值花樣年華，那恍若神祇的輪廓裹著一件繡花大披肩，連雙腳都緊緊包住，她正在抽一根長雪茄。他的出現讓她驚慌不已，於是伸出食指和拇指，交叉成十字架對準他。

「你是天主和惡魔派來的。」她說。「你想做什麼！」

「我想要妳！」他說。

將軍露出微笑，往後她永遠忘不了他在月光下的那排白森森的牙齒。他使勁全力抱緊她，讓她動彈不得，接著輕柔的吻落在她的額頭、眼睛、雙頰和脖子上，最後終於讓她安靜了下來。這時，他扯掉她的大披肩，頓時無法呼吸的她竟一絲不掛，因為同睡一間房的祖母為防止她溜下床抽菸，早就脫掉她的衣服，卻不知道她在凌晨會包著大披肩偷跑出來。將軍一把抱起她，帶她來到吊床，那發揮安撫作用的吻也同時不斷落下，她獻出身子不是因為慾望，也不是為了愛情，而是出於恐懼。她是處女。當她終於重拾心跳的節奏之後，便告訴將軍說：

「大爺，我是個奴隸。」

「妳再也不是。」他說。「愛賜予了妳自由。」

那天早上，他從羞澀的錢囊中掏出一百塊披索，向莊園主人買下她，然後無條件放她自由。啟程之前，他忍不住當眾向她提了個難題。當時他在大宅後院，身邊跟著一群軍官，他們找來一群在死劫中活下來的動物當坐騎，並想方設法要騎上去。前一晚，荷西．安東尼奧．派耶茲將軍帶領另一支軍隊抵達，此刻已經集合完畢，準備為他們送行。

將軍發表一場簡短演說，設法緩和緊張的戰爭情勢，當他準備啟程時，瞥見剛剛成為自由之身而且得到恰當照料的蕾吉娜．瑪莉亞．露薏莎。她剛洗完澡，美麗動人，在大草原的藍天下容光煥發，她穿著漿過的白色粗布上衣和滾邊襯裙，一身女奴的白衣打扮，那是女奴。他愉快地問她：

「妳要留下來，還是跟我們離開？」

她露出討人喜歡的笑容，回答他：

「大爺，我要留下。」

她的回答引來齊聲大笑。屋主是個西班牙人，早從獨立運動一開始就變節，此外他也是將軍的舊識，他笑得半死，把裝著一百塊披索的皮革袋丟還給他。將軍伸手在空中接住。

「閣下，把錢留著用在獨立事業吧。」屋主對他說。「無論如何，這個小姑娘已經是自由之身。」

荷西．安東尼奧．派耶茲將軍原本僵著臉，那農牧神般的表情跟他身上各種顏色補靪的襯衫十分搭配，這下他開懷大笑。

「看哪，將軍。」他說。「我們是解放者，一定會遇到這種事。」

將軍同意他的說法，接著用力揮手向大家告別。最後他對蕾吉娜・瑪莉亞・露薏莎打個告別的手勢，展現輸家該有的風度，此後不曾再有她的消息。荷西・帕拉西歐斯記得，直到一年後滿月的日子，將軍才向他吐露，他在夢裡重回那一晚，可惜奇蹟不再，沒有蕾吉娜・瑪莉亞・露薏莎的芳蹤。而他夢見蕾吉娜的時候，總是在遭逢挫敗的夜晚。

清晨五點，荷西・帕拉西歐斯端給將軍第一杯花草茶，發現他睜著雙眼躺著。他試著下床，但用力過猛差點摔個臉朝地，接著又是一陣猛咳。他坐在吊床上，雙手撐著頭咳嗽，直到平靜下來。然後他開始啜飲冒著熱氣的茶，喝下一口，心情也跟著變好許多。

「我一整晚都夢見卡山德羅。」他說。

這是他偷偷給新格拉納達將軍法蘭西斯科・德寶拉・桑坦德取的名字，對方是他昔日的摯友，也是他這一生最難纏的死對頭，他從戰爭開打時就是他的參謀長，也在解放基多和秘魯以及建立玻利維亞的艱困戰爭期間，出任哥倫比亞總統。他是個驍勇善戰的軍人，但從軍是迫於當時的需要，而不是出於志願，他生性殘酷，卻憑著公民的美德和精實的教育獲得榮耀。毫無疑問，他是帶領獨立運動的第二人，建立共和國法律制度的第一人，他為國家永遠烙下了形式主義派和保守派的精神戳印。

將軍曾多次考慮交出權位，有一次他對桑坦德說，他準備從總統大位悄悄退下：「我要讓位給你，因為你就像另一個我，或者說，你應該比我優秀。」不管是出於理智，或迫於情勢，將軍都不曾這麼信賴一個人。他還替他冠上「執法之人」的頭銜。然而這個配得上一切的人，竟捲入一樁試圖謀殺將軍卻一直無法證實的可能陰謀，並在兩年前流亡巴黎。

事情是這樣發生的。一八二八年九月二十五日禮拜三的午夜時分，十二個平民連同二十六名軍人闖進聖塔菲總統官邸，他們破門而入，將總統的兩頭獵犬斬首，殺傷幾名站崗士兵，拿馬刀用力砍傷安德烈斯·伊巴拉的手臂，一槍擊斃蘇格蘭上校威廉·弗格森，他是英國軍團的成員，也是總統的副官，總統曾稱讚他如同凱撒大帝般勇敢，最後一群人爬上總統的臥室，大喊著自由萬歲和暴君該死。

根據叛亂分子的解釋，那次謀殺起因於三個月前的制憲會議《奧卡尼亞公約》，桑坦德派支持者明明獲勝，將軍卻行使明顯傾向獨裁的總統特權，企圖打壓他們。擔任共和國副總統七年的桑坦德於是被拔除職位。桑坦德對他的一位朋友說了一句頗符合他個人作風的話：「我很榮幸被埋在一八二一年憲法的瓦礫堆下。」這時他三十六歲。他被轉派為華盛頓的全權大使，不過他數度推延出任時間，或許是在等待這一樁陰謀能夠成功。

事發當晚，將軍和瑪芮拉．沙耶茲才剛重修舊好。他們在距離兩里半外的索阿查度過週末，禮拜一各自搭車返家，這對愛侶比平常還要激烈地大吵一架，因為他聽不進有人共謀要殺他的警告，每個人都議論紛紛，只有他不相信。她待在她家，拒收他從人行道對面的聖卡洛斯官邸不斷差人送來的口信，直到那天晚上九點，在送來較為緊急的三則口信之後，她在鞋子外穿上防水套，拿起大披肩蓋住頭，穿越雨水淹沒的街道。她看見他仰面躺在浴缸中，洗澡水飄著芳香，荷西．帕拉西歐斯沒有在一旁服侍，她之所以不覺得他斷了氣，應該是多次看過他用這種有趣的方式思索事情。他從腳步聲聽出是她，沒張開眼就直接對她說：

「就要造反了。」他說。

她沒有掩飾內心的怨恨，語帶嘲弄。

「恭喜。」她說。「或許會有十次造反，因為您太重視大家的警告了。」

「我只相信預兆。」他說。

將軍會這樣開玩笑，是因為他的參謀部長向他保證陰謀已經失敗，但其實他把夜間的通關密語告訴了共謀者，讓他們能通過官邸的守衛檢查。將軍開心地從浴缸起身。

「不要擔心。」他說。「那些混蛋已經嚇得屁滾尿流。」

當他光著身體，她衣衫半解，兩人在床上耳鬢廝磨，卻開始聽見叫喊，槍聲四起，隆隆的砲火擊中某個軍營。瑪芮拉趕緊幫忙將軍穿好衣服，替他穿上她套在鞋子上的防水鞋套，因為將軍派人將他唯一的一雙短靴送去擦亮了，接著她協助他帶著一把馬刀和一支槍從陽台逃離，但是防不了外面的滂沱大雨。他一來到街上，立刻舉起上了扳機的手槍，對準靠近的黑影：「是誰！」那是他的糕點師傅，他聽到主子被殺死的消息難過不已，正要回家。他決心跟將軍奮戰到最後，跟著他躲在卡門橋下聖奧古斯汀溪旁的灌木叢之間，直到效忠將軍的軍隊平息叛亂。

瑪芮拉．沙耶茲迎接那些強行破門而入的歹徒，這已經不是她第一次在同樣危急的場合展現這般的機智和勇氣。他們問她總統在哪裡，她回答他在會議廳。他們問她明明是冬天的夜晚，為什麼開著陽台的門，她說她開門是想看街道上在吵什麼。他們問她為什麼床鋪是暖的，她說她沒脫衣服就躺在床上等總統就寢。她平心靜氣回答問題，以爭取時間，同時抽著一根車夫最常抽的普通雪茄，大口吞雲吐霧，試圖掩蓋房間內還未散去的古龍水香味。

拉斐爾．烏爾達內塔將軍主持的法庭認為，桑坦德將軍是這樁陰謀的幕後主使者，於是判處他死刑。他的敵人都說他罪有應得，不僅是桑坦德意圖謀殺，也由於他的厚顏無恥，因為他竟是第一個出現在大廣場上給總統獻上祝賀擁抱的人。當時總統坐在馬背上，頂著綿綿細雨，他沒穿襯衫，只有一件溼透的破軍用外套，被四周的軍隊和民眾的歡呼聲包圍，他們從郊區蜂擁而至，嚷嚷著兇手要以死謝罪。「所有密謀者都該接受適當的懲罰。」將軍在一封信上對蘇克雷元帥說。「桑坦德是主謀，但是他很幸運，因為我願意寬恕和保護他。」事實上，將軍讓他以汗馬功勞抵償罪過，撤除他的死刑改判放逐巴黎。相反地，卻在罪證不足的情況下，槍決荷西．普魯斯奧．帕迪亞，這位上將自印第安卡塔赫納叛變失敗後，一直關在聖塔菲的監獄。

荷西．帕拉西歐斯不知道當主子說他夢見桑坦德時，哪時是真，哪時只是想像。有一次在瓜亞基爾，將軍曾說他夢見桑坦德把一本書打開放在圓滾滾的肚子上，但是他不是在看書，而是把內頁撕下，再一張張吃掉，就像一頭山羊發出享受快感的咀嚼聲。又有一次在庫庫塔，將軍夢見桑坦德全身爬滿蟑螂。還有一次在聖塔菲的蒙塞拉特鄉間別墅，他從夢中尖叫醒來，因為他夢見和桑坦德將軍單獨吃著午飯，桑坦德卻挖掉了自己的眼珠子放在桌上，說是妨礙吃飯。因此，就在靠近瓜杜阿斯村莊的凌晨，當將軍說他又夢見桑坦德時，荷西．帕拉西歐斯壓根不想問他情節，只試著安慰他，把他拉回現實。

「他跟我們之間隔著一個海洋。」荷西．帕拉西歐斯說。

但是將軍立刻掃去一個發亮的眼神阻止他。

「不對。」他說。「我有把握，華金．德莫斯克拉那個懦夫一定會放他回來。」

自從上次回國後，他就不斷飽受這個想法折磨，因為確定交權讓位對他來說是一個攸關榮譽的問題。他對荷西．帕拉西歐斯說：「我寧願選擇流放或死亡，而不是羞辱自己，把榮耀交到聖巴爾托洛梅耶穌會學院那幫人手中。」然而，解藥本身就帶毒，當做出最後決定的日子越來越近，他越來越確定，只要他一離開，他們一定會召回流亡在外的桑坦德將軍，畢竟他是那群野蠻人最優秀的畢業生。

「他是個十足惡棍。」他說。

他的燒已經完全退了，他感覺神清氣爽，向荷西．帕拉西歐斯討來紙和筆，戴上眼鏡，親筆寫了一封信給瑪芮拉．沙耶茲，一共才六行字。寫信給一個如同荷西．帕拉西歐斯般習慣他總是衝動行事的人似乎有點不可思議，但這可能是種預兆，或是一種阻擋不了的靈感乍現。因為他不但推翻前一個禮拜五說過這輩子不再寫信的決定，更一反他隨時會叫醒抄寫員的習慣，而他叫醒他們可能是為了寫遲覆的信，或口述公告，或整理他在失眠時浮現在腦中的零碎想法。或許更不可思議的是，這封信雖然一點也不緊急，卻在道別之後多加了一句謎樣之語：「小心行事，否則妳不但會害了自己，也會牽連我們。」他寫信的方式狂妄依舊，彷彿不假思索，最後他拿著信繼續神遊，然後待在吊床上搖晃。

「愛情難以抵擋的力量，正是強大的權力。」他忽然嘆口氣說。「這話是誰說的？」

「沒人說過。」荷西．帕拉西歐斯說。

他不識字也不會寫字，他不願學習的理由很簡單，那就是他的智慧並不比任何一頭驢子聰明。但是他卻能牢記任何不經意聽到的話，然而他不記得聽過這一句。

「那就是說，這句話是我說的。」將軍說。「可是就讓我們當作是蘇克雷元帥說的吧。」

這段危機重重的日子，正是費南多人生最順遂的時機。他在將軍眾多的抄寫員中雖不出色，卻是最賣命也最有耐心的一個，他克苦耐勞，能忍受隨時待命的工作時間，或是將軍為失眠所苦的暴躁脾氣。將軍會隨時叫醒他，只是為了要他讀一本枯燥無味的書，或是要他記下突然冒出的想法，但天一亮卻可能被扔到垃圾桶裡。將軍有過無數的春宵夜，膝下卻沒有一兒半女（儘管他說他有自己並非不孕的證據），因此他在兄長過世後，擔起扶養費南多的責任。他特別寫了推薦信，把侄子送去喬治敦的軍事學校，到了那裡，拉法葉將軍向費南多表達他對他的叔父的欽佩和敬意。後來他到了夏洛蒂鎮的傑佛遜中學，和維吉尼亞大學。費南多或許不是將軍的理想繼承人，因為他對學校傳授的知識興趣缺缺，卻喜愛戶外活動和坐著的園藝活。他一完成學業，將軍就將他召喚到聖塔菲，並立刻發現他當抄寫員的天分，他寫得一手優美好字，擅長英文說寫，而且只有他懂得怎麼尋找報上小說題材和抓住讀者胃口，當他高聲朗讀令人昏昏欲睡的橋段時，總能臨場加進幾節大膽的描述，以增加作品的滋味。費南多跟所有服侍將軍的人一樣都曾遭逢不幸時刻，那是後來將軍在一次演講中引用狄摩西尼的一句話，卻說成是西塞羅說的。將軍對他比對其他人嚴厲得多，但是在懲罰結束前就會原諒他。

省長華金．普查達．古提雷茲將軍提早兩天啟程，在將軍的隊伍準備過夜的地點宣布他的抵達，並向當地官員預告將軍健康惡化的狀況。但是禮拜一下午，看見將軍抵達瓜杜阿斯村莊的人都相信了流傳不止的謠言，認為省長帶來的壞消息和這場旅程都只是政治騙局。

將軍再次展現出他是永遠不會被打倒的。他拖著乾瘦的身軀沿著主街前進，頭上綁著止汗的吉卜賽人頭巾，舉起帽子打招呼，兩旁是夾道的歡呼、煙火和教堂的鐘聲，樂聲不絕於耳，他騎的騾子雀躍地踩著小碎步，那模樣澆熄了隊伍想要表現出的隆重氣氛。唯一窗戶緊閉的建築是一座修女學校，於是這天下午開始傳言學校禁止女學生參加歡迎儀式，但是將軍勸那些說三道四的人不要相信關於修道院的謠言。

前天晚上，荷西・帕拉西歐斯差人把將軍發燒汗溼的襯衫洗乾淨。傳令兵把襯衫交給士兵，要他們凌晨到河邊洗衣，但在準備出門時，沒有人知道襯衫的下落。荷西・帕拉西歐斯在前往瓜杜阿斯村莊途中，和接下來的歡迎會上，才逐步釐清旅館老闆拿走了沒洗的襯衫，讓那個印第安江湖術士大顯他的神力。因此，當將軍一回來，荷西・帕拉西歐斯便向他稟報了旅館老闆的自做主張，並提醒他，他只剩穿在身上的那件襯衫，沒有別件可換。將軍只能回以一句帶點哲學意味的話，然後接受這件事。

「迷信比愛情更無可救藥。」

「不可思議的是，燒從昨晚就退了。」荷西・帕拉西歐斯說。「那個江湖術士該不會真的是個巫師？」

將軍沒有立刻回答，他陷入沉思，並隨著思緒搖晃吊床。「我的頭的確不再痛了。」他說。「嘴巴也不再發苦，也不再感覺好像要從高塔上跌下來。」但最後他拍了一下膝蓋，猛然起身。

「別再往我的腦袋灌迷藥。」他說。

兩個僕人搬了一大鍋加了香料並煮過的沸水到臥室，荷西．帕拉西歐斯替將軍準備夜間泡澡，他相信主人舟車勞頓，很快就要就寢。但是他為了口述一封給加布里耶．卡馬丘的信，讓洗澡水都冷了，那是他的姪女瓦倫汀娜．帕拉西歐斯的丈夫，他在卡拉卡斯代售銅礦，是將軍從祖先那兒繼承來的阿羅亞礦脈。將軍似乎不太清楚這趟旅程的目的地，他在其中一行提到，等卡馬丘把事情辦好，他要前往古拉索，但在另外一行卻又要求卡馬丘回信到倫敦，請勞勃．威爾森代收，同時寄一份副本到牙買加給麥斯威爾．赫斯洛普，以防其中一封寄丟的話，還能收到另外一封。

在許多人看來，特別是將軍的秘書和抄寫員眼中，阿羅亞礦脈是他高燒不退時的痴夢之一。他一直以來都漠不關心，許多年來只偶爾找人去開採。當他人生已近黃昏，錢財開始一點一滴耗盡，他才終於想起這座礦脈，但因為所有權文件記載不明，而無法賣給一間英國公司，於是開啟了他猶如神話一般糾纏不清的司法拉鋸戰，並一直拖延到他死後兩年才落幕。不管在南征北討、政治鬥爭還是私人恩怨間，只要將軍說出「我的官司」，每個人都知道他指的是什麼。因為他就只有這麼一件阿羅亞礦脈的官司。他要給加布里耶．卡馬丘的口述信件，讓費南多誤以為這起糾紛若無定局，他們就不去歐洲了，後來他跟其他軍官打牌時還提起了這件事。

「這麼說，我們永遠走不了。」威爾森上校說。「家父已經開始懷疑礦脈是不是真的存在。」

「沒人看過礦脈，並不代表它不存在。」安德烈斯．伊巴拉上尉回答。

「當然存在。」卡雷紐將軍說。「就在委內瑞拉省。」

威爾森不高興地回答：

「在這個時候，我甚至懷疑委內瑞拉是不是真的存在。」

威爾森無法掩飾他的怏怏不悅。他甚至相信將軍不喜歡他，把他納入隨從隊伍是看他父親的面子，因為後者在英國國會力挺美洲解放運動，將軍對此感激不盡。他從一名昔日的法國副官說溜嘴的話中，得知將軍對自己的評價：「威爾森還需要一些時間，接受困難、逆境和貧困的磨練。」威爾森上校無從證實他說的話是否屬實，但無論如何，他認為只要挑一場他打過的戰役來看，就足以知道他已跨過這三種挑戰。八年前，他二十六歲，當他完成西敏公學和桑赫斯特學校的學業後，父親便派他跟在將軍身邊效命。他在胡寧戰役擔任將軍的副官，是他帶著玻利維亞憲法草案，騎上騾子從丘基薩卡翻山越嶺，走完三百六十里長的山崖小徑。當將軍送別他時，對他說他應該最晚二十一天內會到達拉巴斯。威爾森立正敬禮並回答：「閣下，我會在二十天內抵達。」最後他只花了十九天。

他決定跟隨將軍返回歐洲，但是隨著每一天過去，他越來越確定將軍總有各種理由拖延旅程。早在兩年多前，阿羅亞礦脈就已不能當作藉口，這次再聽他提起，威爾森感覺深受打擊。

口述完信件後，荷西．帕拉西歐斯派人將洗澡水加熱，但將軍沒有泡澡，反而漫無目的地踱步，吟誦了一整首小女孩的詩，誦詩聲在屋內每個角落迴盪。他繼續吟誦幾首，只有荷西．帕拉西歐斯知道那是寫給將軍的詩。他來回繞了幾圈，經過長廊好幾次，他的軍官正聚在那兒打紙牌，這種桌上紙牌來自加里西亞，從前他也很常玩，在這裡卻被當地土生的白人改換名稱。

他駐足半晌，走到每個人背後觀看，判斷這場比賽的結果，然後繼續散步。

「真搞不懂他們怎麼會浪費時間在這麼無聊的遊戲上。」他說。

然而，就在其中一次經過的時候，他忍不住要求伊巴拉上尉讓位，換他加入牌局。他沒有高手的耐心，急躁冒進，而且輸不起，但是他也相當精明，反應迅速，不輸他的下屬。這一次，他跟卡雷紐將軍搭隊，打了六場皆輸。他把紙牌摔在桌上。

「這是什麼狗屎遊戲。」他說。「看誰敢打三人紙牌。」

他們跟將軍一起打。他連續打贏三場，心情也跟著好起來，他取笑威爾森上校的牌技。威爾森沒放在心上，倒是趁將軍樂昏頭時占他便宜，接下來就沒再輸過。將軍變得緊張起來，他的嘴唇發白緊閉，挑起眉毛，那雙眼再次燃起過往的野蠻火光。他沒再開口說話，一陣猛咳讓他的心神無法集中。午夜十二點過後，他下令暫停打牌。

「我一整晚都頂著逆風。」他說。

他們把桌子搬到比較能擋風的地點，但是他還是繼續輸牌。他派人叫附近某處的慶祝會不要吹奏鼓笛，但是鼓笛聲依然飄揚，比蟋蟀的鳴叫還要響亮。他要人跟他換位置，叫人在椅子上鋪坐墊，想藉著墊高讓身子感覺舒服一點，他啜飲紓緩咳嗽的椴樹花茶，打了幾場牌後，又在長廊上來回走好幾趟，結果還是繼續輸牌。威爾森睜著一雙清澈的眼眸，嚴肅地盯著將軍，可是後者沒有回以視線。

「這副牌做了記號。」他說。

「將軍，這是您的牌。」威爾森說。

這的確是他的一副牌，儘管如此，他還是一張張徹底檢查，最後他要人換一副。威爾森沒讓他喘息。蟋蟀的鳴叫漸歇，一片靜寂籠罩，只有潮溼的微風把從燠熱的山谷中冒出的氣味吹到長廊上來，這時一隻公雞啼叫了三次。「公雞瘋了。」伊巴拉說。「才兩點多而已。」將軍的視線緊盯著紙牌，然後用粗啞的聲音下令：

「混帳！誰都不准走！」

每個人都屏住呼吸。卡雷紐將軍繼續打牌，不過忐忑不安的情緒已經取代了他的興致，他想起兩年前他人生最漫長的一夜，當時大家在布卡拉曼加等候《奧卡尼亞公約》會議的結果。他們從晚上九點開始打牌，直到隔天早上十一點，當同桌牌友一致同意讓將軍連贏三場後才結束。卡雷紐將軍擔心會在瓜杜阿斯村莊重演那場證明實力的牌戰，便向威爾森上校使眼色，示意他準備輸牌。威爾森沒理他。不久。他見威爾森要求休息五分鐘，跟著他沿著露台走去，然後發現他正對著一盆盆的天竺葵撒尿洩恨。

「威爾森上校。」卡雷紐將軍命令他。「立正！」

威爾森頭也不回地回答：

「等我一下。」

他從容不迫地撒完尿，然後扣好褲襠轉過身來。

「準備輸牌。」卡雷紐將軍對他說。「就當作是做善事，拯救一個不幸的朋友吧。」

「我做不出這種侮辱人的事。」威爾森帶點嘲諷地說。

「這是命令！」卡雷紐說。

威爾森立正站好，帶種帝國主義的輕蔑看著他。接著他回到桌邊，開始輸牌。將軍發現了。

「我親愛的威爾森，沒有必要打得這麼隨便。」他說。「總之，差不多是該睡的時間了。」

將軍向所有人一一用力握手，這是他每次從牌桌站起後的動作，目的是為了表示打牌並不傷感情，接著他返回臥室。荷西．帕拉西歐斯睡在地板，但是一看見他進來就立刻起身。將軍急急脫掉衣服，光溜溜地躺上吊床搖晃，他滿腹怒氣，想得越多，呼吸越是粗啞深沉。當他沒入浴缸裡，整個身體連骨頭都在發抖，這時他不是發燒也不是畏寒，而是怒氣填胸。

「威爾森是個惡棍。」他說。

他度過了最難受的一晚。荷西．帕拉西歐斯違反將軍的命令，通知軍官如果有必要，可能要叫醫生，然後拿床單包住他，希望他流汗退燒。他的汗水溼透了好幾條床單，中間短暫恢復了一些，然後又陷入癲狂的幻境。他好幾次大聲吼叫：「不要再吹鼓笛了！混帳！」但這一次大家愛莫能助，因為鼓笛聲早在午夜過後消失。不久他替自己的病找到了罪魁禍首。

「我本來很好，直到有人勸我拿襯衫給那個該死的印第安人看病。」

前往沃達的最後一段路程，是沿著一條霧氣繚繞的驚險山崖小路，將軍經歷了筋疲力竭的一夜，只有像他有著鋼鐵般的身體和意志才熬得住。上路之後，將軍離開了平常的位置，騎到後方威爾森上校的身邊。上校知道這個舉動是要他忘記牌桌上的衝突，於是他像養鷹人般抬起手臂，讓將軍把手搭在上面。就這樣，他們一起往下騎去，將軍幾乎是用盡全力呼吸，但依然穩穩坐在牲口的背上，威爾森上校對將軍表達的敬意相當感動。當穿越了最崎嶇不平的路段之後，將軍用恍如隔世的聲音問：

「倫敦那邊如何？」

威爾森上校看向太陽，此刻幾乎是日正當中，接著他說：

「將軍，很不好。」

他沒有露出驚訝，而是用同樣的聲音再次問說：

「怎麼說？」

「那邊現在是下午六點，是倫敦一天中最糟糕的時刻。」威爾森說。「而且，應該正在下雨吧，那骯髒的死水就像蟾蜍的黏液，在我們那邊，春天是最淒慘的季節。」

「難道您已經打敗了鄉愁？」他說。

「正好相反，是鄉愁打敗了我。」威爾森說。「我已經不再抗拒它了。」

「那麼，您到底想不想回家？」

「我的將軍，我也不知道。」威爾森說。「我把自己交給命運，命運不再屬於我了。」

將軍直視他的雙眼，訝異地說：

「這話應該是由我來說的。」

當將軍再次開口時，他的語調和情緒已經大不相同。「您不用擔心。」他說。「不管發生什麼事，我們都會去歐洲，就算只是為了讓您的父親能開心地見到兒子。」接著他思索了半晌做出結論：

「我親愛的威爾森，請容我告訴您最後一件事：大家怎麼說您都可以，就是不能說您是惡棍。」

威爾森將軍再一次對將軍心服口服，他已經習慣他那絕妙的懺悔，尤其在打完不愉快的牌或打勝仗之後，他繼續緩緩騎著，這個在美洲集榮耀於一身的病人像一隻獵鷹般，用發燙的手牢牢抓著他的前臂，這時空氣開始變熱，他們得像趕蒼蠅一樣，嚇跑在他們頭上盤旋的不祥飛鳥。

他們在最陡峭的坡面遇到一隊印第安人，後者背著一群坐在他們後背椅子上的歐洲旅客。突然間，就在即將抵達下坡路的終點之前，有個發瘋似的騎士朝著他們同樣的方向急馳奔去。他戴著紅色連帽斗篷，幾乎遮住臉部，他是如此倉皇混亂，伊巴拉上尉的驢子嚇得差點摔下山崖。將軍對那個人咆哮：「混帳！注意您走在哪條路上！」他的視線追著他，直到他的身影消失在第一個拐彎處，但是將軍繼續看著他出現在小徑下方的每個拐彎處。

下午兩點，他們越過最後一座丘陵，眼前乍現一片發亮的平原，綿延到遠方的地平線，盡頭那恍如睡夢中的城市就是大名鼎鼎的沃達，和橫跨在泥漿滾滾的大河上的卡斯提式的石橋，還有化為廢墟的城牆，以及被地震摧毀的教堂鐘樓。將軍凝視著熱燙的山谷，臉上沒有透露半絲情緒，只有在看見那位紅斗篷騎士時才有些不同，此刻那位騎士正躍上石橋，繼續他永無止境的奔馳。於是他的想像似乎再次點燃。

「慈悲的天主啊。」他說。「他這般急忙趕路，唯一可能的解釋是送信給卡桑德羅，通知他我們已經出發。」

三

儘管已事先通知不要舉行歡迎將軍光臨的公開活動，港口依然出現一群歡樂的馬隊迎接他，省長普查達・古提雷茲安排了一支樂隊和連續三天的煙火表演。但是將軍的隨行隊伍還沒走到商業主街，大雨就打亂了慶祝活動。這是一場提前驟降的暴雨，猛烈的毀滅力道翻起了街道的石磚，淹沒貧困的社區，但是天氣還是那麼炎熱。就在一片混亂的問候聲中，有個人重提老掉牙的蠢話：「這裡太熱，連母雞下的蛋都像煎過。」這種習以為常的災難持續了三天沒有改變。就在昏昏沉沉的午睡時間，有朵烏雲從山脊降下，盤據城市上空，瞬間化作傾盆大雨。接著毒辣的太陽再次高掛在清朗的天空，和先前一樣無情烤曬大地，當市民組隊清掃淹水帶來的殘磚碎瓦，早晨的烏雲又開始聚集在峰頂。不管是白天還是黑夜，是屋內還是屋外，都能聽見熱氣翻騰的聲響。

將軍發著高燒，身體虛弱，勉強撐到官方的歡迎儀式結束。在市府的大廳裡，空氣熱得像水煮沸時的蒸汽，但是他熬了過來，他像主教小心翼翼發言，他拖長聲音，講話非常緩慢，一直坐在安樂椅上沒有起身。有個十歲的小女孩背著天使翅膀，一襲歐根紗波浪裙襬洋裝，背誦一首讚揚將軍光榮事蹟的抒情詩，但是背得太急差點喘不過氣來。她背錯了，重新再來又接錯段，最後無法彌補，不知道該怎麼辦，她睜著驚恐的眼睛盯著將軍。將軍對她露出會心一笑，低聲吟誦，幫忙她記起詩句：

他的劍發出的光芒，

是他的榮耀栩栩如生的映照。

攀上權位的最初幾年，將軍從不放過任何宴客機會，他舉辦豪華盛宴，力邀賓客吃飯和不醉不歸，這樣輝煌的場景，如今只剩下刻有他的花押字的個人餐具，每逢參加宴會，荷西．帕拉西歐斯就會帶去給他用。他在沃達的歡迎會上，答應坐在榮譽主位，但是只喝一杯波爾多葡萄酒，嘗了一點河裡捕來的烏龜湯，這道菜帶給他一種悲傷的餘味。

他早早離席，回普查達．古提雷茲上校在他家中幫他準備好的房間，但是他聽說聖塔菲的郵件隔天會抵達，僅有的一點睡意被驅散了。他陷入不安，度過平靜的三天，他再次想起自身的不幸，又開始拿異想天開的問題折磨荷西．帕拉西歐斯。他想知道離開之後發生了哪些事，那座城市換了一個不是他主掌的政府之後變成什麼模樣，沒有了他日常生活是否改變。有一次，他在悲從中來時說：「美洲是發了瘋的半個地球。」他在沃達的第一晚或許更有理由這麼相信。

他整夜過得不安穩，因為拒絕裝蚊帳睡覺，他飽受蚊子攻擊。他時而在房間裡一邊自言自語一邊繞圈踱步，時而用力擺盪吊床，時而緊緊裹住毛毯，任憑高燒折磨，在滿身大汗中語無倫次大叫。荷西．帕拉西歐斯守著他沒睡，回答他的問題，不用查看裝在背心扣眼的兩個懷錶，也能不時告訴他時間。當將軍沒力氣自己擺盪吊床，荷西．帕拉西歐斯就幫忙推，然後驅趕蚊子，讓他安睡超過一個多小時。不過，將軍在快天亮時驚醒，他聽見院子裡傳來牲畜和有人說話的聲音，於是穿著睡衣出去拿信。

他年輕的墨西哥副官奧古斯汀．德伊圖畢德上尉也跟著這批郵件一起抵達，因為最近發生一件麻煩事，他不得不多留點時間在聖塔菲。他帶來一封蘇克雷元帥的信，元帥在信中表達他對來不及道別深感惋惜。總統卡塞多在兩天前寫的一封信也跟著這一批郵件寄來了。稍後，當普查達．古提雷茲省長拿著禮拜日的剪報走進臥室，將軍要他讀信給他聽，因為天色還太暗，他看不清楚。

信上的消息說，聖塔菲終於在禮拜天放晴，許多戶人家帶孩子湧進牧場，他們提著一籃籃烤乳豬、燉牛肉、米腸和焗烤馬鈴薯，坐在草皮上吃午餐，城內從三月以來已許久不見這樣燦爛的陽光。這個在五月降臨的奇蹟，化解了前一天禮拜六的緊張氣氛。聖巴爾托洛梅中學的學生又回到街頭，用比喻手法表演獨幕喜劇，可是大眾已看過許多次，所以沒有任何迴響。眼看自討無趣，天還沒黑他們就一哄而散，到了禮拜天，他們拿提普琴取代獵槍，在草地上曬太陽的人群之間高唱班布果舞曲，直到下午五點又開始無預警下雨，慶祝會也跟著結束。

普查達．古提雷茲暫停讀信。

「這個世界已經沒有任何東西能玷汙您的榮耀。」他對將軍說。「閣下，不管別人怎麼說，不論在哪裡，您都是最偉大的哥倫比亞人。」

「我絕對相信。」將軍說。「我一離開，太陽又再次放光芒，就足以知道這一點。」

他對這封信只有一件事不開心，那就是共和國代理總統竟然隨意稱桑坦德派支持者為自由黨分子，彷彿那是正式的稱呼。「真不知道那些政客打哪兒來自稱自由黨分子的權利。」他說。「他們偷了這個稱呼，正如他們也偷走所有落入他們手中的東西。」他從吊床下來，繼續對著省長發洩不悅，同時踩著如同士兵的大步伐在房間裡來回走動。

「事實上，您比我還清楚，除了支持我和反對我的黨派，這裡沒有其他黨派。」他下結論。「或許沒人會相信，我比任何人都更像自由黨分子。」

不久，省長的私人使者捎來口信，說瑪芮拉．沙耶茲沒給他寫信，是由於信使接到拒收她的信件的斷然指令。口信是瑪芮拉親自派人送到，為了這個禁令，她也在同一天向代理總統遞交一份抗議書，而這只是一連串反覆挑釁的開端，最終她將會淪落遭到流放和遺忘的命運。普查達．古提雷茲了解他們的苦戀曾遭遇什麼樣的風風雨雨，然而，出乎他意料，將軍聽到壞消息只是一笑置之。

「對我那位溫柔的小瘋子來說，這類的摩擦稀鬆平常。」他說。

荷西．帕拉西歐斯認為在沃達三天的安排對將軍欠缺尊重，因而絲毫不掩飾他的不滿。令人訝異的是，他們邀將軍參觀六里外的聖塔安娜銀礦，更令人訝異是將軍竟然答應，而最令人訝異的是他竟然下去一個地底坑道。最糟糕的是，他在回途路上竟不顧高燒和頭痛欲裂，跳進一條河的緩流處游泳。很久以前，他曾跟人打賭要綁住一隻手游過平原上一條湍急的河流，打敗最厲害的泳將。無論如何，這一次他游半個小時都沒顯露疲態，但是人們看見他瘦得跟狗一樣的皮包骨，蹬著一雙細瘦的腿，都不懂他拖著這樣瘦小的身軀，怎麼能活下來。

最後一晚，市政府替他舉辦一場豪華舞會，不過他以外出太累為藉口沒有參加。下午五點過後，他關在臥室裡，對費南多口述給多明哥．卡塞多將軍的回信，並要他再讀幾頁利馬的豔情八卦，他自己還是其中一則的主角。之後，他洗了溫水澡，躺上吊床，安靜地在微風的吹拂中聆聽向他致敬的舞會傳來的一陣陣音樂。荷西．帕拉西歐斯讓他睡覺時，聽見他說：

「你還記不記得那首華爾滋舞曲？」

他用口哨吹了幾個拍子，想喚起他的回憶，但是荷西．帕拉西歐斯聽不出來。「就是我們從丘基薩卡抵達利馬那晚不斷聽到的那首華爾滋。」將軍說。荷西．帕拉西歐斯記不起來，可是他永遠不會忘記一八二六年二月八日那個光榮的夜晚。當天早上，在利馬替他們舉辦了一個隆重的歡迎會，將軍每敬一次酒必定餽贈一句話：「西班牙人已從秘魯幅員廣闊的土地上消失無蹤。」他親口說，這片遼闊的大陸已經在這一天完成獨立大業，他要推動史無前例的國家聯盟，成員都是世界上國土最遼闊，或者說是最不凡，甚至最強盛的國家。最後，在那一晚的舞會上，他的情緒跟那首華爾滋綁在一起，他下令樂隊演奏四次，直到每位利馬的貴婦名媛都跟他跳過舞。他的軍官穿著城內看過的最耀眼的軍服，跟隨上司跳到用盡最後一滴力氣，但他們個個都是令人讚嘆的華爾滋高手，這份記憶自此永存，甚至比戰爭的榮耀還要深刻烙印在他們夫人的心中。

在沃達的最後一晚，舞會是以勝利華爾滋開場，他在吊床上等待再次演奏。但遲遲等不到，他便猛然起身，穿上去礦場時的那套騎馬裝，沒事先通知就現身舞會。他一連跳了快三個小時，每換一個舞伴，就叫樂隊再重新演奏一次，或許希望藉著懷念之情剩餘的灰燼，重建昔日的榮光。那些光輝歲月早已遠去，整個世界也背他而去，他對跳舞充滿熱情，舞技精湛，沒有舞伴也能跳，或者他能自己哼唱，爬上飯廳的桌面獨自跳舞，歡樂之情表露無遺。在沃達的最後一晚，他氣虛體弱，不得不趁中場休息時，聞著沾溼古龍水的手帕提神，但是他跳得如此熱情奔放，舞姿如此青春動感，無意間打破快病死的傳言。

午夜過後不久，他回到落腳處，接到有個女人在會客廳等他的通知。那是個優雅高傲的女人，身上散發一股春天的芬芳。她一襲天鵝絨衣裳，兩隻袖子蓋住了拳頭，腳上踩著一雙細緻的哥多華山羊皮短靴，頭戴一頂垂著絲質面紗的中世紀貴夫人帽子。將軍向她行個正式的禮，對她的穿衣和來訪時間十分好奇。她沒說話，只是把脖子上一條長鏈子的盒式項鍊墜拿到眼前，將軍認了出來，驚訝不已。

「米蘭達．林塞！」他驚呼。

「是我沒錯。」她說。「不過我已經不是那個我。」

她說話帶點母語英語腔，不過沒破壞恰似大提琴低沉而溫暖的嗓音，喚起將軍獨一無二的回憶。他打個手勢，示意門口的值班哨兵退下，接著在她面前坐下來，他靠得很近，幾乎與她促膝而坐，並且牽起她的手。

十五年前，他在苦熬第二次流亡期間，與她在京斯頓相識，那是發生在英國商人麥斯威爾．赫斯洛普家中共進午餐間的偶遇。她是倫敦．林塞的獨生女，她的父親是前英國外交官，退休後居住在牙買加的一座糖廠，撰寫六冊沒有人讀的回憶錄。米蘭達美貌驚人，情不自禁愛上流亡的青年，無奈他太過沉浸在他的大夢，心繫另一個女人，眼中容不下其他人。

每當她回憶起他，總是記得他看上去比實際年齡三十二歲還大，臉部輪廓稜角分明，膚色蒼白，留著跟黑白混血兒一樣粗硬的鬢角和八字鬍，一頭及肩的長髮。他做英式打扮，一如土生白人的貴族青年，佩戴白色領帶和一身對當地氣候來說太過厚重的禮服，而扣眼插著一朵深具浪漫氣息的梔子花。一八一〇年的一個放蕩的夜晚，他就是這身打扮，讓倫敦一間妓院的某高級妓女，把他跟一個希臘同性戀搞混。

不論是好是壞，她最難忘的是他那雙迷濛的眼眸，讓人聽到疲累的無窮無盡話題，以及猛禽一般尖銳的嗓音。奇異的是他始終垂著眼，不願直視賓客的眼睛，卻能攫住他們的注意。他說話帶著加那利群島的節奏和發音，馬德里方言的文雅，那一天為了兩名不懂西班牙語的賓客，他還交替講著尚能理解的簡單英文。

整頓午餐，他只專注跟自己的幽魂糾纏，沒注意任何人。他以學者和演說家之風，滔滔不絕講著，吐出未經琢磨且帶著預示的見解，幾天後，多數的見解寫成一篇史詩般的宣言，刊登在京斯頓的一家報紙上，歷史尊為《牙買加書信》。「我們再一次淪為奴隸，不是因為西班牙人，而是我們無法團結。」他說。他談到美洲的偉大、資源和天賦異稟時，曾多次提到：「我們只是一小群人類。」回家之後，米蘭達的父親問她，她對這位令島上西班牙政府代表如坐針氈的陰謀家留下什麼印象，她僅僅用一句話回答：「他自以為是拿破崙。」

幾天過後，他收到一封奇特的邀約，要他在下個禮拜六晚上九點見她，並列出鉅細靡遺的指示，他要隻身出發，徒步前往，到一個人煙罕至的地點。這個挑戰不單危害他的安危，也會影響美洲的命運，因為他是當時一場起義失敗後僅存的力量。歷盡五年千辛萬苦的獨立戰爭，西班牙剛剛又占領新格拉納達殖民地和委內瑞拉都督府的領土，那裡根本抵擋不住人稱和事老的帕布羅·莫里略將軍的猛烈進攻。而一紙把懂得讀書寫字的人全吊死的草草命令，一舉殲滅愛國者的領導上層。

他來自受文化薰陶的土生白人一代，他們一路從墨西哥到銀河播下獨立的種子，而他是最有自信、最固執、最有洞見的一個，把政治天分和戰爭直覺發揮到極致。他住在一間租來的兩房屋子，身邊跟著荷西·帕拉西歐斯、軍事副官，和兩個獲得自由還繼續服侍他的少年奴隸。徒步前往一個曖昧的約會，而且是夜晚，不能帶守衛，不僅是無益的冒險，也是有史以來最不智之舉。但是，他縱使再怎麼看重生命和事業，依然認為謎樣的美麗女人更吸引人。

米蘭達騎著馬，在約定的地點等他，她也是單獨赴約，她讓他坐後座，帶著他沿著一條隱蔽的小徑而行。遠方的海面雷電交加，似乎就要下雨了。昏暗中，一群黑狗纏在馬的腳邊繞圈和吠叫，但是她用英語不斷地溫柔呢喃，擋開牠們。他們經過製糖廠附近，倫敦．林塞就在那兒撰寫只有他勢必得記住的回憶，他們渡過一條石頭小溪，到了對岸後鑽進一座松樹林，盡頭有一座廢棄的小教堂，他們在這裡下馬，她牽著他的手穿過陰暗的小禮拜堂，直到化為廢墟的聖器室，唯一的照明只有釘在牆上的一支火把，僅有的家具只有兩截拿斧頭砍下的樹幹。直到這一刻，他們才注視彼此。他穿著一件襯衫，頭髮用緞帶綁在腦後恍若一根馬尾巴，米蘭達覺得他比在那頓午餐時看起來年輕和深具魅力。

他沒採取任何行動，因為他的引誘方式就是別遵循任何規則，畢竟每次的對象都不同，尤其在第一步的時候。「在愛情的前章犯錯是無法補救的。」他曾說。這一次他前來應該是相信，既然是她的決定，那麼所有的阻礙應該都已經事先排除。

他錯了。米蘭達除了美貌，還有難以放下的尊嚴，因此過了好一會兒，他才明白他應該採取行動。她邀他坐下，一如十五年後他們在沃達也不得不這麼做，他們面對面坐在砍下的樹幹上，離彼此很近，膝蓋幾乎碰在一起。他牽起她的雙手，拉她過來，想要吻她。她順從地靠過去，直到感覺他呼出的熱氣，於是別開了臉。

「慢慢來。」她說。

同樣的這句話也擋下他接下來的再三嘗試。到了午夜，當雨水開始從屋頂的窗眼滲透，他們依然面對面坐著，牽著彼此的手，他吟誦著這段時日他在腦海創作的一首八行詩。詩句經過細細琢磨韻腳，交織描述纏綿的情話和對戰爭的吹捧。她深受感動，說出三個名字，試圖猜出作者是何方神聖。

「這是一位軍人的詩。」他說。

「是戰場上的軍人還是沙龍裡的軍人？」她問。

「都是。」他說。「他是有史以來最偉大和不凡的軍人。」

她想起父親在赫斯洛普家午餐後對她說過的話。

「那只可能是拿破崙。」她說。

「差不多。」將軍說。「可是道德上差距很大，因為這首詩的作者絕不會加冕登基。」

一年年過去，每一回聽到他的消息，她都越來越驚恐地問自己，他可有發現他那番機智的調皮話，正是他命運的預兆。但是那一晚她沒多想，心思全放在如何拖住他又能不惹毛他，如何抵擋他那越接近黎明就越是急迫的進攻。最後她允許他偶爾落下幾個吻，但僅止於此。

「慢慢來。」她對他說。

「下午三點，我將搭上前往海地的輪船，永遠離開這裡。」

她露出討人喜愛的微笑，戳破他的詭計。

「首先，輪船是禮拜五啟航。」她說。「而且，您昨天吩咐特納太太做的糕點，是要帶去給今晚共進晚餐的對象，她是我在這個世界上最討厭的女人。」

她在這個世界上最討厭的女人名叫茱莉亞．柯比耶爾，是個美麗又有錢的多明尼加女人，她也流亡到牙買加，據傳，他不止一次在她家過夜。這天晚上，他們要單獨慶祝她的生日。

「您比我的間諜消息還靈通。」他說。

「您為什麼不乾脆把我也當間諜呢？」她說。

他不懂這句話的意思，一直到第二天他回到家，發現他的朋友菲利克斯．艾馬斯托躺在他的吊床上失血身亡，若不是去赴假約會，躺在上面的人就會是他。他的朋友打算向他通報緊急消息，在這裡等他，後來不敵睡意，而西班牙人買通其中一個解放的奴僕，錯以為那是他，刺了十一刀置他於死地。米蘭達獲悉刺殺的計畫，想到了阻止這件事的最審慎辦法。他想親自跟她道謝，可是她沒回他的口信。搭乘私掠縱帆船到王子港之前，他派荷西．帕拉西歐斯把他從母親那兒繼承來的、最美麗的一條盒式項鍊墜送給她，並附上一張鈔票和一行沒簽名的話：

「我的命運注定如戲。」

米蘭達一直沒忘記但也不明白這句出自年輕戰士意義隱晦的話，接下來幾年，他靠已解放的海地共和國的總統亞歷山大．佩蒂翁的幫忙返回故鄉，他跟著一支打赤腳的平地游擊隊橫越安地斯山脈，在博亞卡的橋上擊退保皇黨軍隊，第二次也是永遠地解放了新格拉納達，接著他解放他的故土委內瑞拉，最後是南方崎嶇的土地，直到跟巴西共和國的接壤處。她繼續蒐集他的消息，尤其是旅人述說的故事，他們不厭其煩地訴說他的輝煌戰績。當西班牙舊時殖民地確定獨立之後，米蘭達嫁給一個英國測量員，這個人改行後定居新格拉納達，在沃達的山谷種植牙買加的甘蔗樹。前一天，她聽說她的舊識，那位在金斯敦的流亡者，來到距離她家只有三里路的距離。可是當她到了礦場，將軍已經離去，返回了沃達，她不得不再度騎馬，花了半天追趕上他。

她絕不可能在街上認出他現在的模樣，他沒了鬢角也沒了年輕時留的八字鬍，頂著一頭稀疏的白髮，外表不修邊幅，她備感驚嚇，感覺在跟一縷亡魂說話。避開在街上被認出的風險後，米蘭達原本打算摘掉面紗跟他說話，但她做不到，害怕他會發現歲月在她臉上留下的痕跡。一結束形式上的寒暄後，她立刻單刀直入：

「我來求您幫一個忙。」

「悉聽尊便。」他說。

「我五個孩子的父親因為殺了一個人，要服刑非常久。」她說。

「我能幫得上什麼？」

「那是一場光明正大的決鬥。」她說，並接著解釋：「嫉妒而起。」

「一定是無緣無故吧。」他說。

「並非如此。」她說。

但一切都已經過去，他也是過去的一部分，她只求他大發慈悲，使用他的權力結束她丈夫的刑期。他能說出口的只有真話：

「您也看到了，我病了而且自身難保，但是在這個世界上，沒有我無法替您辦到的事。」

他請伊巴拉上尉進來，記下這起案件，並保證會盡可能利用剩餘的權力取得特赦。同樣這天晚上，他跟普查達．古提雷茲將軍交換意見，小心翼翼沒留下任何書面的東西，但是一切行動要等到了解新政府的狀況。他送米蘭達到屋前門廊，一支六個自由奴隸的護衛隊伍那兒等著她，接著他在她的手背印下一吻道別。

「這是個快樂的夜晚。」她說。

他忍不住問：

「是這一晚還是那一晚？」

「兩晚都是。」她說。

她跨上一匹裝上挽具的馬，那匹馬強壯、美麗，彷彿總督的坐騎，接著急馳而去，沒再回頭看他。他在門廊上等到她的身影消失在街道盡頭，不過他繼續夢見她，直到荷西．帕拉西歐斯在破曉時刻叫醒他，準備踏上河流之旅。

七年前，將軍授予德國海軍准將胡安．貝爾納多．埃爾博特蒸汽輪船的內河航運開發特權。他曾在前往奧卡尼亞時，搭乘他的一艘河輪從新巴蘭卡到皇家港，他承認這樣的旅行方式相當舒適和安全。然而，埃爾博特准將認為，如果無法取得獨占權，這就是一樁沒有價值的生意，於是桑坦德將軍在擔任代理總統期間無條件答應他的請求。兩年過後，將軍擁著國家議會賦予的絕高權力，以一句預言般的話取消這個協定：「如果我們給德國人獨占權，他們最終會轉讓給美國。」不久，他宣布完全開放全國內河航運。因此，每當他想雇用河輪旅行，都會遇上拖延或者搪塞，實在太像報復舉動，而在出發時刻，只能像平常一樣搭平底木船。

從清晨五點開始，港口就擠滿人群，有人騎馬，有人徒步，都是省長從附近的人行道上緊急召集而來，為的是重現過往時代的道別場面。數不清的獨木舟在碼頭邊載沉載浮，上面載滿女人，她們興高采烈地對著護衛隊大聲挑逗，士兵回應她們淫穢的讚美。六點時，將軍帶領官方的隨從隊伍抵達。他是從省長家走過來，踩著非常緩慢的步伐，拿著一條浸溼古龍水的手帕摀住嘴巴。

這一天烏雲密布。天亮後，街道上的商店開門營業，有幾間位在二十年前地震倒塌的房屋殘垣斷壁之間，幾乎像是露天營業。將軍拿起手帕回應在窗邊跟他打招呼的人，但是人數不多，大多數人都默默目送他經過，對他的憔悴很感詫異。他穿著襯衫，袖子捲起，腳下是那雙唯一的威靈頓橡膠雨靴，和一頂白色草帽。在教堂的門廊上，教區神父爬上了一張椅子，準備對他發表一番演說，可是遭到卡雷紐將軍勸阻他。他靠了過去跟他握手。

到了街角，他一眼望去，就知道自己沒辦法越過斜坡，但是他抓緊卡雷紐將軍的手臂開始往上爬，直到顯然無法再繼續。這時他們試圖勸他坐轎子，那是普查達·古提雷茲為了以防萬一所準備的。

「不要，卡雷紐將軍，我求求您。」他驚恐地說。「不要讓我蒙羞。」

他爬到斜坡頂端，但靠著意志力而不是體力，而且他還有餘力走下去，不用他人攙扶抵達了船隻停泊的碼頭。他在這裡親切的送上一句話跟每位官方隨從道別。他臉上堆著假笑，希望他們不要發現五月十五日這一天，他將踏上一趟無可避免且航向一無所有的旅程。他把一枚印有他側面肖像的黃金紀念章送給普查達・古提雷茲省長當紀念，用所有人都能聽見的響亮聲音，感謝他的好心，帶著些許感動抱住他。接著，他在平底木船的船尾拿著帽子揮別，沒看那群在岸上跟他永別的人，沒看見平底木船四周圍繞著亂糟糟的獨木舟，或像鯡魚在水中游泳全身光溜溜的孩子。他臉上一片茫然，繼續拿著帽子對同樣的方向揮舞，直到再也看不見聳立在毀壞的圍牆上方那座殘破的教堂鐘樓。這時，他鑽進平底木船的船棚，坐在吊床上，伸直雙腿，讓荷西・帕拉西歐斯替他脫掉靴子。

「這下子他們總該相信我們離開了吧。」他說。

他們的船隊一共有八艘平底木船，大小不一，最特別的一艘給他跟隨從搭乘，船尾配有一名舵手和八個拿綠檀木槳的划槳工。這艘平底木船十分不同，一般的木船中央是專放貨物的棕櫚葉遮棚，這一艘換成一頂亞麻布帳篷，好讓將軍可以在陰涼處掛吊床，他們在篷內墊上草蓆再鋪上印花棉布，開了四個窗戶改善通風和採光。他們擺了一張小桌子給他寫字和打牌，一個櫃子供他擺放書本，還有一個架著石子過濾器的水甕。船隊指揮是河上精挑細選出來的佼佼者，他名叫卡西爾多・山多斯，曾當過射手衛兵營隊上尉，他的嗓音如雷，左眼戴著海盜眼罩，給人他對這次的委任無所畏懼的印象。

對海軍准將埃爾博特的輪船隊來說，五月是一整年第一個適合航行的好月份，可是這個好月份卻不見得適合平底木船。地獄般的酷熱、險惡的暴風雨、湍急的水流、夜間的猛獸和害蟲的威脅，種種聯合起來危害旅客。如果因健康欠佳而變得特別敏感，那麼一時疏忽掛在主船帳篷屋簷下的醃肉和煙燻脂鯉發出的臭味，就是另一個折磨，因此將軍上船發現之後，就下令叫人拿走。當山多斯船長發現將軍連食物的氣味都無法忍受，便把載運糧食的平底木船調到船隊的最後，那艘船上還有飼養活雞和活豬的畜欄。然而，從航行的第一天開始，將軍開心地享受一連兩盤玉米筍粥後，就決定這趟旅程不再吃其他東西。

「這就像費南妲七世那雙神奇的手煮的。」他說。

確實沒錯。他這幾年的個人廚娘叫費南妲．巴里戈，來自基多，每當她強迫他吃他不想吃的東西，他就叫她費南妲七世，她瞞著他偷偷上了船。她是個性情溫和的印第安婦女，身形肥胖，聒噪不休，她最大的本事不是一手好廚藝，而是能讓將軍在餐桌上開心吃飯的本能。他本來把她留在聖塔菲，瑪芮拉．沙耶茲已將她收做家僕，可是當卡雷紐將軍聽荷西．帕拉西歐斯緊張地說，將軍從出發前夕就沒好好吃過一頓飯，立刻從瓜杜阿斯將她緊急叫來。她在凌晨時分抵達沃達，他們讓她偷偷登上糧倉平底木船，等待恰當的出場時機。她比預期提早現身，因為將軍吃了玉米筍粥後很開心，那是他健康走下坡後比較有胃口的菜色。

航行的第一天差點成了最後一天。下午兩點，天色暗下，河面波濤洶湧，天空雷電交加，撼動了大地，划槳工似乎無法阻止小船往暗礁撞得粉身碎骨。將軍從帳篷觀看山多斯船長大聲指揮逃命方式，他的航行技術似乎應付不了這般混亂的場面。將軍一開始是好奇觀看，接著內心升起難以駕馭的焦慮，在最驚險的那一刻，他發現船長下錯一個命令，這時他尋著本能，在風雨中邁開腳步，擋下船長就要帶領船隻航向毀滅的命令。

「不能往那邊！」他大叫。「往右，往右，混帳！」

儘管他是破鑼嗓子，但充滿無法忽視的威嚴，划槳工開始反應。於是他不自覺接下指揮權，直到渡過危險。荷西・帕拉西歐斯連忙向前，替他蓋上一條毯子。威爾森和伊巴拉扶著他站穩原地。山多斯船長退到一旁，發現自己又搞混左舷和右舷，他像一名卑微的小兵等著，將軍過來找他時，發現他眼神流露恐懼。

「請您原諒，船長。」將軍對他說。

但是將軍無法恢復平靜。這天晚上，船隻第一次靠岸過夜，他們在沙灘上生起篝火，他在火堆旁述說他永難忘懷的航行事故。他說起他的兄長胡安・維生德，也就是費南多的父親，當時他到華盛頓採購給第一共和國的一批武器和彈藥，在回程的半途遇上船難溺斃。他說他也曾遇過同樣的生死關頭，他在橫渡阿勞卡河時碰上漲潮，坐騎就在他的胯下淹死，他一隻靴子卡在馬鐙上，被搖搖晃晃拖著走，幸虧他的嚮導割斷皮繩。他說新格拉納達確定獨立不久之後，他在往安戈斯圖拉的路途中，目睹有一艘小船在奧里諾科河的急流處翻船，一位素不相識的軍官游向岸邊。他們說他是蘇克雷將軍。他生氣地回答：「哪有什麼叫蘇克雷的將軍。」他的確是安東尼奧·荷西·蘇克雷，當時他剛升上自由黨軍隊的將軍，自此他們維持一段親密的友誼。

「我聽過那次相遇。」卡雷紐將軍說。「只是不知道船難的詳細情形。」

「您八成搞混成蘇克雷的第一次船難，那一次他被莫里略追殺，從卡塔赫納一路逃命，在水中漂浮將近二十四個小時，只有天主知道他是怎麼辦到的。」他說。接著他有點離題，又補充：「我希望山多斯船長多少能明白我今天下午為什麼那樣失禮。」

凌晨時分，當所有人都在睡夢中，傳來一陣沒有任何伴奏的清唱，歌聲彷彿發自靈魂深處，撼動了整座雨林。將軍在吊床上搖啊晃。「是德伊圖畢德。」荷西·帕拉西歐斯在黑暗中嘟囔。他剛說完，一聲粗魯的命令打斷了歌聲。

奧古斯汀·德伊圖畢德是一位打過獨立戰爭的墨西哥將軍的長子，他的父親曾自封墨西哥皇帝，在位時間不過短短一年多。將軍第一次見到德伊圖畢德，就對他有一種特殊的好感，德伊圖畢德立正行禮，激動得直發抖，他在童年的偶像面前，無法控制雙手的顫動。那時他二十二歲。他還不滿十七歲時，他的父親不知道自己遭缺席審判，以叛國罪判處死刑，他一結束流亡返家不到幾個小時，就在墨西哥省一座滿布灰塵的燠熱小村莊遭到槍決。

將軍打從一開始就深受三件事感動。一件是奧古斯汀有個鑲寶石的黃金錶，那是他的父親在槍決刑場託人送給他的，他把錶掛在脖子上，意在告訴大家他非常驕傲擁有黃金錶；另一件是他真心地對將軍說，他的父親怕被港口的士兵認出，於是打扮成窮人，卻因為騎馬的英姿露餡；第三件是他唱歌的方式。

墨西哥政府千方百計阻撓他加入哥倫比亞軍隊，他們相信這是一樁君主復辟的陰謀，將軍要他接受戰術訓練，再利用他具備王位繼承權的身分，支持他登基為墨西哥皇帝。將軍甘冒引起嚴重外交危機的風險，不只承認年輕的奧古斯汀的軍事頭銜，更把他收作副官。奧古斯汀沒有辜負他的信任，雖然他不曾有過一天快樂的日子，而且必須靠著唱歌的習慣熬過漂泊的生活。

因此，當有人要他不要在馬格達萊納河的雨林中唱歌，將軍立刻從吊床下來，裹著一條毛毯，穿過被值班士兵的篝火照得通明的營區，去與他相見。他發現他坐在岸邊，凝視河水奔流。

「繼續唱吧，上尉。」將軍對他說。

他在他身邊坐下來，當他聽懂歌詞後，就跟著有氣無力地唱起來。他從沒聽過有人能帶著如此濃濃的愛意高歌，也不記得有誰能唱得如此悲傷，卻又能勾起周遭的人無限的幸福感。奧古斯汀跟他在喬治敦軍校的同學費南多和安德烈斯組成三重唱，替將軍的生活和乏味無趣的軍營注入年輕的朝氣。

奧古斯汀和將軍繼續唱歌，直到雨林內的動物騷動不安，嚇跑岸邊睡覺的短吻鱷，河水像是在地震中翻騰不止。將軍繼續坐在地上，目瞪口呆地看著大自然驚醒，一直到遠方的地平線劃開一絲橘黃，天色破曉。這時，他扶著奧古斯汀的肩膀站起來。

「謝謝，上尉。」將軍對他說。「如果有十個像您這麼會唱歌的人，我們就能拯救世界了。」

「喔，將軍。」奧古斯汀嘆口氣。「多希望我的母親也能聽見這句話。」

航行的第二天，他們看見悉心照料的莊園，青青草原，和自由自在奔跑的美麗馬匹，但之後又見雨林，轉眼一切恢復原貌。他們早已開始超前，把一些巨大樹幹捆成木筏拋在後面，那是沿岸的伐木工人帶去印第安卡塔赫納販售的木材。木筏的速度很慢，彷彿停在河面上，全家大小包括小孩和牲畜都乘坐在上面，簡陋棕櫚葉棚子幾乎無法抵擋烈陽的烤曬。在雨林的幾處河彎，已經開始出現河輪的船員為塞滿鍋爐所留下的破壞痕跡。

「河流會乾涸，所以魚兒要學會在陸地行走。」將軍說。

白天依舊酷熱難耐，長尾猴和鳥禽吵得人快發瘋，但是黑夜寧靜而涼爽。短吻鱷安靜地待在沙地上動也不動好幾個小時，張著嘴巴捕捉蝴蝶。在幾棟空屋旁，有成片相連的玉米田，而骨瘦如柴的狗對著航經的船舶吠叫，儘管荒蕪人煙，卻看得見獵貘的陷阱，和曬在陽光下的魚網。

打了那麼多年的戰爭，經歷那麼多次艱難的執政，嘗過那麼多場乏味的愛情，空閒就像是一種痛苦。將軍一早起來無精打采，躺在吊床上思索。迅速回完給代理總統卡塞多的信，他繼續口述一些信件打發時間。旅程頭幾天，費南多給將軍朗讀利馬的趣聞紀事，但沒辦法再吸引他對其他書的興趣。

這是他最後一本完整讀完的書。將軍一直是個狼吞虎嚥的讀者，連休戰期間或歡愛過後的休息時間也不放過，但是他的閱讀既無條理也沒有方法。他時時刻刻都在閱讀，有時在樹蔭下散步之際，有時在赤道豔陽下騎馬時，有時在奔馳在石頭路上的車內暗處，有時在一邊搖吊床一邊口述信件。有個利馬的書商相當訝異將軍從一本總目錄選出如此大量包羅萬象的作品，從希臘哲學家到有關手相的專著。年輕時，他受老師西蒙．羅德里格茲影響開始閱讀浪漫主義作品，後來他繼續大量閱讀這類書籍，把自己投射在書中帶著理想主義和狂熱性情的角色，這些充滿激情的作品在他餘生留下深深烙印。最後，他拿到什麼就讀什麼，喜歡的作者不只一個，每個不同時期都有偏愛的作者，加起來非常多個。他住過不同地方，屋內的書架總是書滿為患，臥室和走廊最後變成堆疊書本的隘道，他所到之處更累積小山似的文件，而且毫不留情緊追在他之後，企求尋找能平靜落腳的文件匣。他從沒讀完所擁有的書。每當他離開一個城市，就把書交給比較能信任的朋友照顧，儘管後來再也不知道書的狀況，他一路打仗，從玻利維亞到委內瑞拉，不得不在沿途留下超過四百里的書和文件。

在視力衰退之前，他已經請抄寫員朗讀給他聽，最後因為討厭戴眼鏡，完全倚賴聽讀。但是他對閱讀的興趣也跟著消退，一如以往，他認為問題不在自己身上。

「因為好書越來越少。」他說。

在這趟昏沉沉的旅途，只有荷西．帕拉西歐斯臉上沒有厭倦，不管是燠熱還是不適，都沒影響他優雅的舉止、得體的穿著或他的服務。他比將軍小六歲，他是出生在將軍家的奴隸，他的非洲母親一時失足跟一個西班牙男人生下他，他繼承父親胡蘿蔔顏色的頭髮、長在臉上和手上的雀斑，以及一雙淺藍色的眼睛。他天生懂得節制，但例外的是，他是隨從中擁有最多樣和最昂貴衣服的一個。他一輩子都跟在將軍身邊，追隨他兩次流亡，他全部的任務，他所在的第一線戰役，他總是做平民打扮，因為從不認為自己有穿軍服的權利。

旅途中最令人難以忍受的是無法活動。一天下午，將軍不想繼續在狹窄的帆布帳篷內踱圈，他感覺意氣消沉，於是下令停船想要走走。他們在乾涸的泥巴地上，看見類似鴕鳥般巨大鳥類的足印，至少有一頭牛那麼重，但是划槳工覺得沒什麼好大驚小怪，他們說有一些人類在這個荒涼的地點出沒，他們的體型如同爪哇木棉樹一般魁梧，長著跟公雞一樣的頭冠和爪子。將軍把傳說嘲弄一番，一如他也嘲弄所有帶著超自然色彩的東西，但是他散步的時間比預期還久，最後一行人不得不露營，違反了船長的規定，此外他的副官認為此地不但危險，還有害健康。他熱得睡不著，成群的蚊子似乎鑽進令人窒息的蚊帳，再加上聽著美洲獅嚇人的吼叫聲，提心吊膽了一整夜。到了凌晨兩點，他去找圍在篝火旁的看守的士兵聊天。一直到天色破曉，當他凝視著第一道晨曦染成金色的沼澤，才放下讓他的失眠的想像。

「好。」他說。「我們還沒認識那些長雞爪的朋友就要離開了。」

就在他們啟航的那一刻，一隻骯髒、長疥瘡和皮包骨的狗跳上平底木船，牠有一隻腳動彈不得。將軍的兩隻狗撲上去攻擊，但是那隻肢體殘缺的狗不怕死拚命反擊，牠不肯投降，即使全身是血，脖子血肉模糊。將軍下令收留牠，荷西．帕拉西歐斯負責照料，一如他也這麼多次處理過那麼多流浪狗。

同樣這一天，他們也收留了一個德國人，他因為拿起船槳對自己的划槳工施暴，最後被遺棄在某個沙洲島上。他上船後，自我介紹是個天文學家和植物學家，但是言談間洩露他根本不具備兩種身分。他反而說他親眼看過長雞腳的人類，也下定決心要活捉一個，送到歐洲以牢籠巡迴展示，只有那位來自美洲的蜘蛛女所造成的轟動可以相比，一個世紀前她曾在安達魯西亞港口引起極大的轟動。

「把我帶走吧。」將軍對他說。「我保證，把我關在籠子裡當作史上最大的蠢蛋來展示，肯定能賺更多錢。」

將軍從一開始覺得他只是個善良的騙子，但後來改變看法，因為這個德國人開始講一些不正經的笑話，提起亞歷山大．馮．洪堡德男爵可恥的雞姦行為。「我們應該把他丟在另外一個沙洲上。」他對荷西．帕拉西歐斯說。到了下午，他們碰見一艘往上游的郵務獨木舟，將軍立刻發揮他善於打動人的技巧，要郵差打開官方的郵件袋，拿出給他的信。最後，將軍還請他幫忙把德國人送到納雷港，儘管獨木舟已經超載，郵差還是答應了。這天晚上，將軍聽著費南多讀信時，發了牢騷：

「那個狗娘養的傢伙連洪堡德的一根頭髮都比不上。」

自從把救德國人上船後，將軍就一直想著男爵，他難以想像他是怎麼在這片蠻荒的大自然生存下來。他是在居留巴黎的那些年認識他，當時洪堡德從周遊日夜平分點上的國家回來，將軍發現他除了聰明才智外，更有俊美的容貌，他從沒在女人身上看過這種美。然而，將軍最難以相信的是他堅信美洲的西班牙殖民地已經到了獨立的成熟時機。他說這件事時，聲音沒有絲毫顫抖，而將軍卻認為這像是禮拜天的無稽之談。

「只欠有個人站出來領導。」洪堡德對他說。

許多年後，當將軍在庫斯科把這件事告訴荷西．帕拉西歐斯，或許認為自己站在世界頂端，最後歷史證明了這個人就是他。他不曾把這件事告訴其他人，但是每次提起男爵，他都會利用機會讚揚他的真知灼見：

「洪堡德打開了我的眼界。」

這是他第四次沿著馬格達萊納河旅行，他不由得有種感覺，好像正追著這一生走過的足跡。第一次是一八一三年，當時他是國內一個民兵上校，戰敗後他從古拉索島踏上流亡的路，抵達了印第安卡塔赫納，尋找繼續打仗的資源，新格拉納達分裂成多個自治區，面對西班牙的粗暴鎮壓，民眾不再支持獨立事業，最後的勝利似乎越來越渺茫。他在第三次旅行搭上他口中的蒸汽小船，解放的志業已經確立，但是他近乎瘋狂的統一大陸的大夢卻正要摔碎。在最後這一趟旅行，他的夢已告終，但是化為一句他常掛在嘴邊的話繼續存在：「我們只要不組成美洲聯合政府，我們的敵人就占有全部優勢。」

他跟荷西．帕拉西歐斯分享這麼多回憶，其中最令人感動的是第一次旅行，當時他們沿著河流打解放戰爭。他率領拿著各式各樣武器的兩百名士兵，在短短二十天內，把整條馬格達萊納河擁護君主制的西班牙士兵全部殲滅。航行的第四天，當他們開始看見沿岸的村落有一排排婦女正在等待平底木船經過，荷西．帕拉西歐斯才發現事物的變化有多麼巨大。「她們是寡婦。」他說。將軍探出身，看見她們個個一身黑衣，排排站在岸邊，彷彿在毒辣的陽光下若有所思的一群烏鴉，她們等待著，哪怕只是同情的一聲招呼也好。安德烈斯的兄弟迪耶哥．伊巴拉將軍經常說，將軍沒有子女，但是他是全國所有寡婦的父親和母親。他所到之處，都能見到她們，他以肺腑真言安慰她們，給她們活下去的力量。然而，當他看見河畔村莊的成排的喪服婦女，他想的其實是自己而不是她們。

「現在我們也是寡婦。」他說。「我們是獨立戰爭的孤兒、傷兵敗將，也是賤民。」

在抵達蒙波斯之前，他們沒有停在任何一座小村莊，除了皇家港，因為那裡是奧卡尼亞往馬格達萊納河的出口。他們在港口遇見委內瑞拉將軍荷西·勞倫西歐·席爾瓦，他跟著叛亂的擲彈兵到他的國家的邊界，完成任務後，前來加入隨行隊伍。

將軍一直待在船上，黑夜降臨後，他才上岸到臨時安排的營地睡覺。這段時間，他在平底木船上接見一群想見他的人，他們來自所有戰爭，有寡婦、傷兵和無依無靠者。他的記憶力驚人，幾乎清楚記得所有人。他們有些待在原地忍受不幸的摧殘，有些到他處尋找新的戰爭以求生存，有些成了過路搶匪，比如散落國內各地的無數的自由黨退伍軍人。他們其中一人用一句話概括所有人的感受：「將軍，我們已經做到獨立，現在請告訴我們該怎麼辦。」當將軍陶醉在勝利的喜悅時，曾經教他們跟他說真話。如今聽真話的人換了過來。

「獨立是很簡單的問題，端看能不能打贏戰爭。」他對他們說。「緊接著還有更大的犧牲，就是把所有的族群統一成一個國家。」

「將軍，我們唯一做過的就是犧牲。」他們說。

他絲毫不退讓：

「還不夠。」他說。「統一需要不計代價。」

這一晚，當他在掛著吊床的棚屋裡漫步，看見有個女人經過他身邊，他回頭看她，很驚訝女人竟然不覺得他赤身裸體有什麼好大驚小怪。他聽見她邊走邊低聲唱歌：「告訴我，為愛殉情永遠不晚。」門廊處棚屋的看門人是醒著的。

「這裡有女人嗎？」將軍問他。

看門人自以為了解將軍問什麼。

「配得上閣下的沒有半個。」他說。

「那配不上我的呢？」

「也沒有。」看門人說。「附近一里內沒有半個女人。」

將軍非常確定看到她，他在整棟屋子裡到處找，直到夜深人靜。他堅持要副官去調查，隔天耽擱了出發時間一個多小時，直到他終於相信：沒有半個這樣的女人。他不再提這件事。但是在接下來的旅途，他每回記起，又會再次堅稱他看到那個女人。荷西·帕拉西歐斯比將軍多活許多年，他有太多時間回顧跟在將軍身邊的人生，連旁枝末節都翻出來見天日。他唯一沒弄清楚的是在皇家港那一晚，將軍看到的究竟是幻夢，是妄想，還是幽魂。

沒人再想起他們在路上收留的狗，牠在船上，身上的咬傷已逐漸癒合，直到負責餵食的勤務兵發現牠還沒有名字。他們用殺菌劑幫牠洗澡，撲上嬰兒滑石香粉，儘管如此還無法改善牠邋遢的外貌和疥瘡的惡臭。荷西・帕拉西歐斯拖著狗去見在船頭乘涼的將軍。

「我們該幫牠取什麼名字？」他問將軍。

將軍想都沒想就說：

「玻利瓦爾。」

四

一接到平底木船船隊抵達消息，一艘停在港口的砲艇立刻開了出去。荷西．帕拉西歐斯從帳篷的窗戶遠遠地看見砲艇，俯身對在吊床上閉著眼睛的將軍說話。

「大爺。」他說。「到蒙波斯了。」

「天主之地。」將軍說，但沒有張開眼睛。

隨著順流而下，河面變得越來越寬廣，越來越壯闊，彷彿一片浩瀚無垠的沼澤，而天氣的炎熱彷彿用手可以觸摸得到。將軍不再像出航的頭幾天，總是逗留在平底木船的船頭，留戀那瞬間即逝的破曉和令人斷腸的黃昏，他沉溺於悲傷，一點也不覺得放棄可惜。他不再口述信件或聆聽朗讀，不再問隨從問題，讓人看不出他對人生是否還抱著一絲興趣。午覺時間，即使天氣再熱，他依舊蓋著毛毯，閉上眼睛躺在吊床上。荷西．帕拉西歐斯怕他沒聽見又叫了一聲，他再次回話，但沒張開眼睛。

「蒙波斯不存在。」他說。「有時我們會夢見這座城市，但是它不存在。」

「至少我相信聖塔芭芭拉塔樓真實存在。」荷西．帕拉西歐斯說。「我從這裡就看得見。」

將軍睜開飽受折磨的雙眼，從吊床起身，看見蒙波斯前排的鋁製屋頂在正午的陽光底下發亮，這是一座臭氣沖天的城市，受盡糟蹋，毀於戰爭，在共和國的混亂中墮落，又遭到天花摧殘。在這時，河流開始改道，無法彌補的輕視，終將讓這座城市在世紀結束之前走向完全衰落。昔日西班牙殖民地工會執意匆促重建的磚石船塢，經過每次漲潮的破壞，最後只剩下一堆散落在卵石河灘上的石塊。

砲艇靠近平底木船船隊，一位身穿舊時總督轄區制服的黑皮膚警官，用大砲對準他們。卡西爾多．山多斯船長對他大喊：

「不要這麼粗暴，黑仔！」

划槳工猛然停住，平底木船開始隨波擺盪。負責防衛的擲彈兵等待命令。他們舉起獵槍對準砲艇。警官面不改色。

「護照。」他大喊。「以法律之名。」

就在這一刻，他看見一縷在煉獄煎熬的靈魂掀開帳篷出來，看見他有氣無力地舉起手，但以不容置疑的氣勢下令士兵放下武器。接著，他用輕柔的聲音對警官說：

「船長，或許您不相信吧，但我沒有護照。」

這位警官不知道他是誰。但是當費南多告知他，他立刻帶著武器跳進水中，接著搶在前頭沿著岸邊奔跑，去告訴市民好消息。鐘聲響徹雲霄，駁船護送平底木船到港口。抵達最後一個河彎時，他們才看見整座城市的面貌，那兒傳來八座教堂合敲警鐘的聲音。

在殖民時期，聖克魯斯蒙波斯曾是連接加勒比海沿岸和內地的商業橋樑，這也是後來城市蓬勃發展的緣由。當解放的強風吹起，這座土生白人貴族的堡壘是第一個起而爭取的地方。城市經歷了西班牙的再一次征服，和將軍親手重新解放。城內只有三條跟河岸平行延伸而去的街道，每一條都寬闊、筆直和布滿灰塵，房屋是開著大扇窗的一層樓，在這裡竟也誕生了兩名伯爵和三名侯爵夫人。那聲名遠播的金銀器手工藝品在歷經共和國的動盪不安依然流傳下來。

這一回到來，將軍不敢奢想榮耀，已經準備好與世界為敵，當他發現一大群人在港口等他，實在嚇了一跳。他急忙穿上燈芯絨褲和長筒靴，儘管天氣炎熱，仍披上毛毯，他沒戴睡帽，卻戴上了在沃達告別時的那頂寬邊帽。

聖母無原罪教堂裡正在舉行一場隆重的喪禮。市政當局、教堂高層、聖會和學校的主要人物都佩戴高雅的黑緞帶，出席往生者的彌撒，當他們聽見響徹雲霄的鐘聲，個個驚慌失措，以為那是火災警報。但是那位警官慌張地跑進教堂，壓低聲音在市長的耳邊說：

「總統已經抵達港口！」

因為很多人都不知道他已經不是總統了。禮拜一有個郵差沿著河畔的村莊散布沃達的謠言，但是講得不清不楚。於是，這樣的誤會意外引發迎接的熱情，喪家發現喪禮上的大多數賓客離開教堂去了碼頭。喪禮只舉行到一半，最後剩下一群比較親近的親朋好友，他們穿過一片如雷的鞭炮聲和鐘聲，送棺木到墓園。

五月雨量不多，河水流量依然稀少，因此他們必須爬上一座懸崖似的瓦礫堆，才能抵達港口，將軍不太高興地拒絕有個自告奮勇要扛他的人，他攀著伊巴拉上尉的手臂爬上去，每一步都踩得蹣跚，他吃力地站穩，但是終究成功抵達，保住了面子。

他在港口向官員用力握手打招呼，照他的健康狀況和那雙小手看來，實在讓人難以相信竟能有那樣的力道。有些人看過他上次來到這裡的模樣，此刻他們無法相信當時的回憶。他簡直跟他的父親一樣衰老，但是他只要還有一口氣，就不願接受幫忙。他拒絕使用他們準備好的聖週五轎子，只願意徒步走到聖母教堂，最後他不得不爬上市長的騾子，那是他看見將軍上岸的虛弱模樣，急忙替他配上鞍座的。

荷西·帕拉西歐斯在港口瞧見許多人端著一張花臉，他們將天花肆虐過的疤痕塗上紫色龍膽汁。這種無法滅絕的流行病席捲了馬格達萊納河下游的村莊，比起西班牙人，老百姓更怕這種在沿河戰役期間造成解放軍死傷的病。在那時因為疫情遲遲不散，將軍找來一位路經的法國博物學家，利用曾感染天花的牲畜血清替村民接種。但是死亡率太高，最後沒有人想再聽到這種他們稱為來自牛身上的藥，許多母親寧願孩子冒著感染天花的危險，也不給他們打預防針。然而，將軍看了收到的官方報告後，相信天花的災難快要平息。於是，當荷西・帕拉西歐斯要他注意人群中的那些花臉，他的反應不是驚訝，而是厭惡。

「只要下屬為了取悅我們，繼續欺瞞我們，狀況就永遠不可能改善。」他說。

他沒有對在港口迎接他們的人露出不悅。他跟他們大概敘述他交位的經過，和聖塔菲陷入的混亂狀態，因此新政府急需一致的支持。「沒有其他選擇。」他說。「如果不團結，就是無政府狀態。」他說他不會再回去，不只是他憔悴不堪的身體需要喘息，正如大家所見已經千瘡百孔，他也試著平撫內心對他人的惡意感受到的沉重哀傷。但是他沒說何時要走，要去哪裡，只是不太合理地一再強調他還沒收到政府發的出國護照。他向他們感謝蒙波斯帶給他二十年的光榮歲月，他說自己是一介平民，請求他們不要替他冠上其他稱號。

當一大群人湧進聖母教堂，準備舉行唱讚美頌的臨時感謝儀式，裡面依然點綴著黑色緞帶，空氣飄散著喪禮的花香和燭芯的氣味。荷西・帕拉西歐斯坐在隨從的靠背長椅上，他發現將軍坐在他的那張椅子上有些拘謹。相反地，坐在他身邊的市長倒是相當自在，他是個原白混血的麥士蒂索人，頂著一頭如獅鬃的美麗頭髮。班胡梅亞的遺孀費南妲曾經以她土生白人的美貌驚動馬德里宮廷，此刻她把她的檀木扇子借給將軍，幫他祛除與紓緩儀式進行間的悶熱。他不抱希望地搧一搧，那一點風只能充當安慰，直到他開始熱得無法呼吸。這時將軍在市長的耳邊低喃：

「相信我，我不該受這種懲罰。」

「閣下，人民的愛是有代價的。」市長說。

「不幸的是，這不是愛而是看戲。」他說。

感謝儀式結束後，將軍向班胡梅亞的遺孀行禮道別，把扇子還她。她再把扇子遞給他。

「這是我的榮幸，請您收著吧，當作是對深深敬愛您的人的回憶。」她對他說。

「夫人，我沒剩多少時間可以回憶，真是悲哀啊。」他說。

從聖母教堂到聖保羅使徒中學有一段路，教區神父堅持要替將軍遮陽，拿出聖週的華蓋，學校是一棟兩層樓的大宅，裡面有個修道院風格的迴廊，放眼可見蕨類植物和紫茉莉，迴廊盡頭是一座在陽光下發亮的果樹園。在這幾個月，河面吹來陣陣有害健康的微風，即使入夜也不適合待在拱形走廊上，不過大廳旁有幾間臥室，在厚實的石砌牆保護下，裡面一片昏暗，散發秋天的涼意。

荷西．帕拉西歐斯先行打理好一切。臥室的牆面粗糙，不久前才抹上石灰泥而顯得潔白，裡面採光不良，唯一的一扇窗垂掛著綠色的百葉窗，窗外就是果園。荷西．帕拉西歐斯調換床的位置，把床腳對著窗戶，這樣一來，將軍躺在床頭可以看見樹上的番石榴，和聞到水果的芬芳。

將軍挽著費南多的手臂走到臥室，陪在身邊的還有聖母教堂的神父，他也是這所中學的校長。將軍一進去，立刻把背靠在牆上，同時非常訝異聞到窗台上的瓠瓜木盤上飄來番石榴香，濃郁的香氣彌漫整個房間。他就這樣，閉上眼睛，用力呼吸那撕碎他靈魂的、充滿舊時回憶的香氣，直到喘不過氣來。接著，他的目光小心翼翼地掃過房間，彷彿每一樣物品都透露著什麼。除了一張天篷床，還有一個桃花心木衣櫥，一張也是桃花心木的大理桌面小夜桌，和一張紅色天鵝絨安樂椅。靠窗牆邊有一個羅馬數字的八角形時鐘，時間停在一點零七分。

「終於有個東西不曾改變！」將軍說。

神父嚇一跳。

「對不起，閣下。」他說。「就我所知，您從未來過這裡。」

荷西．帕拉西歐斯也嚇一跳，因為他們從未拜訪過這棟屋子，但是將軍繼續回憶，舉出甚多準確的例子，讓大家一頭霧水。然而，他最後用慣有的嘲諷安慰大家。

「或許是前世的回憶吧。」他說。「無論如何，在這城市什麼都可能發生，我們剛剛不也看到被逐出教會的人走在華蓋底下。」

不久，一場雷聲隆隆的暴雨突然降下，淹沒整座城市。經過一番寒暄折騰，將軍利用機會養精蓄銳，他連衣服都沒脫，仰躺在陰暗的房間裡假裝睡覺，享受番石榴的氣味，不久他在大水過後的寧靜中，真的進入夢鄉，恢復了體力。荷西．帕拉西歐斯知道他睡著了，因為他在說話，只有說夢話時，他才會重拾年輕時發音準確和音色清晰的習慣。他講到卡拉卡斯，那是一座已經不屬於他的廢墟城市，牆上貼滿侮辱他的話語，滾滾流動的人類糞便淹沒大街小巷。荷西．帕拉西歐斯守在房間一角，坐在安樂椅上的身影幾乎難以辨識，他要確保除了隨從外，沒有其他人聽見將軍在夢中吐露的秘密。他對著半敞的門，向威爾森上校打手勢，上校下令在花園巡邏的守衛士兵退下。

「在這裡，沒有人喜歡我們，在卡拉卡斯，沒有人服從我們。」將軍在睡夢中說。「不論到哪裡都差不多。」

他繼續哀傷地叨唸一串苦澀，提及昔日的光輝，而光輝的餘燼早已隨著死亡的風一點一滴而逝。經過將近一個小時的夢囈，走廊上傳來的走動聲，和隨之響起的冰冷而高傲的嗓音，吵醒了將軍。他猛然發出一聲粗重的鼾聲，沒睜開眼睛就說話，聲音已經恢復清醒後的滄桑。

「可惡，到底發生什麼事？」

結果那人是羅倫佐．卡爾卡莫將軍，他是解放戰爭的老兵，脾氣火爆，膽量接近狂妄，他想在將軍接見時間之前，強行闖入臥室。他一路過關斬將，先是拿軍刀攻擊一位擲彈兵隊的中尉，接著打倒威爾森上校，只有在神父永恆的權力面前俯首聽命，讓他好意地領著自己去隔壁的辦公室。將軍聽到威爾森的報告後，氣憤大喊：

「跟卡爾卡莫說我死了！就這樣！說我死了！」

威爾森上校踏進辦公室面對鬧事者，這位軍官為了這個場合還穿上閱兵制服，戴著滿滿的戰爭勳章。但這一刻，他高傲的神情已經消失無蹤，眼眶滿溢淚水。

「不用，威爾森，不用傳口信。」他說。「我已經聽到了。」

當將軍睜開眼睛，他發現時鐘還是停在一點零七分。荷西．帕拉西歐斯上緊發條，憑記憶調整時間，接著馬上拿出他的兩個懷錶，確認時間正確無誤。不久之後，費南妲．巴里戈走進來，試著要將軍吃一盤燉蔬菜。將軍不願意，儘管從前一天就滴食未進，不過他下令把那盤菜端到辦公室，讓他在接待訪客時可以用餐。與此同時，他忍不住拿起一個堆滿在瓠瓜木盤的番石榴。他陶醉地聞著果香，半晌狠狠咬下一口，像個孩子一樣開心地咀嚼果肉，他細細嘗遍水果，慢慢地吞嚥下去，發出來自記憶深處的深深嘆息。接著，他在吊床坐下來，把瓠瓜木盤擱在雙腿間，他一個接著一個，把所有的番石榴吃下肚，連喘口氣的時間都來不及。只剩下最後兩個時，荷西・帕拉西歐斯嚇了他一跳。

「我們會死的！」他對將軍說。

將軍心情正好，他開玩笑說：

「怎樣也不會比現在更糟。」

下午三點半整，他照著事先安排，下令訪客可以進辦公室，他要他們兩兩一組，這樣一來，第一個會看見下他還要接待下一個，就能儘快打發他。尼卡西奧・德爾瓦耶醫生是第一批進去的，他發現將軍背對著窗戶的光線坐著，從窗戶可以望見整棟農舍，再過去一點是冒著熱氣的沼澤。他一手拿著費南妲・巴里戈端來的那盤燉菜，連一口都還沒嘗，因為他開始感覺胃裡的番石榴消化不良。之後德爾瓦耶醫生用一口粗俗的方言簡單敘述對那場面談的印象：「卡拉鷹已經在對那個男人鳴叫了。」將軍接待的每個人都同意他的說法，只是敘述的方式不同。然而，就連對他的憔悴大感吃驚的人都不覺得該憐憫他，而要他去附近的村莊當孩童的教父，主持公共工程開幕，或者親眼看看因為政府漠不關心，人民的生活變得如何困頓。

一個小時過後，番石榴引起的噁心和肚子絞痛已經到了嚴重的地步，儘管他希望能讓所有從早上就開始等待的人都滿意，卻不得不暫停接待。院子裡擠滿訪客帶來當禮物的小牛、山羊、母雞，和山上的各種動物。為了避免引起混亂，看守的擲彈兵得插手處理，但是上天賜福，午後下了第二場暴雨，天氣涼爽一些，現場安靜許多，重回了秩序。

他們不顧將軍清楚表達的謝絕，仍決定下午四點在附近的一棟屋子舉辦榮譽晚宴，但是將軍無法出席，番石榴下肚後，他飽受排氣之苦，緊急的病況一直到晚上十一點過後才好轉。他躺在吊床上，忍受一陣陣磨人的刺痛和排放帶著果香的氣體，他筋疲力竭，感覺靈魂像在腐蝕的溶劑裡消失。神父帶來家庭藥師調配的藥物。將軍婉拒他的好意。「如果催吐劑害我丟掉大權，這一帖可能會害我丟掉性命。」他說。他放任自己自生自滅，他的骨頭冒出冰汗，冷得發顫，他唯一的安慰是沒有他的宴會傳來美妙的管弦樂。慢慢地，他的肚子平靜下來，疼痛消失，音樂也結束了，他感覺自己漂浮在一片虛無當中。

他上一回途經蒙波斯險些成為最後一次。那一次他使出個人魅力，跟荷西．

安東尼奧・派耶茲將軍達成緊急和解，然後離開卡拉卡斯，然而並未讓他放棄企圖分裂的大夢。當時他跟桑坦德水火不容的事眾所皆知，他甚至拒絕繼續收他的信，因為無法信任他的心，也無法信任他的道德。「省省力氣，不要自稱是我的朋友。」他在信中跟桑坦德說。桑坦德派支持者對將軍滿腹怨恨，導火線來自他未經深思熟慮，就匆忙對卡拉卡斯的百姓發出一份公告，說他所有的行動都是為了卡拉卡斯的自由和榮耀著想。將軍回到新格拉納達後，試著解決這件事，於是對卡塔赫納和蒙波斯說一句以示公平的話：「如果卡拉卡斯給了我生命，你們便是給了我榮耀。」這句希望利用文字來彌補的話，安撫不了桑坦德派支持者煽動群眾的行動。

將軍想要阻止最後的災難爆發，他帶領一支軍隊回到聖塔菲，希望在路上跟其他軍隊會合，為統一的夢想再做一次努力。這時他說這是他的關鍵時刻，而當他去委內瑞拉阻止分裂時，也說過同樣的話。他如果能再多思索一下，就會明白，二十年來他的人生沒有一刻不是關鍵時刻。「所有的教堂，所有的軍隊，國家的絕大多數人都是向著我的。」後來他在回憶那段日子時，寫下了這句話。他說，儘管擁有所有這些優勢，他卻多次證實，每當從南北上，或從北南下，他離開的地區就會失守，毀於新的內戰。這是他的命運。

對於軍事上的失利，桑坦德派報紙絕對不錯失任何攻擊的機會，並歸咎是他夜晚的荒唐行徑。中傷他的謠言非常多，用意都是在褪去他的榮耀，那段日子，在聖塔菲就刊出一則，說指揮博亞卡之役的不是將軍而是桑坦德，在一八一九年八月七日早上七點確立了獨立，因為他當時在土哈跟一名在總督轄區社交圈聲名狼藉的夫人鬼混。

總之，並非只有桑坦德派報紙刊出損害將軍聲譽的那些放蕩的夜晚冒險。早在打勝仗之前，已傳言他在獨立戰爭中打輸了三場戰役，都是因為他不在該在的地方，而是在某個女人的床上。又有一次他造訪蒙波斯，有一群女人經過主街，她們有各種年齡和膚色，在空氣中留下引人墮落的香水味。她們騎在馬上，撐著印花緞面洋傘，穿著精緻的絲質洋裝，城內從未出現這種打扮的女人，有人猜測她們可能是將軍的情婦，早他一步抵達，但沒有人證實真偽。這一次也是猜測，就跟許許多多的其他猜測一樣，他在打仗期間的後宮不過是緊追他不放的許多傳言之一，到他死後還繼續流傳。

這種散布扭曲的新聞並不是新手法。早在對抗西班牙的戰爭期間，將軍本人就曾用過，當時他命令桑坦德刊登假新聞欺騙西班牙的指揮官。因此，共和國建立之後，當他向桑坦德抗議他利用報紙的手段實在卑鄙，後者只是巧妙地挖苦他：

「閣下，我們師承大師。」

「蹩腳大師。」將軍回答。「那麼您想必還記得，我們捏造的新聞後來害了我們自己。」

將軍對所有關於他的傳言非常敏感，不論是真是假，每一次的造謠都在他內心留下傷疤，他一直到嚥下最後一口氣那一刻，還在努力闢謠。然而，他不太注意怎麼避開謠言。一如過往，他在之前一次途經蒙波斯時，也因為一名女子損及他的榮耀。

這名女子叫荷喜凡．沙戈拉瑞奧，出身於蒙波斯當地名門，她穿著一件掩住臉孔的方濟會長袍現身，用荷西．帕拉西歐斯給的暗號「天主之地」闖過七個崗哨。她的膚色太過白皙，身體像是散發光芒，因而在黑暗中也無所遁形。此外，那一晚她還穿著一件美麗的盔甲，蓋住長袍的前面和背面，她懾人的美貌甚至輸給這件出自當地金銀匠的工藝品。黃金盔甲實在太重，連將軍想將她抱到吊床上都抱不動。經過一夜廝混，黎明到來，她驚覺時光轉眼即逝，便哀求將軍多留一夜。

這個風險很大，因為根據將軍信任的情報指出，桑坦德已經策劃一樁陰謀，打算奪取他的權力，和分裂哥倫比亞。但是將軍還是留下來，而且不只一夜。他留了十夜，他們是如此快樂，甚至以為世界上再也沒有人比他們還要真心相愛。

她把黃金留給他。「給你打仗用。」她對他說。他從沒拿來使用，顧慮那是在床上贏來的財富，所以是不義之財，便交由一個朋友看管。後來他忘了盔甲。這一次造訪蒙波斯，當將軍終於從番石榴的消化不良中康復後，命人打開珠寶箱檢查裡面的財物，就在這一刻，他才在記憶中尋獲物品和日期。

這真是不可思議的畫面：荷喜凡．沙戈拉瑞奧的黃金盔甲總重三十磅，是一件巧奪天工的極致藝術品。此外有一個盒子，裡面有二十三把叉子，二十四把刀子，二十四支湯匙，二十三支咖啡匙，幾把夾糖塊的小夾子，全都是黃金的，還有幾件價值不菲的器具，也是在不同時機託管的東西，可是全都被他忘掉了。將軍的財產雜亂無序，像這種在最出其不意的地方的發現，任誰也不覺得吃驚。他下令把餐具放進行李，將裝有黃金工藝品的箱子退還給女主人。可是聖保羅使徒中學的神父校長告知令他驚愕不已的消息：荷喜凡．沙戈拉瑞奧因為密謀危害國家安全，已被流放到義大利。

「一定是桑坦德幹的好事。」將軍說。

「不是的，將軍。」神父說。「是您自己在二八年那場亂事中，無意間把包括她在內的人全都驅逐出去。」

他把裝黃金的珠寶箱放回原處，事情已經明朗，他不再擔心流放的事。據他對荷西．帕拉西歐斯所說，他有把握只要他一揮別卡塔赫納的海岸，荷喜凡．沙戈拉瑞奧就會跟著他那群流亡在外的敵人一起回國。

「卡桑德羅應該已經在打包行李了。」他說。

事實上，許多遭流放的人士一聽說將軍要前往歐洲，就開始準備回國。但桑坦德將軍是他們當中最後一個走的，因為他一向深思熟慮，所做的決定總是高深莫測。他聽到將軍交權讓位的消息，立刻心生警覺，但是他沒露出一絲打算回國的意思，也不急著想完成他渴望的考察之旅，他從前一年十月在漢堡上岸後，便開始周遊歐洲各國。一八三一年三月二日，他到了佛羅倫斯，在《商業報》上讀到將軍過世的消息。然而，一直到六個月之後，當新政府恢復他的軍階和勳章，議會在他缺席的情況下選他當共和國總統後，他才慢條斯理地啟程回國。

啟航離開蒙波斯之前，將軍去拜訪昔日戰友羅倫佐·卡爾卡莫將軍，試圖修補他們的關係。這時，他才知道他生重病，前一天下午下床出門只為了跟他寒暄。儘管他飽受疾病折磨，仍努力撐著病體，講起話來如雷貫耳，但是他得拿著枕頭擦淚，那兩道從眼睛湧出的淚水，跟他的心情毫無相關。

他們一起哀悼他們的不幸，心痛人民的冷漠，與對勝利不知感恩，然後狠批桑坦德一頓，最後這個是他們必談的話題。將軍很少這麼直截了當。一八一三那一年的戰役，羅倫佐·卡爾卡莫親眼目睹一場將軍和桑坦德之間的激烈口角，後者違抗將軍指令，拒絕穿越邊界二度解放委內瑞拉。卡爾卡莫將軍一直認為，那次的爭吵埋下他們日後不和的種子，隨著時間過去越來越惡化。

相反地，將軍認為那次爭吵不是導致兩人決裂，而是促成一段偉大的友誼誕生。但是，他們不和的導火線也不是授給派耶茲將軍特權，或者不幸的玻利維亞憲法，或者將軍在秘魯接受授予最高權力，或者他夢想把哥倫比亞的總統和議員職位改成終身制，或者在《奧卡尼亞公約》會議後得到至高權力。都不是：他們之間的可怕怨恨，不是起於這一些或其他多不勝數的原因，他們的怨恨日積月累，越來越深，甚至引發九月二十五日那天的暗殺。「真正的原因是桑坦德始終沒辦法理解統一美洲大陸的想法。」將軍說。「他認為統一成為單一國家的美洲實在過大。」他看向羅倫佐．卡爾卡莫，他躺在床上的模樣，像是打輸定局無法改變的戰爭後，倒臥在最後一處戰場上，於是將軍決定結束拜訪。

「當然，一旦人死了，這一切就不再重要。」他說。

羅倫佐．卡爾卡莫看著將軍站起來，一臉悲傷，無依無靠，他發現對將軍來說，回憶比歲月還要沉重，對他自己來說也是。當他握住他的手，他發現兩個人都發著燒，他問自己他們哪一個會因為先死而無法再相見。

「老西蒙啊，這個世界完了！」羅倫佐．卡爾卡莫說。

「是他們害我們的世界完了。」將軍說。「現在能做的只有從頭開始。」
「那麼讓我們從頭開始吧。」羅倫佐．卡爾卡莫說。
「我不行了。」將軍說。「我只差讓他們把我丟進垃圾箱。」
羅倫佐．卡爾卡莫送了兩把手槍給將軍當紀念，就收在美麗的胭脂紅緞面的盒子裡。他知道將軍不喜歡火器，他在寥寥可數的幾次決鬥都使用劍。但是這對幸運的手槍曾用在一場愛情決鬥中，具有道義上的價值，因此將軍感動地收下。幾天過後，他在圖爾瓦科收到羅倫佐．卡爾卡莫將軍過世的消息。
五月二十一日，在這個充滿吉兆的禮拜天下午，將軍繼續踏上旅程。平底木船乘著河水遠離，將板岩峭壁和恍若幻景的河灘拋在後面，水流十分湍急，根本不花划槳工半點力氣。他們此刻遇到的大量木筏速度似乎快多了。這些木筏跟他們先前幾天看到的不同，上面蓋著猶如夢裡的不真實小屋，窗戶前有花盆和晾曬的衣服，還帶有鐵絲雞籠和乳牛，而體弱的孩子們對著平底木船揮手道別，直到船影已離去很遠。他們在映著滿天星斗的平靜河面航行了一整夜。天亮時，他們遠遠地看見在晨曦照拂下閃閃發亮的桑布拉諾村莊。
港口有一棵巨大的木棉樹，人稱大孩子的卡斯土洛．坎皮尤先生在樹下等待他們，在他家已經備好要招待將軍的沿岸名菜雞肉蔬菜湯。會有這次的邀請，是這位先生聽說將軍第一次拜訪桑布拉諾村莊時，曾在港口的岩石峭壁上的一間破舊飯館吃午飯，他說過即使只為了一嘗美味的沿岸名菜雞肉蔬菜湯，每年也要回來一次。飯館老闆娘對貴客光臨大受感動，差人去向坎皮尤名門家族借盤子和餐具。將軍已經不太記得那一次的細節，他跟荷西．帕拉西歐斯都不太確定那道雞肉蔬菜湯跟委內瑞拉蔬菜燉肉是不是同一道菜。然而，卡雷紐將軍相信是同一道，他們的確在港口岩石峭壁上吃過，但不是在沿河戰役期間，而是三年前他們乘坐蒸汽船來這裡的時候。將軍越來越擔心記憶的漏洞，於是虛心地接受了他的證詞。

擲彈兵在坎皮尤家族大宅的院子裡吃午飯，高大的杏樹下擺著一片片充當桌子的木板，上面鋪的是大蕉的葉子而不是桌巾。在裡邊的露台上，有一張按照英國禮俗一絲不苟地布置的華麗餐桌，準備招待將軍和他的軍官以及少數賓客，放眼望去，能將整個院子盡收眼底。屋子女主人解釋，他們在凌晨四點收到從蒙波斯來的消息，全都嚇了一跳，差點來不及宰殺他們的牧場裡最肥美的牛隻。而現在已經切成一塊塊美味的肉，在大鍋裡用大火燉煮，還有果園的各種水果做為搭配。

將軍突然收到說要設宴款待他的消息，心裡很不是滋味，荷西．帕拉西歐斯花了一番功夫，使出他最高明的求和手段，勸將軍接受上岸的邀請。宴會上氣氛熱烈，將軍的心情總算好轉。他理所當然地誇讚大宅的優雅布置，和他們家族年輕女孩的甜美，她們害羞而溫順，依照舊時禮儀熟稔地服侍主桌。他還特地讚美餐具潔白無瑕和高級銀製餐具的色澤，而那上面的紋章標誌是來自某個在新時代遭逢不幸而沒落的家族，但是他吃飯是用自己帶的餐具。

將軍唯一感到不快的是受坎皮尤家族庇護的一個法國人，他來參加餐宴，渴望在尊貴的賓客面前，不斷地展現他對今生跟來世之謎的滿腹知識。大概一年前，他在一場船難中失去所有，目前跟他的助手和僕人占據半個大宅，等待不知何時會從紐奧良來的救援。荷西．帕拉西歐斯知道他叫迪奧克萊斯．亞特蘭提克，但搞不清楚他的專業是什麼，以及來新格拉納達的任務，如果他赤身裸體，手中握著一把三叉戟，看起來就跟海神一模一樣，而他在村莊裡以粗俗和不修邊幅為人所知。但是他非常興奮能跟將軍共進午餐，因此他特地洗過澡，把指甲剪乾淨，在悶熱的五月穿上法國大革命督政府時期流行的老式鍍金鈕扣藍外套和條紋褲，彷彿置身冬季巴黎的沙龍。

打過第一聲招呼後，他開始像個教授，用純正的西班牙語講起百科全書上的知識。他說起他一個在格勒諾布爾小學的同學不眠不休努力十四年後，剛剛解讀出埃及的象形文字。說玉米不是源自墨西哥，而是來自美索不達米亞平原的某個地區，早在哥倫布抵達安地列斯群島之前，那裡就有玉米的化石。他說亞述人根據實驗得到天體對疾病的影響。他說最近出版的一本百科全書資訊錯誤，希臘人是在西元前四百年才認識貓。他用武斷的口吻滔滔不絕談著這些和許多其他的事，中間只突然停下來哀嘆土生白人烹飪文化的缺點。

將軍跟他對坐，他基於禮貌聆聽，卻埋頭猛吃連頭都沒抬，假裝吃的比真正吃進去的多。法國人一開始試著用母語跟他說話，將軍客氣地回應他，但是旋即換回西班牙語。將軍這一天的耐心讓荷西・勞倫西歐・席爾瓦覺得不可思議，他知道將軍對歐洲人的絕對論有多麼惱怒。

法國人大聲地對每位賓客說話，即使對較遠的也一樣，但他顯然只想攫取將軍的注意。突然間，他轉換話題，直截了當問，哪種政府制度最適合新共和國。將軍沒抬起頭反問：

「依您的高見呢？」

「我認為拿破崙是個範例，不只是對我們，而是對全世界來說也是如此。」法國人說。

「我相信您會這麼想。」將軍說，毫不掩飾語帶諷刺。「歐洲人認為只有歐洲發明的東西對全世界都好，不同的東西都是差勁的。」

「閣下，據我所知，您曾經推動君主制。」法國人說。

將軍抬起目光，這是第一次。「那麼您應該不知道，」他說。「我絕不會讓王冠玷汙我的額頭。」他指向自己的一群副官，接著下結論：

「德伊圖畢德就在那裡提醒著我這件事。」

「對了。」法國人說：「您在墨西哥皇帝遭到槍決時發表的那份宣言，實在讓歐洲君主鬆了好大一口氣。」

「我不會更改我當時說過的任何一個字。」將軍說。「我對於對像德伊圖畢德這樣平凡的人做出不凡的事深感佩服，願天主佑我擺脫他的命運，遠離他走過的路，但我知道我跟他一樣永遠難逃面對背信棄義的罵名。」

接著，將軍試著緩和粗暴的語氣，他解釋是荷西．安東尼奧．派耶茲將軍提議在新共和國採行君主制。這個想法經過各方錯誤解讀傳了開來，連他自己都曾考慮假終身總統制之名來行君主制之實，做為全力去實現和保持美洲統一的最終妙方。可是他很快發現其中的矛盾。

「我認為聯邦制正好相反。」他下結論。「對我們的國家來說太過完美，因為要求遠遠超過我們的品德和才能。」

「總而言之，」法國人說。「歷史之所以失去人性，不是制度本身，而是採行時的過度要求。」

「我們太熟悉這種說法。」將軍說。「其實這就是班傑明・貢斯當的蠢話，他堪稱歐洲最偉大的變節者，他曾反對革命，後來擁護革命，他奮力抵抗拿破崙，後來成為他的朝臣，多次上床睡覺時是共和黨分子，起床時變成擁君派分子，或者反過來，現在他因為所作所為和有幸身為歐洲人的優勢，變成我們真理的守護者。」

「貢斯當反對專制的論點非常清楚。」法國人說。

「做為優秀的法國人，貢斯當先生堅守絕對利益到底。」將軍說。「在那場辯論上，反而是普瓦捷神父說了唯一清楚的論點，他指出採行政策要看地點以及時間。在浴血戰期間，我親自下令在短短一天內處死八百名西班牙囚犯，包括躺在拉瓜伊拉醫院裡的傷患在內。今日，若再遭逢同樣情況，我一定再下一樣命令，聲音不會有一絲猶豫，而歐洲人不該拿道德置高點斥責我，因為若要例舉充滿鮮血、卑鄙、不公不正的歷史，那就是歐洲的歷史。」

在似乎盤據整座村莊的死寂中，將軍越是深入分析，怒火越是熾烈。法國人如坐針氈，他想打斷，可是將軍手一揮阻止他。將軍提起歐洲史上的恐怖大屠殺。在聖巴托羅繆之夜，十小時內死亡人數超過兩千人。在文藝復興的鼎盛時期，一萬兩千名效命帝國軍隊的傭兵洗劫和摧毀羅馬，拿刀刺死沿途所見的八千名民眾。而最精采的結局，是俄國史上第一位沙皇伊凡四世，人稱恐怖伊凡，他殲滅了莫斯科與大諾夫哥羅德之間的城市的所有居民，尤其是最後這座城市，只因懷疑他們密謀造反，只發動一次攻擊就將兩萬居民殺個精光。

「因此，請不要再告訴我們該怎麼做。」他下結論。「不要想教我們該變成怎麼樣，不要想要我們變得跟你們一樣，不要試著要我們在二十年內做好你們花了兩千年還做不好的事。」

他把餐具交叉擺在盤子上，第一次用他那雙燃燒怒火的眼睛盯著法國人看：「你們這些混帳，拜託，讓我們安靜打造我們的中世紀吧！」

他又開始咳個不停，喘不過氣來。但是當他終於停止咳嗽後，已不見一絲憤怒的蹤跡。他轉向人稱大孩子的坎皮尤，露出最完美的微笑看著他。

「親愛的朋友，請您原諒。」將軍對他說。「在這麼值得紀念的午宴上，實在不該這樣嘮叨一堆。」

威爾森上校把這次的插曲告訴一位編年史作家，但對方認為沒必要記上一筆。「可憐的將軍已成明日黃花。」他說。事實上，在將軍最後這趟的旅程中，凡看過他的人都是這麼確定，或許因為如此，沒有人留下文字紀錄。連他的隨行隊伍，都有人認為將軍不會史上留名。

過了桑布拉諾之後，雨林不再那麼茂密，沿途村莊越來越洋溢歡樂和色彩繽紛，有些村莊的街道上甚至傳來音樂，但不是因為什麼特殊節慶。將軍躺在吊床上，試著睡個平靜的午覺，消化法國人的傲慢言論，無奈不是那麼容易。他繼續想著他，對著荷西．帕拉西歐斯哀嘆，他當下沒及時想出準確句子和精闢論點，直到此刻在靜寂包圍的吊床上，但是對手已經不在。然而，到了黃昏，他心情已經恢復許多，於是指示卡雷紐將軍讓政府設法改善那個不幸的法國人的處境。

就在只見雨林景色的焦慮中，越來越能感受已逐漸接近大海，大多數的軍官打起精神，毫不掩飾好心情，他們幫忙划槳，拿刺刀當魚叉獵殺短吻鱷，把簡單的工作變複雜，好發洩白天除了划槳以外過剩的精力。相反地，荷西．勞倫西歐．席爾瓦盡可能白天睡覺，夜晚工作，他從以前就害怕得白內障失明，這是發生在他母系家族幾個親戚身上的實例。他摸黑起床為的是學習當個有用的瞎子。在營區失眠的夜晚，將軍曾多次聽見他當工匠的忙碌聲，把先前拋光的樹幹鋸成木板，組裝，再拿鐵鎚輕輕敲打，以免擾人清夢。到了隔天太陽高掛，很難相信那巧奪天工的藝術品竟是在黑暗中完成。在皇家港的那一夜，荷西．勞倫西歐．席爾瓦來不及答暗號，站崗哨兵以為有人趁黑接近將軍的吊床，差點開槍射擊。

航行的速度快而平穩，唯一的驚險意外是遇到埃爾博特准將的一艘蒸汽輪船，當迎面而來的輪船氣喘吁吁經過時，尾波搖晃著平底木船，補給船因而翻覆。在船舷可看見斗大字體的輪船名字：解放者號。將軍若有所思地望著船，直到平安度過危險，輪船的身影消失在視線之外。「解放者號。」他嘟囔。接著，他像是把書翻到下一頁，喃喃自語：

「那艘船分明就是我！」

夜晚，他睜著眼躺在吊床上，划槳工玩著辨識雨林裡的聲音：捲尾猴、塔樓鸚鵡、森蚺。突然間，其中一人莫名提起坎皮尤家族害怕得到肺結核，便把英國餐具、波西米亞玻璃器皿、荷蘭桌巾都埋在院子裡。

這是將軍第一次聽到大街小巷對他的病的診斷，儘管已經傳遍整條河沿岸，很快地沿海地區也會知道。荷西．帕拉西歐斯察覺將軍深受打擊，因為他停下搖吊床的動作。他思索了好一會兒後說：

「我是用自己的餐具吃飯。」

第二天，他們在特內里費村莊靠岸，補充在翻船時掉落的糧食。將軍待在船上，不想現身，但是派威爾森去打聽一個姓勒諾特或勒諾瓦的法國商人，他有個女兒叫艾妮塔，差不多二十歲。在特內里費查不到這樣的人，於是將軍要他也到附近的村莊查看看，如瓜伊塔里亞、薩拉米納以及埃爾皮尼翁，最後他相信那個傳言並沒有事實根據。

他的興趣可以理解，多年來，這個傷害他的流言從卡拉卡斯到利馬追著他不放，據傳沿河戰役期間，他在路經特內里費村莊時，與艾妮塔．勒諾特擦出昏頭轉向的不倫戀火花。他無法自清，但是感到擔心。首先，他的父親胡安．維森特．玻利瓦爾曾疑似強暴成年女子和未成年女孩，跟許多女人發生不正當的關係，以及濫用初夜權，不得不在聖馬特奧村莊的主教面前遭到起訴。再者，在沿河戰役期間，他在特內里費村莊只待兩天，根本不足以發展一段那麼熱烈的愛情。然而，那個傳說卻傳得沸沸揚揚，特內里費村莊的墓園甚至還出現艾妮塔．勒諾特小姐的墓碑，一直到世紀末都是戀人朝聖的地點。

在將軍的隨行隊伍中，荷西．瑪利亞．卡雷紐對於斷臂引來善意的取笑，覺得十分困擾。他能感覺手的動作，手指的觸感，遇上壞天氣也覺得失去的骨頭正在發酸。他還保有自我嘲弄的相當幽默感。他擔心的反而是在睡夢中回答別人問話的習慣。這時他不像清醒時會噤口，而會在各種對話透露他的目標和遇到的挫折，全都是他醒著時會保留的話，有一次他還無緣無故被控在夢中洩漏軍事機密。航行的最後一晚，荷西．帕拉西歐斯熬夜守在將軍的吊床邊，他聽見船首傳來卡雷紐的聲音：

「七千八百八十二個。」

「你在說什麼?」荷西・帕拉西歐斯問他。

「星星。」卡雷紐說。

將軍張開眼睛,他相信卡雷紐又在說夢話,他在吊床上支起身子,看向窗外的黑夜。夜空遼闊而閃亮,滿布點點繁星,見不到半點縫隙。

「應該多個十倍吧。」將軍說。

「就是我說的數量。」卡雷紐說。「還有我數的時候掠過的兩顆流星。」

這時,將軍下吊床,看見他仰躺在船首,比任何時候都還要清醒,赤裸的身軀交錯一道道凌亂的傷疤,他正舉著那隻斷臂數星星。他們也曾經在委內瑞拉的白丘戰役後看見他這麼躺著,那時他滿身鮮血,身體幾乎四分五裂,他們以為他死了,讓他躺在爛泥堆上。他身上有十四處刀傷,好幾道害他失去手臂。後來他也在其他不同的戰役中承受皮肉之苦。但是他的心理完整無缺,學會了靈巧使用左手,而他的聲名遠播不只是使用武器的狠勁,也因為他的字跡端正工整。

「就連星星也逃不了生命的隕落。」卡雷紐說。「現在的星星比十八年前還少。」

「你瘋了。」將軍說。

「我沒瘋。」卡雷紐說。「我老了，可是我不承認。」

「我比你整整大上八歲。」將軍說。

「我身上的每處傷疤都算兩歲。」卡雷紐說。「所以我是所有人當中最老的一個。」

「照這樣算，最老的是荷西．勞倫西歐。」將軍說。「他有六處彈痕，七處長矛刺傷，兩處箭傷。」

卡雷紐藉機反擊，回答時語氣暗藏惡意：

「那麼最年輕的是您：毫髮無傷。」

這並非將軍第一次聽到這種類似指責的事實，但是卡雷紐的聲音似乎聽不出怨恨，他們的情誼早已通過最嚴酷的考驗。他在他身邊坐下來，幫忙他數映在河面的星星。安靜好一陣子後，當卡雷紐再開口，他已墜入深沉的夢鄉。

「我不認同生命會以這趟旅行結束。」他說。

「生命的結束不是只有死亡。」將軍說。「還有其他方式，包括一些更有價值的在內。」

卡雷紐不贊同他的說法。

「得要做些什麼吧。」他說。「即使是好好地洗個紫花馬纓丹浴也好。不只我們：整個解放軍的軍隊都需要。」

將軍第二次去巴黎時，還沒聽說紫花馬纓丹浴，而在他的國家很流行用馬纓丹的花來祛除厄運。這是埃梅．邦普蘭博士，也就是洪保德的合作伙伴，以一種極度嚴謹的科學態度，向他講起這種被視作具善良特質的花。在同樣那段時間，他認識了一位德高望重的法國法官，年輕時曾待過卡拉卡斯，他經常出沒在巴黎的文藝沙龍，那一頭美麗的即肩頭髮和如同使徒一般的鬍子，因為浸泡淨身浴染成紫色。

將軍對所有關於迷信或超自然的事物一笑置之，以及任何有違他的老師西蒙．羅德里格茲的理性主義的盲目信仰。當時他剛滿二十歲，喪妻不久，家財萬貫，對拿破崙登基訝異不已，他加入共濟會，能夠高聲背誦盧梭的《愛彌兒》和《新愛洛伊斯》中他最鍾愛的頁數，那曾是他長久以來的床頭讀物，他牽著老師的手，背起背囊徒步旅行，幾乎橫越整個歐洲。當他們在一座丘陵上，俯瞰腳下的羅馬城，西蒙．羅德里格茲先生用響亮的聲音，對他說出關於美洲的命運的預言。將軍對這一點看得更深遠。

「應該把那些自大的西班牙人踢出委內瑞拉。」他說。「我向您發誓，我會去做。」

當他成年終能支配遺產之後，他追隨當代的狂熱風氣，順應感情豐富的性格特質，開始過著他的渴望的生活方式，在三個月內花掉了十五萬法郎。他住在巴黎最昂貴的旅館的最昂貴房間，有兩個制服男僕伺候，一輛配有土耳其車夫的白馬馬車，不同場合有不同情人，不管是到他在普羅可布咖啡館最喜愛的桌位，還是到蒙馬特參加的舞會，或者到他在劇院的個人包廂，他告訴所有相信他的人，他曾在一個倒楣的夜晚，賭俄羅斯輪盤輸掉三千塊披索。

回到卡拉卡斯後，他離盧梭更近，甚至比自己的心還近，他繼續以難以啟齒的熱情閱讀《新愛洛伊斯》，手上的書都已經翻爛。然而，就在九月二十五日的暗殺不久前，當他已經承兌他的羅馬誓言，而且做得綽綽有餘，他打斷瑪芮拉・沙耶茲第十次重讀《愛彌兒》，因為他認為那是一本令人憎惡的書。「一八〇四年的巴黎，是讓我感到最無聊的地方。」他曾對她這麼說過。而當他在巴黎時，反而認為自己很快樂，而且是世上最快樂的人，並沒有靠紫花馬纓丹浴象徵預兆的水替命運染色。

二十四年過後，當他成為殘兵敗將，垂死掙扎，專注凝視河水時，或許曾問自己是不是有勇氣把荷西・帕拉西歐斯替他準備的有助放鬆的藥草浴，把那些奧勒岡葉和鼠尾草葉和苦橙都給扔掉，接納卡雷紐的建議，跟著他的叫化子軍隊，他毫無用處的榮耀，他無法遺忘的錯誤，整個祖國，都沉到彷彿救世主的紫花馬纓丹海洋的最深處。

有一晚，靜寂綿延不盡，一如在洛斯亞諾斯大草原的寬廣的河灘上，那種死寂讓人連幾里外的輕聲交談都聽得見。哥倫布必定曾經歷這樣的時刻，於是在日記寫下：「我一整夜都感覺鳥飛過的聲音。」因為在航行六十九天，陸地就在眼前。將軍也感覺到了。那是從八點開始，當時卡雷紐已入睡，一個小時後他的頭上有那樣多的鳥，揮動的翅膀颳起比平常還要強勁的風。不久之後，開始有一些大魚游過木船下面，在映照水底的星星之間迷路。而東北方開始颳來陣陣的腐臭味。就要自由了，這種從心底湧出的怪異感受，不用看也知道威力無窮。「慈悲的天主啊！」將軍嘆一口氣。「我們快到了。」沒錯。大海就在眼前，大海的另一頭就是世界。

五

就這樣，將軍再次來到圖爾瓦科。他住在同樣的屋子，臥室裡一片陰暗，開著大型拱門和落地窗，俯瞰著碎石廣場，而他曾在修道院風格的院子裡看過新格拉納達的大主教和總督安東尼奧．卡瓦列羅．貢戈拉的幽魂，在月光皎潔的夜裡，他會放下他的許多過錯和難以解決的債務，在橘子樹之間散步喘口氣。圖爾瓦科位在海拔之上，不同於沿海普遍的炎熱和潮溼，氣候比較涼爽和有益健康，小溪旁長著巨大的月桂樹，樹根盤根錯節，士兵就躺在樹蔭下睡午覺。

他們兩晚前抵達新巴蘭卡，結束懷舊的河上之旅，但因為沒有替他們的預留住處，不得不睡在臭氣沖天的蘆竹泥牆屋，四周都是堆高的米袋和還沒植鞣的皮革，而臨時要找的騾子也還沒備好。因此抵達圖爾瓦科時，將軍汗流浹背和痠痛不堪，他渴望睡覺，可是沒有睡意。

東西還沒卸下，將軍抵達的消息已遠遠地傳到六里外的印第安卡塔赫納，在那裡，外省總軍需部長和軍司令官馬里亞諾．蒙提亞將軍，已經準備好隔天的民眾歡迎會。但是將軍沒有心情參加過早的慶祝活動。他帶著老朋友的熱情，對著頂著無情的綿綿細雨在大道上和等他的人打招呼，但是以同樣的坦白請求他們，讓他一個人獨處。

事實上，他的心情壞，身體更糟糕，他一直設法掩飾，連隨從都看得出他的健康日益惡化，到了無以復加的地步。他筋疲力竭。他的膚色從青色轉為死氣沉沉的黃色。他發燒，時時刻刻頭痛欲裂。神父建議叫醫生，可是他反對：「如果我乖乖聽醫生的話，早就入土為安多年了。」他原本打算抵達後，第二天繼續前往卡塔赫納，但是他在早上收到消息說，港口沒有任何到歐洲的船隻，他的護照也沒跟著最後一批郵件送來。因此，他決定留下來休息三天。他的軍官額手稱慶，不僅是這樣對將軍的身體比較好，也是因為暗中送達的有關委內瑞拉局勢的第一手消息，不利於他的情緒。

然而，他沒辦法阻止人們繼續放爆竹，直到全部放完，以及他們請了一支風笛隊，在附近演奏直到夜半更深。他們也從馬利亞拉巴赫附近的沼澤地帶來一個劇團，黑人男女扮成十六世紀歐洲宮廷朝臣，以戲謔手法和非洲藝術方式，跳起西班牙的交誼舞。他們帶來這個劇團，是因為他在上回來訪時非常喜歡，還叫他們表演了好幾次，但現在他連看都不看一眼。

「把這群吵鬧的人帶得遠遠的。」他說。

卡瓦列羅．貢戈拉總督蓋了這棟屋子，在這裡住過大約三年，臥室裡的怪異迴音，據說是他的亡魂作祟。將軍不願意住回上次那間臥室，他對那裡的回憶是惡夢，那次每晚入睡後，他都會夢見一個頭髮發光的女人，把一條紅色緞帶綁在他的脖子上，害他驚醒，就這樣一次又一次，折騰到天亮。因此，他叫人在客廳把吊床掛在鐵環上，睡了一會兒，並沒有做夢。外頭下著傾盆大雨，一群孩子在臨街的窗口探頭看他睡覺。其中一個輕聲呼喚，吵醒了他：「玻利瓦爾，玻利瓦爾。」他發著燒恍恍惚惚，找尋他，那孩子問他：

「你喜歡我嗎？」

將軍露出顫抖的微笑表示肯定，接著他下令嚇跑無時無刻都在屋內遛達的母雞，叫那些孩子離開，關上窗戶，重回睡夢。當他再次睜開眼睛，雨依舊下個不停，荷西．帕拉西歐斯準備了一個給吊床用的蚊帳。

「我夢見一個街上的小孩在窗戶邊問我奇怪的問題。」將軍對他說。

他答應喝一杯藥草茶，這是二十四小時來的第一杯，但是沒喝完。一股暈眩感襲來，他再次躺回吊床，就這樣在暮色中沉思好一會兒，凝視著一排吊掛在屋樑上的蝙蝠。最後他嘆氣：

「我們就要被施捨掩埋。」

他在沿途聽了昔日的解放軍將領和小兵訴說不幸，於是慷慨相助，到了圖爾瓦科時，他身上只剩不到四分之一的旅行資金。他還得看省政府貧瘠的金庫是否有資金可以兌換他的匯票，或至少有機會拿匯票跟高利貸者交易。他即將落腳歐洲，手上的籌碼是英國對他的感恩，多虧他當初幫了英國很多忙。「英國人喜歡我。」他經常把這句話掛在嘴邊。他希望繼續過著昔日的體面生活，帶著他的僕人和精簡的隨從，籌碼則是幻想能夠賣掉阿羅亞礦脈。然而，如果他真的要走，他跟隨從的船票和旅費是隔天急需解決的問題，他手頭剩下的現金根本不夠，這是想都不用想的事實。這個時刻，他最需要的是趕緊別再跟幻覺糾纏。可是辦不到。儘管他發燒和頭痛，看到憑空出現的螢火蟲，他仍克服感官的困倦，對費南多口述三封信。

第一封是真心回覆蘇克雷元帥的道別，他在信中沒多談自己的病，他若提起像這天下午的狀況，通常是急需博取憐憫。第二封信是給卡塔赫納省長胡安．德提歐斯．阿馬多先生，催促他讓省金庫兌現他的八千塊披索匯票。「我身上沒多少錢，急需這筆錢出國。」將軍告訴他。這個懇求立即見效，不到四天他就收到正面回覆，於是費南多前往卡塔赫納取錢。第三封信是給駐倫敦的哥倫比亞公使，詩人荷西．費南德茲．馬德里，請求他兌現一張他轉給勞勃．威爾森先生的匯票，以及另外一張給英國教師約瑟夫．蘭開斯特的匯票，這個英國人在卡拉卡斯建立他的新式互助教育系統，因此要支付他兩萬塊披索。「我的名譽岌岌可危。」將軍對他說。因為他相信他的舊訴訟到時已經解決，礦脈也已售出。但此舉卻徒勞無功：當信抵達倫敦時，費南德茲．馬德里公使已經過世。

荷西．帕拉西歐斯對軍官們默默地打個手勢，他們正在長廊裡邊打紙牌，大聲爭吵，但是他們只是壓低聲音繼續爭吵，直到附近的教堂傳來十一聲鐘響。不久之後，慶祝活動的風笛和鼓聲安靜下來，遠處的海風帶走下午暴風雨過後堆積起來的烏雲，一輪明月照亮種著橘子樹的庭院。

荷西．帕拉西歐斯每一刻都盯緊將軍，日落後他躺上吊床，在發燒中夢囈。他替將軍準備一帖平時喝的藥草茶，給他使用決明灌腸劑，等到官階比較高的人過來向他提議叫醫生，但是沒人敢這麼做。他只在破曉時分打盹兒一個小時。

這天，馬里亞諾．蒙提亞將軍帶著他精挑細選出來的一群卡塔赫納朋友來拜訪將軍，其中知名人士比如玻利瓦爾黨的三位胡安：胡安．賈西亞．德里奧、胡安．德法蘭西斯科．馬汀，和胡安．德提歐斯．阿馬多。他們三個全都嚇壞，眼前的軀體猶如風中殘燭，試著從吊床爬起來，因為喘不過氣，所以無法一一擁抱每一個人。他們是憲法大會成員，在那裡見過他一面，他們無法相信將軍竟然在這麼短的時間內變得這般形銷骨立。他的皮膚貼著骨頭，目光無法聚焦。他應該是感覺口氣酸臭和灼熱，因此說話刻意保持距離，幾乎是側著臉。但是他們印象最深刻的是他的身高明顯萎縮，連蒙提亞將軍擁抱他的時候，都覺得將軍只到自己的腰部。

他體重八十八磅，在過世前夕必定又少了十磅。根據官方記載，他的身高是一百六十五公分，但軍人檔案不一定都跟病歷檔案符合，當他躺在解剖台上時應該少了四公分。他有雙非常小的腳，跟雙手一樣對照身體不成比例，感覺似乎都縮水了。荷西．帕拉西歐斯注意到他的褲頭總是拉到胸前，需要幫他把襯衫的袖子翻一摺。將軍發覺他的訪客投來好奇的目光，只好承認他經常穿的法國尺寸三十五號靴子，從一月開始穿上已經顯大。蒙提亞將軍即使遇到最不利的場合，也能展現他最為人知的機智，此刻卻不由得感傷起來。

「閣下，」他說。「重要的是您在我們心中不要萎縮消失。」

他一如往常哈哈大笑，彷彿山鶉咯咯地叫，特意強調自己講完俏皮話。將軍回他一抹老朋友會心的微笑，然後轉移話題。天氣轉好，很適合到屋外聊天，但是他寧願待在他過夜的大廳裡，坐在吊床上接待他的訪客。

主題是國家局勢。卡塔赫納的玻利瓦爾黨拒絕承認新的憲法和當選的統治高層，理由是支持桑坦德的學生對議會施以難以忍受的壓力。忠心耿耿的軍人遵照將軍命令不從中干涉，至於支持將軍的鄉村神職人員，則是沒有機會動員。法蘭西斯科．卡爾莫那將軍是卡塔赫納一處駐軍的司令官，他忠於將軍的志業，意念不改，差一點就要發起一場造反。將軍要求蒙提亞派卡爾莫那過來，試著想安撫他。接著，他對所有人說話，但眼神沒看任何人，他用粗暴的描述向他們介紹新政府：

「莫斯克拉是膽小鬼，卡塞多是牆頭草，他們兩個都被聖巴爾托洛梅中學的小鬼唬住了。」

依照加勒比海的黑話，他的意思是總統是個懦夫，副總統是個會根據風向換政黨的投機分子。此外，他用時運最差時常用的酸溜溜的語氣說，莫怪他們都跟大主教稱兄道弟。然而，他認為新的憲法比他預期的還要好，畢竟在這個歷史性時刻，真正的危險不是打輸選戰，而是桑坦德從巴黎寄來一封封意圖煽動內戰的信。選上的總統在波帕揚想盡辦法呼喚大家遵守秩序和精誠團結，卻還沒說他是不是接受總統一職。

「他在等卡塞多幹齷齪事。」將軍說。

「莫斯克拉應該在聖塔菲。」蒙提亞說。「他在禮拜一離開了波帕揚。」

將軍不知道這件事，不過他一點也不驚訝。「等到他不得不行動時，大家會看到他腦袋空空，像皮球洩氣。」他說。「他的能耐連當個政府的看門人都做不到。」他思索了好一會兒後，接著不由自己地悲傷起來。

「可惜啊。」他說。「這個位置應該是蘇克雷的。」

「他是所有將軍中最有資格的一位。」法蘭西斯科微笑說。

全國都知道這句話，儘管將軍費盡辛萬苦，還是沒能阻止這句話流傳出去。

「烏爾達內塔說的真言！」蒙提亞開玩笑說。

將軍沒理會他的打斷，他想更深入了解當地政治，而且是認真而並非帶著玩笑心態，但是蒙提亞突然自行恢復他剛剛打破的嚴肅。「閣下，請原諒我。」他說。「您比任何人都還清楚我對大元帥的崇敬，但是位置不是他的。」最後他以戲劇化的強調口吻說：

「這個位置應該是您的。」

將軍一刀攔下他的話：

「我不存在。」

接著，他回到原本話題，敘述蘇克雷大元帥如何不理會他苦苦哀求，就是不願意接受哥倫比亞總統職位。「他是最有條件解救我們免於無政府主義狀態的人。」他說。「可是他被人魚的歌聲俘虜。」賈西亞．德里奧心想，蘇克雷的真正理由，是他的志向完全不在於得權。將軍卻不認為這是無可救藥的阻礙。「志向順應需求而生，這在人類悠久的歷史上已多次證明。」他說。總之，緬懷這些已經太遲，因為他比任何人清楚，將軍要成為最適合共和國的人選，勢必得帶領其他軍隊，而不是像他們這樣搖搖欲墜的軍隊。

「愛的力量才是最高的權力。」將軍說，並以他一貫的諷刺口吻接著說。

「這是蘇克雷親口說過的話。」

當他在圖爾瓦科想起蘇克雷大元帥，後者卻已離開聖塔菲前往基多，他孤單一人，灰心喪氣，但是他的年紀跟健康都正值顛峰，他在前一晚做的最後一件事是前去埃及社區，密訪一位知名的女算命師，她曾在過去多場的戰爭行動指引他，她在紙牌上看見，即使適逢暴風雨時期，對他來說最幸運的路依然是海路。對阿亞庫喬大元帥來說海路太慢，他的愛刻不容緩，於是他決定忽視紙牌明確的判斷，選擇挑戰陸路的運氣。

「所以別無他法。」將軍說。「我們是殘兵敗將，而我們最好的政府實際上是最糟糕的政府。」

他認識他的當地擁護者。他們是有頭有臉的人物，憑藉解放戰爭的光榮戰績獲得不少頭銜，但是汲汲於瑣碎的政治細節，暗中販賣職缺，他們甚至跟蒙提亞聯合起來跟他作對。他費了一番功夫，終於收服他們，這也是他對其他許多人的做法。因此，他要求他們支持政府，儘管必須犧牲他們的個人利益。他的理由一如以往帶了一種預言的意味，那就是當他不在之後，這個他要求支持的政府，會請桑坦德回國承接榮耀的權位，桑坦德上台後將會清除他的夢想剩餘的殘磚碎瓦，而這個他花這麼多年打仗和犧牲打造的唯一祖國，遼闊的疆土將會分裂，政黨將會分崩離析，在往後數個世紀的記憶裡，他的名字將遭怪罪，他的事蹟將受扭曲。但是，只要能阻止一場欲來的腥風血雨，他不會在乎未來的名聲。「起義就像陣陣的海浪，一陣接著一陣往前撲去。」他說。「因此我從來不喜歡。」接著，他當著訪客驚訝的面孔下結論：

「無論如何，這幾天我正在悲嘆我們曾經起義反西班牙人。」

蒙提亞將軍和他的朋友感覺這場對話就到這裡結束。道別之前，他們從將軍手中接過一枚印有他的肖像的黃金紀念章，卻留下那是將軍餽贈的死後遺物的印象，當他們走向門口時，賈西亞．德里奧低聲說：

「他已經是一張死人的面容。」

這句話變成回音在屋內不斷迴盪，接下來一整夜纏著將軍不放。然而，到了第二天法蘭西斯科．卡爾莫那將軍相當訝異看見他氣色之好。他在飄著橘樹花香的院子裡，碰見將軍躺在一張吊床上，那是他們託人在鄰近的聖哈辛托的小村莊訂製的吊床，上面還用絲線繡有他的名字，荷西．帕拉西歐斯把床掛在兩棵橘子樹之間。他剛剛沐浴完畢，頭髮往後梳去，穿著那件藍色毛料軍服，沒穿襯衫，整個人散發一種純真的氣息。他一邊緩緩地搖晃吊床，一邊對侄子費南多口述一封給代理總統卡塞多的信，字裡行間充溢憤懣之情。卡爾莫那將軍不覺得他看起來像那幾個人說的瀕臨垂死，或許是因為他正大發雷霆，那可是傳說中赫赫有名的怒氣。

卡爾莫那的出現太過顯眼，將軍不可能沒發現他，但是他沒看他，繼續口述完一句控訴他的詆毀者背信棄義的話。最後，將軍才轉過臉看向眼睛眨也不眨盯著他的巨人，他沒有打招呼，單刀直入問這個杵在吊床前面的龐大身軀：

「您也認為我是起義的煽動者？」

卡爾莫將軍早猜到會受到這種敵意的對待，於是他用帶著一點高傲的語氣問：

「我的將軍，您是從哪裡得出這個推斷的？」

「從這些推斷裡推斷出來的。」他說。

他拿出幾張剪報給他，那是剛剛跟著從聖塔菲的郵件抵達的，報上再一次指控他暗中推動擲彈兵造反，期望推翻議會的決定，重新奪回權力。「無恥，愚昧無知。」他說。「當我把時間花在鼓吹統一，這些不知天高地厚的小子卻指控我是陰謀者。」卡爾莫將軍看了剪報之後失望不已。

「原本我不但相信。」他說。「還非常高興這是真的。」

「我可以想像。」將軍說。

將軍看起來並無面帶慍怒，他請卡爾莫等他片刻，待他口述完信件，他在信中再一次請求政府給予他出國的特權。口述完畢他馬上重拾冷靜，一如他讀報時瞬間失去控制。他沒有讓人幫忙，自行下床，然後挽著卡爾莫將軍的手臂到小水池附近散步。

連下三天的雨，之後陽光彷彿黃金屑粒灑下，穿透了橘子樹，攪亂了橘子花之間的鳥兒。將軍特別注意牠們，用靈魂去感覺，然後幾乎是嘆氣地說：「至少牠們還會唱歌啊。」接著他向卡爾莫將軍解釋，為什麼安地列斯群島的鳥兒的歌聲在四月要比六月動聽，意味頗為深遠，接著他又馬上把話題轉回他的事情上面。他只花了十分鐘，就說服卡爾莫將軍無條件服從新政府的權威。之後，將軍送他到門口，再回臥室寫一封給瑪芮拉．沙耶茲的親筆信，因為她還在抱怨政府阻撓她寄信。

他只吃了一盤玉米筍粥當午餐，那是費南妲．巴里戈在他寫信時端來臥室的。到了午覺時間，他要求費南多繼續朗讀前一晚開始的中國草藥書。不久之後，荷西．帕拉西歐斯端著熱水澡用的奧勒岡葉水進來，卻撞見費南多在椅子上睡著了，書本攤開放在他的膝蓋上。將軍躺在吊床上醒著，他舉起食指放在嘴脣上示意他安靜。這是他兩個禮拜以來第一次沒有發燒。

就這樣，他拖延時間，一封接著一封書信往返，在圖爾瓦科待了二十九天。他來過這裡兩次，但是他對當地產的草藥心服口服是在第二次來此之時，也就是三年前，當時他從卡拉卡斯要返回聖塔菲阻止桑坦德企圖鬧分裂的計畫。他覺得村莊的天氣非常舒服，因此多留了十天，而不是原先打算的兩個晚上。那幾天是國慶假日，大型活動的壓軸是鬥牛，他一反對鬥牛賽的厭惡，親自上場跟一隻小母牛較量，小牛搶走他手上的布，挑起群眾發出的驚恐叫聲。此刻，在這趟第三度的造訪中，命運的愁雲慘霧一掃而空，他感覺日子的腳步太匆促。接下來雨降得越來越頻繁，越來越淒苦，生活只剩下枯等不幸的消息再度到來。有一天晚上，就在無眠的深夜，荷西．帕拉西歐斯聽見他在吊床上嘆氣：

「只有天主知道蘇克雷會去哪裡！」

蒙提亞將軍又回來探訪兩次，發現將軍已經比第一天抵達時氣色明顯轉好。他甚至覺得將軍慢慢重拾了往日勇猛的氣勢，尤其是將軍不斷向他抱怨，卡塔赫納還沒根據他上回拜訪時達成的協議對新憲法投票，也還沒承認新政府。蒙提亞將軍臨時編了個理由說，他們還在等，想要先知道華金．莫斯克拉是否接受總統職位。

「如果他們能提前，那再好也不過。」

他第二次探訪時，將軍再次向他抱怨，這一次更加積極，他從小認識蒙提亞，因此他知道蒙提亞雖然把遲遲沒做到的理由推給其他人，事實上卻是他自己的問題。他們倆的友誼是建立在同窗和工作之上，以及彼此都過著相同的人生。在某段時間，他們的關係降到冰點，甚至到了連話都不說的地步，因為蒙提亞丟下將軍在蒙波斯孤立無援，沒有出兵援救，那是對抗莫里略的戰爭最危急的時刻，於是將軍控訴他毫無良心，指稱他是一切災難的源頭。蒙提亞反應相當激烈，甚至向將軍提出決鬥，儘管有著個人恩怨，他依然義無反顧地支持獨立大業。

他在馬德里軍事學校攻讀數學和哲學，他曾擔任西班牙國王費南多七世的貼身護衛，一直到他收到解放委內瑞拉的第一手消息。他曾在墨西哥策動重大陰謀，曾在古拉索走私大批武器，自從十七歲身上第一次留下傷疤以後，他就在各地打游擊戰。一八二一年，他把里奧阿查城到巴拿馬沿岸的西班牙人全部趕跑，擊退一支武器精良的龐大軍隊，拿下卡塔赫納。當時他瀟脫地向將軍提出和解：他派人把城市的黃金鑰匙送去給他，將軍退了回去，升他為准將，負責沿岸的統治。他不是個受愛戴的統治者，儘管他經常用幽默感化解他超乎尋常的言行。他的家是城內最豪華的宅第，他位於活水的莊園在外省得到最多羨慕的目光，人們在牆上寫上標語，質疑他是從哪裡拿錢買下。但是經過八年艱困和孤單的統治，他依然在那裡屹立不搖，變成最狡猾和不受控的政治人物。

蒙提亞面對將軍一而再的堅持，都拿不同理由搪塞。然而，有一次他開門見山說出事實：卡塔赫納的玻利瓦爾黨派分子決定不要向憲法宣示義務，也不願意承認一個軟弱無力的政府，因為那個政府的成立不是建立於全體的同意，而是迫於不合。新政府充其量只是典型的地方政治體，內部分歧往往會導致重大的歷史悲劇。「他們沒有錯，如果閣下把我們交給新政府，他們將會占據自由黨之名，消滅您的成果。」蒙提亞說。因此，唯一的解決方案是將軍留下來阻止國家分崩離析。

「好吧，倘若如此，告訴卡爾莫那再過來一次，讓我們一起說服他造反。」將軍如此回答，口吻充滿非常具有他特色的嘲諷。「比起內戰，這場卡塔赫納人以他們的傲慢挑起的戰爭，肯定不會那麼血腥。」

但是就在告別蒙提亞之前，將軍再次重拾自制，要求他率領支持他的高級軍官前來圖爾瓦科，讓他來化解他們的爭論。當將軍還在等他們時，卡雷紐將軍捎來傳聞，說是華金·莫斯克拉接下了總統職位。他拍了額頭一下。

「混帳！」他大呼。「我即使親眼看到也不相信。」

這天下午，蒙提亞將軍確認這個傳聞是真的，同時外頭颳起狂風暴雨，連根拔起了樹木，拆毀半個村莊的房屋，破壞投宿住處的畜欄，沖走家畜，最後全溺斃。但是暴雨也抵銷了壞消息的衝擊。政府的護衛隊厭倦每天無所事事，早快按捺不住，此刻他們前往阻止災情擴大。蒙提亞披上一件雨衣，指揮救援行動。將軍繼續坐在面窗的搖椅上，身上裹著睡覺的毛毯，眼神若有所思，呼吸相當平靜，他凝視著泥沙滾滾的激流把災難造成的殘磚碎瓦捲走。他打從孩提就習慣這種加勒比海沿岸的自然災害。然而，當軍隊趕忙恢復屋內秩序，他告訴荷西．帕拉西歐斯從未見過這樣的場景。最後，雨過天青，蒙提亞踏進大廳，全身淌著水，膝蓋以下滿是泥巴。將軍動也不動，繼續沉浸在他的想法裡。

「好啦，蒙提亞。」將軍對他說。「莫斯克拉已經是總統，卡塔赫納還是沒承認他。」

但是蒙提亞可沒因為暴風雨而忘記被打斷的事。

「如果是閣下到卡塔赫納來會簡單許多。」

「那是個風險，可能會有人解讀我從中干涉，我不希望又成為主角。」他說。「此外，這件事沒解決，我不會離開這裡一步。」

這一晚，他寫了一封承諾信給莫斯克拉將軍。「毫無意外，我剛剛得知您答應接受國家元首職位，我為國家也為自己感到高興。」將軍說。「但是我替您感到抱歉，我會永遠為您感到抱歉。」接著他附註一句話結束這封信：「我還沒離開，因為護照還沒收到，一旦收到，必定馬上離開。」

禮拜天，丹尼爾．佛羅倫薩．奧利抵達圖爾瓦科，加入將軍的隨行隊伍，他是英國軍團最傑出的成員，曾經擔任將軍長期的副官和雙語抄寫員。蒙提亞陪著他從卡塔赫納過來，心情雀躍，前所未見，他們倆陪伴將軍，在橘子樹下度過大半個下午，享受朋友相聚的時光。當奧利說完他的軍旅生活，結束漫長的談天說地，將軍一如往常要來他的手杖：

「所以那邊怎麼說呢？」

「說您離開是不對的。」奧利說。

「喔。」將軍說。「現在告訴我為什麼？」

「因為瑪芮拉留下來。」

將軍卸下防備，真誠回答：

「但是她一直都留守在那裡啊！」

奧利跟瑪芮拉．沙耶茲是知交，他知道將軍說得沒錯。她的確一直在那裡，但並非出於自願，而是將軍總是有各種理由把她留在那裡，這般費盡心思，怕的是愛情一旦名正言順，就難逃被束縛的命運。「我永遠不會再戀愛。」他當下曾跟荷西．帕拉西歐斯吐露內心話，他永遠只對他傾訴這等私密的事。「這就像同時擁有兩個靈魂。」瑪芮拉放下自尊心，決心無人能擋，但是她越是想逼將軍投降，他越是急著想掙脫枷鎖。這是一段不斷你追我跑的愛情。有一次在基多，他們度過最初兩個禮拜的恣意狂歡之後，將軍得出發到瓜亞基爾，會見拉布拉他河區域的解放者荷西·德聖馬汀，留下她自問他是哪門子的情人，竟然在晚餐半途，丟下滿桌的菜餚離開。他保證不論到哪裡，都會每天寫信給她，他用活跳跳的心向她發誓，她是他在這個世界上的摯愛。他確實寫了信給她，有時親筆撰寫，但是半封都沒寄出去。同時間，他卻寂寞難耐，跟五個女人發展多角關係，她們來自戈拉可瓦的不分彼此的母系社會，因此將軍自己都不太知道他挑上的究竟是五十六歲的外婆，三十八歲的女兒，還是三個正值花樣年華的女兒。當他完成在瓜亞基爾的任務後，他逃離她們，保證他永遠愛她們，他會很快回來，而回到基多後，又陷在瑪芮拉·沙耶茲的流沙陷阱裡動彈不得。

隔年的年初，他又留下她，一個人前去完成秘魯的解放大業，這是他夢想的最後一搏。瑪芮拉枯等四個月，但是她一搭上前往利馬的船，情書就開始抵達，那不只是平常的手寫信，字字句句還經過將軍個人秘書胡安·荷西·聖塔那斟酌和琢磨。她在恍若妓院的馬格達萊納總統府找到將軍，這時他已獨攬議會賦予的大權，身邊圍繞著覬覦他的大膽美女，全是共和國新誕生的後宮。府內亂成一團，一位騎兵隊的上校還因此得半夜離開，因為無法讓他下榻在春光蕩漾的臥室。但是瑪芮拉正好在她再熟悉也不過的地盤上。她出生於基多，是個富有的土生白人女莊園主和一個已婚男人暗結的珠胎，十八歲那年，她從就讀的修道院的窗戶跳出去，跟一個國王的軍隊士官私奔。然而，兩年過後，她卻捧著象徵處女的橘子花，在利馬嫁給了詹姆士．索恩醫生，這位和氣的醫生年紀比她大一倍。因此，這次她追著她的真命天子返回秘魯，根本不用跟任何人詢問，就能在一團亂之間找到落腳的地點。

奧利是她在打愛情戰爭期間最優秀的副官。瑪芮拉並沒有住在馬格達萊納總統府內，但是她可以隨心所欲從大門進去，並且受到軍禮對待。她精明過人、桀驁不馴、氣質高雅，她善於掌控權力，具備堅忍不拔的毅力。她受丈夫影響，說得一口流利的英語，她也說法語，只是粗淺但能表達意思，她會模仿見習修女的假謙卑風格彈小鍵琴。她的字體龍飛鳳舞，她的句法不通順，她說自己的拼字錯誤太可怕，笑得肚子發疼。將軍把她留在身邊，命她保管他的文件箱，這樣一來反而讓他們可以隨時隨地做愛做的事，瑪芮拉樂意至極，在咆哮聲中馴服亞馬遜叢林的野獸。

然而，當將軍開始在秘魯南征北討，馳騁在依然還是西班牙人勢力範圍內的、情勢複雜的土地上，瑪芮拉沒辦法說服他把她安插在他身邊的參謀隊伍。她未經他的允許，帶著她第一夫人的衣箱、文件箱、女奴群，跟著一支佩服她懂軍隊語言的哥倫比亞後備隊，追在後面而去。她騎著騾子，沿著安地斯山的險峻山崖小徑走了三百里，整整四個月只得到跟將軍共度兩晚的機會，其中一晚還是她以自殺威脅換來的。過了一段日子後，她才發現，當她沒追上他的時候，他會跟路上萍水相逢的女人來段露水姻緣。其中一個叫瑪蕊莉塔・馬多紐，這個粗俗的十八歲麥士蒂索女孩，填補了他失眠的夜晚。

瑪芮拉從基多返回後，決定拋棄丈夫，她形容他是個無趣的英國佬，歡愛時候不懂樂趣，說話的時候不懂幽默，走路的時候慢吞吞，寒暄的時候禮數過多，他坐下和起身小心謹慎，說些連自己都不笑的笑話。但是將軍說服她，她無論如何都要保住婚姻和這場婚姻附帶的特權，而她乖乖聽從他的建議。

打勝阿亞庫喬戰爭的一個月後，將軍已然成為半個世界的霸主，他動身前往上秘魯，那裡後來成為玻利維亞共和國。他不但沒帶瑪芮拉，出發前他彷彿在處理國家大事般，向她提出他們最好徹底分手。「我想我們無法坦蕩地在一起。」他在信中說。「妳即使有丈夫相伴，將來仍注定孤獨，而我也會孤單一人在這個世界上。我們能感到安慰的，唯有光榮地戰勝自己。」不到三個月，他收到一封瑪芮拉的信，她在信中告知她將隨丈夫前往倫敦。當下他正躺在法蘭西絲卡・祖比亞加・德戈馬拉的床上，她是個懂武器的剽悍女人，是一位大元帥的夫人，後來這位大元帥當上共和國的總統。這一晚將軍無意再歡愛，立刻給瑪芮拉回信，而那其實更像一道軍令：「請您說實話，說您哪裡都不去。」而且他在最後一句下面畫線；「我義無反顧愛著您。」她很樂意地聽了他的話。

將軍的夢想在實現的那一天開始幻滅。他一建立玻利維亞和重整秘魯的政治制度後，不得不飛也似地趕回聖塔菲，這般刻不容緩，是因為派耶茲將軍開始在委內瑞拉策動分裂，以及桑坦德在新格拉納達籌劃政治陰謀。這一次，瑪芮拉多花了一點時間說服他讓她跟去，但當她真的跟去，卻像吉普賽人遷移，動用十二頭騾子搬運衣箱，還帶同一批女奴、十一隻貓、六隻狗、三隻學過宮廷房中術的長尾猴，一隻受過訓練懂得穿針的熊，九個鳥籠，裡面的鸚哥和金剛鸚鵡會用三種語言對桑坦德破口大罵。

九月二十五日，當她在這個不祥的夜晚抵達聖塔菲時，差點趕不及把只剩一口氣的將軍救回來。他們認識五年，但是此時此刻他看起來老態龍鍾，猶豫不決，彷彿認識至今已過了五十年，瑪芮拉感覺他彷彿身陷孤獨的迷霧中，失去方向，踩著蹣跚的步履走著。他不久就要返回南部，阻止秘魯的殖民主義分子妄想對抗基多和瓜亞基爾的野心，但是一切的努力已是枉然。於是瑪芮拉留在聖塔菲，提不起一點力氣追去，因為她知道她永遠的逃犯已經無處可逃。

奧利在回憶錄中提及，將軍從未像那天在圖爾瓦科的下午，自然而然地憶起他的風流韻事。蒙提亞心想這必定是老化的症狀，他曾在幾年後的一封私人信件提起此事。蒙提亞見將軍心情好，又有勇氣吐露私密，忍不住挑釁將軍，但沒有惡意：

「您只把瑪芮拉留在心底？」他問將軍。

「她們全都留在心底。」將軍認真地說。「不過尤其是瑪芮拉。」

蒙提亞對奧利擠擠眼，然後說：

「將軍，老實說，她們一共有幾個？」

將軍迴避他的問題。

「比您想像的少。」

到了晚上，當他正在泡熱水澡，荷西．帕拉西歐斯跟他澄清疑問。「根據我的計算，一共三十五個。」他說。「當然，不包括一夜風流的在內。」這個數字符合將軍自己的計算，但是他不想在那趟拜訪說出來。

「奧利是個偉大的男人，偉大的士兵，和忠誠的朋友，可是什麼事都記下來。」他解釋。「而撰寫回憶就是最危險的事。」

第二天，當將軍結束一場漫長的私人會談，了解邊界的狀況，便要求奧利前往卡塔赫納，正式的工作是了解往歐洲船班的消息，但實際的任務是掌握當地政治暗藏的波濤。六月十二日禮拜六，卡塔赫納議會向新憲法宣誓，承認當選的行政長官。除了這個消息，蒙提亞還捎給將軍一則無可免的口信：

「我們等待您來。」

他繼續等待，但是將軍過世的傳言嚇得他從床上跳下來。他沒有時間先確認消息，立即動身前往圖爾瓦科，到了當地發現將軍好得很，正在跟法國伯爵海吉庫爾特共進午餐，對方打算邀請將軍一起搭乘一艘英國遠洋客輪前往歐洲，船隻下個禮拜將抵達卡塔赫納。這是這個宜人之日最高潮的時刻。將軍拿出意志力對抗惡化的健康，沒人敢說他沒做到。他一大早起床，在擠奶時巡過畜欄，他去了擲彈兵的營房一趟，從他們口中了解他們的生活，毅然決然下令改善狀況。回程，他在一間市場的小飯館停下來喝杯咖啡，之後把杯子帶走，避免又遇到被處理掉的窘況。當他走在回住處的路上，遇到了孩子們放學的時刻，他們在一個街角攔截他，並拍手獻唱：「解放者萬歲！解放者萬歲！」他一臉茫然，不知道如果孩子們不讓路的話，他該怎麼做才好。

他在住處遇到海吉庫爾特伯爵，對方不請自來，身邊還陪著一個他這輩子看過最美麗、優雅和高傲的女人。她一身騎士裝，但他們其實是搭乘驢子拉的篷車過來。對自己的身分，她僅透露她叫卡蜜兒，是馬丁尼克當地人。伯爵沒有再多介紹，而一整天下來，可以清楚看見他是如何迷戀她。

卡蜜兒一出現，立刻讓將軍重拾昔日的心情，下令馬上準備一桌豪華午宴。伯爵講得一口標準的西班牙語，但是仍用法語交談，因為這是卡蜜兒的語言。當她說她出生於小鎮萊特魯瓦西萊時，將軍露出興致勃勃的表情，那雙枯竭的眼睛掠過一絲光芒。

「喔。」他說。「那是約瑟芬的故鄉。」

她笑了出來。

「閣下，拜託，我還以為您會說出比所有人還有智慧的觀察呢。」

他露出了受傷的表情，但他不服氣，於是熱烈地憶起約瑟芬的聰明才智，和這位法國王后瑪麗·約瑟芬的祖屋，要到那裡，得經過好幾里路的廣闊的甘蔗園，沿途可聽見鳥兒歡樂的鳴唱，以及聞到蒸餾器的溫暖氣味。她大吃一驚，想不到將軍竟然這麼清楚。

「其實我沒去過那裡，也沒去過馬丁尼克的任何地方。」他說。

「所以？」她用法語說。

「我花了好幾年慢慢學習那裡的事物。」將軍說。「因為我知道，當我想取悅那些島上最美麗的女人時，總會用得到。」

他滔滔不絕，儘管破嗓卻辯才無礙，他穿了一件印花棉褲，一件緞面外套，和一雙紅色便鞋。她特別注意飯廳瀰漫著從他身上飄來的古龍水氣味。他坦承這是他的弱點，甚至他的敵人都控訴他浪費公庫八千塊錢披索買古龍水。他跟前一天一樣憔悴不堪，但是從外表唯一能看出他病入膏肓的是動作遲緩。

如果在場都是男人，將軍能破口大罵，那話可比牲口販罵得還要難聽，但只要有女人在場，他就會修飾他的行為舉止和措辭用語，甚至到了矯揉做作的地步。將軍打開一瓶高級的勃根地葡萄酒，親自品嘗和倒酒，伯爵一點也不害臊，誇說嘗起來可真像天鵝絨般絲滑。當咖啡端上來時，德伊圖畢德在他耳邊說了些什麼。將軍一臉凝重地聽著，但接下來身體往後仰去，坐在椅子上開懷大笑。

「請大家聽聽。」將軍說。「卡塔赫納派代表團來這裡參加我的葬禮。」

將軍請他們進來。蒙提亞和跟著他一起來的人沒辦法，只能硬著頭皮繼續這場遊戲。副官們叫了幾個聖哈辛托來的風笛手，他們從前一晚就在附近，還有一個老人團體，他們有男有女，為在場賓客獻上一場昆比亞舞。卡蜜兒非常訝異這種源自非洲的民俗舞蹈竟然這麼高雅，於是想要學跳舞。將軍向來擁有跳舞高手的名聲，幾位用餐的客人想起他最後一次來訪時曾跳過昆比亞，那舞姿可媲美大師。但是當卡蜜兒邀他跳舞，他卻婉拒殊榮。「三年是很長的一段時間。」他微笑說。經過兩、三回指導後，她獨自跳了起來。就在音樂停頓的空檔，突然傳來幾聲歡呼，一連串爆炸震響，以及火器射擊聲。卡蜜兒嚇得花容失色。

伯爵嚴肅地說：

「老天！是革命！」

「天知道我們有多需要革命。」將軍笑著說。「不幸的是，那只不過是鬥雞。」

他沒有多想，一喝完咖啡，便舉起手在半空畫個圓，邀請大家到鬥雞場。

「蒙提亞，跟我一起來吧，看看我到底死得多徹底。」他說。

因此，大約下午兩點，將軍帶著由海吉庫爾特伯爵領隊的一大群人前往鬥雞場。但是在清一色的男人堆中，大家的目光都不在將軍身上，而是在卡蜜兒身上。沒有人相信這般美得不可方物的女人不是將軍的眾多情人之一，況且是在一個禁止女人涉足的場所。他們更不相信她說她跟伯爵在一起，因為眾所皆知，將軍總是找其他人陪伴，使用障眼法來掩飾秘密情人。

第二場鬥雞鬥得更加激烈。一隻紅色公雞精準啄了兩下，啄空對手的眼睛。但是瞎眼公雞不服輸。牠生吞活剝了另一隻公雞的肉，直到啄斷牠的頭，然後再吃個精光。

「我從沒想過有這麼血腥的盛宴。」卡蜜兒說。「但是我還滿喜歡的。」

將軍跟她解釋，如果發出猥褻的叫聲刺激牠們，或者朝空中鳴槍，場面會更加血腥，但是這天下午，鬥雞主人考慮有女人在場，尤其又是個絕世美女，因此收斂了一點。他故作姿態，看著她說：「所以都是您的錯。」而她展露美好的笑容說：

「是您的錯，閣下：都怪您治理這個國家這麼多年，還沒要求男人不管有沒有女人在場，都要一視同仁。」

他開始失態。

「請求您不要喊我閣下。」他對她說。「對我一視同仁即可。」

這天晚上，荷西．帕拉西歐斯讓將軍漂浮在浴缸。他對將軍說：「那個女人是我們看過最年輕貌美的一個。」將軍沒睜開眼睛。

「她討人厭。」他說。

大家一致認為，他出現在鬥雞場，是事先安排的場景，目的是擊破各種對於他的疾病的揣測，否認最近幾天病危，於是沒有人懷疑他的死是謠言。這個舉動的確發生效果，因為從卡塔赫納發出的信，往四面八方捎去消息，說他的健康良好，他的支持者舉辦慶祝活動，挑釁之情遠溢於歡欣之情。

將軍甚至順利騙過自己的身體，接下來幾天他依然神采奕奕，甚至能再一次坐下來跟他的副官打牌，而他們卻已經厭倦永無止境的牌賽。安德烈斯．伊巴拉是性格開朗和最年輕的一位，他仍保有對戰爭的浪漫情懷，這段日子，他曾寫過一封信給一個在基多的朋友：「我情願死在妳的懷中，而不是享有目前的寧靜，卻沒有妳在身旁。」他們夜以繼日打牌，有時他們專注解讀牌局，有時他們大聲爭吵，雨依然整天下個不停，儘管雜務兵在馬廄裡燃燒馬糞火堆，仍無法驅趕這段時間來襲的蚊蟲。自從瓜杜阿斯那個傷心的夜晚之後，將軍不曾再打牌，因為他的心中仍然留著跟威爾森意外摩擦的苦澀滋味，他想要驅除這種感覺，卻躺在吊床上聽見他的叫聲，他正在吐露內心話，說他在這種逃避似的太平日子對戰爭感到眷戀。有一天晚上，將軍在屋子內踱步繞圈，忍不住在走廊上停下腳步。他對眼前的人示意安靜，靠近安德烈斯．伊巴拉背後，伸出雙手搭在他的兩邊肩膀上，彷彿猛禽的爪子緊緊攀著，然後問：

「年輕人，告訴我，您是不是也覺得我有一張死人的臉呢？」

伊巴拉早習慣他的動作，並沒有回過頭看他。

「我的將軍，我一點也不這麼覺得。」他說。

「那你不是眼瞎了，就是說謊。」將軍說。

「或者說，因為我背對著您。」伊巴拉說。

將軍覺得牌局很有意思，坐了下來，最後加入打牌。對所有人來說，這就像回到正常，不只是這一晚，而是接下來的幾晚。「我們要等到護照寄來。」然而，荷西．帕拉西歐斯再次提醒他，儘管可以打牌消遣，儘管他付出關懷，他親自坐鎮，隨行軍官卻已厭倦這種漫無目的來去。

將軍比任何人更關心他的軍官的命數，他們的日常瑣事，以及他們的命運將歸屬何方，但是他卻以欺騙自己來解決這些無法估量的問題。自從發生跟威爾森的意外插曲，接著在整趟河面之旅，他放下自己的痛苦，轉而關心他們。威爾森的舉動讓人意外，唯一的可能是他遭遇重大挫折，才有那麼粗暴的反應。「他就像他的父親，是名相當優秀的軍人。」將軍曾看到他在胡寧打仗時，脫口而出這麼說。「而且他更謙遜。」他又補充，因為塔爾基戰役後，蘇克雷大元帥告知將軍，威爾森拒絕接受升上尉，但將軍強迫他非接受不可。

他為所有人設下一套制度，不管是在和平還是戰爭時期，除了鐵一般的紀律，更要求他們一種具備心電感應的忠誠。他們習於駢馳戰場，而非留守軍營，因為他們四處征戰，根本沒時間停下來紮營。將軍的手下有各式各樣的人，但是跟他一起打獨立戰爭比較親近的核心圈，都是土生白人貴族菁英，在王室子弟的學校接受教育。他們東邊西馳，征戰度日，遠離他們的家，他們的妻子，他們的兒女，遠離一切，他們因應需要成為政治人物或政府成員。除了德伊圖畢德和歐洲副官，他們都來自委內瑞拉，幾乎所有人都是有血緣的親戚或者跟隨將軍的政治人士：費南多、荷西・勞倫西歐、伊巴拉兄弟、布里斯紐・梅德茲。階層或血緣關係讓他們認同彼此並且緊密連結。

其中一個例外：荷西・勞倫西歐・席爾瓦，他的母親是產婆，來自洛斯亞諾斯大草原一個叫蒂納科的村莊，父親是捕撈河漁獲維生的漁夫。他遺傳父母的深色皮膚，屬於少數的黑白混血階層，但是將軍把他的一個姪女費莉西亞許配給他。十六歲那年，他進入解放軍隊當自願兵，從此展開軍旅生涯，到了五十八歲升上總司令，他出過五十二次任務，幾乎打過獨立戰爭的所有戰役，身上有各種武器造成的超過十五道的嚴重傷口，和數不清的輕傷。他只有一次對自己黑白混血的身分感到惱火，那是在一場豪華舞會上，一位本地的貴族夫人拒絕他的邀舞。將軍當下要求再演奏一次華爾滋，與他共舞。

奧利將軍是另一個極端，他一頭金髮，身形高大，那身佛羅倫斯制服更替俊秀的外表加分。他在十八歲那年來到委內瑞拉，當時是紅色輕騎兵團的掌旗官，他幾乎打過獨立戰爭的大小戰役，軍旅生涯相當完整。他也跟大家一樣，遭遇過不幸的時刻，當時桑坦德跟荷西・安東尼奧・派耶茲發生爭執，將軍下令他找出讓他們和解的辦法，他卻認為桑坦德有理。於是將軍不再理睬他，任他自生自滅，直到十四個月後，他的怨恨冷卻下來。

無庸置疑，他們每個人都有個人功績。糟糕的是，將軍從未發現他自己在他們面前築起權力的堡壘，他越是以為自己平易近人和仁慈寬容，堡壘越是堅不可摧。但是荷西・帕拉西歐斯要將軍看清楚他們的精神狀態的這一晚，他和大家平等打牌，輸了也不在意，直到軍官們終於心情舒暢。

顯而易見，他們已經放下昔日的挫折。他們不在意即使打勝仗仍舊盤據在他們心頭的失敗感，也不在恍若無根的浮萍過著四處漂泊的生活，或者只能有段露水姻緣。因為國家財政困頓，軍餉不僅被扣減到只剩三分之一，拖欠三個月，還以兌換日期尚未確定的國家債券支付，導致他們只能賤賣給放高利貸者。然而，他們不在乎，一如他們不在乎將軍甩門而去，撞擊聲在全世界迴盪，或者他把他們丟給他的敵人擺布。他們什麼都不在乎：光榮是屬於別人的。他們無法忍受的是將軍決定交權讓位開始，慢慢地在他們之間散播不確定感，而隨著這趟沒有目的地的旅行繼續永無盡頭下去，更是越來越難以忍受。

這一晚將軍十分開心，泡藥水浴時，他對荷西・帕拉西歐斯說，他跟他的軍官之間沒有半絲間隙。然而，軍官們當晚的印象是，他們沒有勾起將軍的感激或愧疚，而是在他心中播下不信任的種子。

尤其是荷西・瑪利亞・卡雷紐。他從在平底木船上那晚的談天後變得孤僻，不知道這個改變引人揣測他跟委內瑞拉分裂主義分子有所瓜葛。或者根據當時傳言，他變成分裂主義分子。四年前，將軍將他從心中信任名單摘除，一如他對奧利、蒙提亞、布里斯紐・梅德茲、聖塔那，以及許許多多的人，只因為懷疑他想要靠著軍隊成為受歡迎的人物。如同當時，將軍現在依然不信任他，他仔細觀察他的舉動，注意所有對他不利的流言，試著從他自己的疑問中抽絲剝繭出任何指引迷霧的光芒。

有一晚，將軍分不清自己究竟是睡著還是清醒，他聽見卡雷紐在隔壁房間說，為了祖國的前途著想，背叛是合法的手段。於是他拽著卡雷紐的手臂把他帶到院子，使出他令人無法抗拒的魅力，刻意對他用「你」稱呼，這是迫不得已時才使用的手段。於是卡雷紐對他吐實。他說他內心很苦，因為將軍不看重自己的功績，不擔心所有人惶惶無依的處境。但是他變節的計畫是出於忠誠。他在這場漫無目的的旅行，已經對尋找希望的光芒感到疲累，他無法再繼續過著六神無主的日子，他決定逃到委內瑞拉，面對一場可能的武裝行動，保護國土的完整。

「我想不到其他更值得去做的事。」他下結論。

「你以為你是什麼角色？在委內瑞拉會受到更好的對待？」將軍問他。

卡雷紐不敢肯定這件事。

「無論如何，那裡起碼是祖國。」他說。

「不要這麼懦弱。」將軍說。「對我們來說，祖國就是美洲，整個美洲都是祖國：這是不可爭的事實。」

將軍沒讓他多做解釋。他對他長篇大論，讓他感受到每字每句似乎是他的肺腑真言，儘管卡雷紐或任何人都永遠不可能知道那是不是真的。最後，將軍拍了一下他的後背，留下他在一片漆黑中。

「卡雷紐，別再做白日夢。」將軍對他說。「這件事到此為止。」

六

六月十六日星期三，將軍接到消息，說政府確認了議會答應給他的終身俸。他口述一封信給莫斯克拉總統確認收到通知，但信中仍不脫諷刺的語氣，結束後，他模仿荷西·帕拉西歐斯使用「我們」來強調的習慣，對費南多說：「我們發了。」二十二日禮拜二，他收到出國用的護照，拿在半空中揮舞：「我們自由了。」兩天過後，他躺在吊床上睡了一個小時不安穩的覺，醒來後，他睜開眼睛說：「我們真是悲哀。」於是他決定利用這個涼爽的陰天，馬上出發到卡塔赫納。他只下了一個命令，特別要求他的隨從軍官打扮成平民，身上不要帶著武器。他沒給任何解釋，沒露出任何讓人能猜測原因的蛛絲馬跡，沒空出時間跟任何人道別。當他的個人護衛隊一準備就緒，一行人立即匆促離去，把行李留給隨行隊伍的其他人處理。

每當踏上旅程，將軍總會隨機選點停留，以了解沿途遇到的民眾的問題。他無所不問：他們孩子的年紀、疾病和生意狀況，以及他們的各種想法。這一次他卻半句不吭，沒改變步伐，沒咳嗽，沒露出半點疲態，他一整天只靠一杯波爾多紅酒果腹。到了下午四點，地平線出現一座坐落在丘陵上的拉波帕老修道院的輪廓。這時正是祈禱時刻，從主要道路上，可以看見一排排的信徒恍若爬上陡峭飛簷的工蟻。不久之後，他們遠遠看見一大片黑美洲鷲在空中盤旋，這是一直以來的場景，牠們下面就是公有市場和屠宰場的汙水。將軍看見城牆後，對荷西．瑪利亞．卡雷紐打手勢。後者靠過去，像養鷹人抬起壯實的斷臂讓將軍搭著。「我要託付您一件秘密任務。」將軍用壓得非常低的聲音說。「到達終點後，幫我調查蘇克雷去了哪些地方。」接著他跟他道別，照例在他的後背一拍，並下結論：

「當然，這件事只有我們知道。」

蒙提亞領著浩浩蕩蕩的隨行隊伍，在主要道路上等著他們，在這趟旅程終尾，將軍不得不改搭一輛古老的西班牙總督豪華馬車，由兩頭精力旺盛的健壯騾子拉著。太陽開始西斜，儘管如此，圍繞著城市的紅樹林彷彿沸騰似的，茂密的枝椏在死氣沉沉的沼澤地發出惡臭的熱氣，但是比起海灣裡腐臭的水較能忍受，一個世紀以來，屠宰場排放的血水和廢棄物早已汙染海水。當他們從半月門進城，黑美洲鷲受到驚嚇，從公有市場振翅飛起，颳起一陣狂風。城內還見得到這天早晨引發的恐慌，當時有一隻得狂犬病的瘋狗咬傷好幾個年齡不一的人，其中包括一個出現在不該逗留之處的卡斯提亞白人婦女。牠也咬傷幾個奴隸社區的孩子，但是他們反過來拿起石頭將狗砸死。狗的屍體就吊在學校大門的一棵樹上。蒙提亞將軍下令焚燒狗屍，不但能顧及衛生，也能阻止有人利用非洲巫術來驅邪除災。

在一則緊急公告的召集下，住在高聳城牆內的居民全都湧到大街上。在六月天的夏至時分，下午開始變長，天空清朗，陽台上可見花圈和西班牙傳統服飾打扮的女人，教堂的鐘聲、軍隊的樂曲和響徹雲霄的禮炮聲傳到了海上，但都無法掩去居民試圖隱藏的窘況。將軍坐在破舊的馬車上，拿起帽子和大家致意，他不禁認為四周投來充滿憐憫的目光，比起這次寒酸的迎接，一八一三年八月那次他以勝利之姿進入卡拉卡斯，頭戴桂冠，搭乘由城內六位最美麗的姑娘拉的一輛豪華馬車，一大群熱淚盈眶的群眾簇擁他，就在那一天，他們給了他一個光榮的名字，讓他永垂不朽：解放者。當時卡拉卡斯還是外省殖民地的偏遠小村莊，既醜陋、悲涼又貧窮，可是懷想起埃爾阿維拉山的午後景色就令人斷腸。

那一次跟這一次不像能在同一個人生中經歷的景況。因為卡塔赫納是一座高貴和英勇的城市，曾經幾度做為總督轄區的首都，上千次被傳唱為世界最美麗的城市，但是昔日的榮光都已落盡。它曾遭遇從陸地和海上一共九次的軍事圍城，也曾數次遭遇海盜和各路將軍洗劫。然而，這座城市始終屹立不搖，直到毀於獨立戰爭以及後來的派別鬥爭。黃金時代的富有家族都已紛紛逃離。舊時代的奴隸得到毫無用處的自由，只能留下來自生自滅，而窮人占據侯爵的宅第，跟貓一樣大的老鼠從大宅內鑽到街上的垃圾堆。西班牙國王菲利普二世曾經想從埃斯科里亞爾修道院的瞭望台上，用他的望遠鏡來認識這座難以攻克的環狀堡壘，如今已淹沒在茂密的灌木林中，教人難以想像昔日的面貌。在十七世紀靠著走私奴隸繁榮一時的商街如今只剩寥寥幾間快要倒閉的店舖。這實在難以把當年的興盛景況與此刻的露天臭水溝發出的惡臭聯想起來。將軍在蒙提亞的耳邊嘆口氣：

「我們為了該死的獨立，付出多麼慘痛的代價！」

這天晚上，蒙提亞把城內的名門顯貴都邀到他坐落在商店街上的氣派大宅，瓦爾德歐約斯侯爵曾經住在這裡拮据度日，他的夫人卻靠著走私麵粉和黑奴發了財。城內的主要大屋都點上花卉節的燈火，但是將軍不做幻想，他知道在加勒比海地區，任何事都能拿來當慶祝的理由，連有名望的人過世都能公開狂歡。事實上，這是一次虛假的慶祝。從好幾天前開始，城內就流傳著無恥的攻訐傳單，反對黨派唆使他們的黨徒拿石頭砸窗戶，以及持棍棒跟警察鬥毆。「至少我們已經沒半片玻璃可以砸破。」蒙提亞以他一貫的幽默說道，他知道民眾的怒氣主要是衝著他來，而不是針對將軍。他調用當地的軍隊加強擲彈兵的看守，圍起這一區，並禁止有人告訴他的賓客街上的戰況。

海吉庫爾特伯爵就在這一晚前來通知將軍，英國遠洋客輪已經抵達博卡奇卡要塞，但是他還不準備走。他對外的理由是，他不想跟擠在唯一一間艙房的一群女人共享廣闊的海洋。但事實卻是，不管是圖爾瓦科的那頓午宴，或者親臨鬥雞場觀賽，以及將軍為了克服惡化的健康所做的種種努力，伯爵還是發現他的狀況不適合長途旅行。他認為或許將軍的精神可以帶他橫越海洋，但是他的身體卻熬不過也不允許，因此他不想要害將軍送死。然而，無論是這些或其他再多的理由，都動搖不了將軍在這一晚做出的決定。

蒙提亞不肯放棄。他早早打發賓客，想讓身體微恙的將軍能夠休息，卻把他留在內院的陽台上好一會兒時間，而一位神情憔悴的少女穿著一襲幾乎透明的薄紗長袍為他們彈豎琴，並演奏了七首愛情浪漫樂曲。曲子唯美動聽，演奏溫柔動人，兩名軍人都無心談話，直到海風把曲子繚繞的餘音都吹走。將軍坐在搖椅上昏昏欲睡，隨著豎琴的音樂飄蕩，突然間，他感覺內心震動了一下，開始唱起最後一首歌的完整歌詞，他的歌聲非常低，但是字句清楚，沒有走音。最後，他轉過身看向那位豎琴少女，呢喃著發自靈魂深處的感謝之意，但是他只看見孤獨的豎琴和一個枯萎的月桂葉冠。這時，將軍記起一件事。

「有個男人因為正當殺人在沃達坐牢。」他說。

蒙提亞還沒說話就先笑了出來：

「他被老婆戴了什麼顏色的帽子？」

將軍不理會他的話，把命案的細節一五一十告訴他，但省略他跟米蘭達・林塞在牙買加的過往私事。蒙提亞有個簡單的解決辦法。

「他得用健康的理由請求移監到這裡。」他說。「一到這裡，我們再赦免他。」

「可以這麼做？」將軍問。

「不行。」蒙提亞說。「但去做就是了。」

將軍閉上雙眼，無視狗兒在黑夜中的突然吵鬧，蒙提亞以為他又睡著了。將軍仔細思考過後，再次睜開雙眼，決定了這件事。

「好吧。」他說。「可是我什麼都不知道。」

過了一會兒，將軍才注意到狗正在吠叫，叫聲像是同心圓般向外擴散，並從城內傳到了比較遠的沼澤區，那裡的狗兒反而不一樣，牠們經過訓練學會噤聲以免暴露主人行蹤。蒙提亞將軍告訴他，人們正在毒殺流浪狗，以阻止狂犬病擴散。他們只抓到兩個在奴隸區被咬傷的孩子。一如往常，其他的不是被父母藏起來，好讓他們安息在他們的神祇的懷中，就是被帶去政府管不到的下瑪麗亞沼澤區，試圖在那個逃亡奴隸的聚集地，用草藥秘方救回孩子的命。

將軍從未想要禁止這一類只會招致不幸的儀式，但是他認為作為一個人，毒死狗是件可恥的事。他愛狗，如同他也愛馬和花卉。他第一次踏上歐洲時，帶了一對狗崽到維拉克魯茲。他曾在委內瑞拉的洛斯亞諾斯大草原，帶著四百位赤腳的當地居民和十多隻狗，翻越安地斯山脈，前去解放新格拉納達和建立哥倫比亞共和國。他在南征北討期間總是帶狗上路。其中最有名的一隻叫「雪山」，牠跟著將軍出征最早的幾場戰爭，曾單打獨鬥擊敗西班牙軍隊的一支二十隻放牧犬隊，最後在卡拉波波的第一場戰役被長矛刺死。在利馬，瑪芮拉．沙耶茲曾在馬格達萊納區的別墅養了數量龐大的各種動物，也養了她根本照顧不及的狗。有人告訴將軍，如果狗死了，要馬上找另外一條代替，然後取同樣的名字，假裝牠依然活著。他並不贊同這種做法。他希望每隻狗都是不同的，這樣才能記起牠們的身分，牠們熱烈的眼神，牠們急促的呼吸，他才能替牠們的死哀悼。九月二十五日那個不祥的夜晚，他把被謀反者斬首的兩隻獵犬也列入突襲受害者的名單內。此刻，在這最後一趟旅程，他帶了兩隻剩下的狗，以及一頭他們在河上旅行半途收留的那隻悲慘的疥瘡狗。他聽蒙提亞說第一天就毒死五十多隻狗，聆聽豎琴愛情歌曲演奏的好心情全都一掃而空。

蒙提亞真心感到遺憾，他向將軍保證再也不毒殺流浪狗。將軍聽了保證安心下來，但不是因為他相信這個承諾真的會實現，而是他對軍官的善意感到安慰。夜晚的美麗讓一切盡在不言中，燈火通明的院子瀰漫溫暖的茉莉花香氣，空氣彷彿鑽石般晶瑩剔透，夜空從未有過如此密集的繁星。「真像四月的安達魯西亞呀。」他從前想起哥倫布時也曾這麼說。反向吹來了一陣風，帶走各種聲音和氣味，只剩下海浪撞擊城牆發出的震耳欲聾的濤聲。

「將軍。」蒙提亞哀求。「不要走。」

「輪船已經抵港。」他說。

「還有其他艘船。」蒙提亞說。

「都一樣。」將軍說。「每艘船都是最後一艘。」

他沒有絲毫想退讓的樣子。多次哀求卻都失敗後，蒙提亞別無他法，只得透露他曾誓言守護到最後一刻的秘密：九月初，拉斐爾・烏爾達內塔將軍將帶領玻利瓦爾黨派分子在聖塔菲發動政變。然而出乎蒙提亞意料，將軍看來似乎不怎麼驚訝。

「我不知道這件事。」他說。「但是不難想像。」

於是蒙提亞向他詳述這起軍事陰謀的來龍去脈，根據委內瑞拉的軍官表示，全國各地忠心耿耿的駐軍都在準備。將軍仔細思索。「這根本沒有意義。」他說。「如果烏爾達內塔真的想要統一這個世界，他就必須和派耶茲合作，重演一遍這十五年來從卡拉卡斯到利馬的歷史。再來就是平坦大路，直抵巴塔哥尼亞高原。」然而，他在準備就寢前把門半開著。

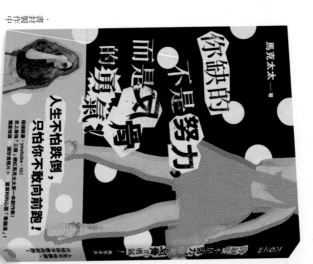

「蘇克雷知道嗎？」他問。

「他反對。」蒙提亞說。

「當然，他跟烏爾達內塔不和。」將軍說。

「並不是那樣。」蒙提亞說。「他反對所有阻撓他前去基多的阻礙。」

「總之，你們應該跟他談。」將軍說。「跟我談是浪費時間。」

他想說的話似乎都說完了。隔天一大早，他指示荷西．帕拉西歐斯輪船已抵達港灣，應當把行李裝上船，接著他要求船長在下午把輪船停泊在聖多明哥要塞的前面，這樣一來，他可以從屋子陽台看見船的身影。他的安排相當準確，但是沒說誰要跟他出發，因此他的軍官以為他不準備帶任何人離開。威爾森按照他從一月就做好的計畫行動，沒有詢問任何人，就把他自己的行李裝上船。

六輛載滿行李的馬車沿著街道前往港灣碼頭，連最無法相信將軍要走的人看到了，都紛紛前去送別。海吉庫爾特伯爵受邀共進午膳，做為榮譽嘉賓，這一次他帶著卡蜜兒出席。她把頭髮往後紮成一個髮髻，身上一襲綠色長袍，腳穿同樣顏色的便鞋，看起來似乎更加年輕，眼神比較沒那麼銳利。將軍假獻殷勤，以掩飾他並不高興看見她。

「想必夫人對美貌非常有自信，清楚知道綠色能替自己加分。」他用西班牙語說道。

伯爵立刻翻譯給卡蜜兒聽，而她發出無拘無束的笑聲，嘴巴的甘草香瀰漫了屋內的每個角落。「西蒙先生，別又來了。」她說。他們倆之間有個東西改變了，誰也不敢像初次見面那樣玩弄文詞語句，就怕傷害另一個人。卡蜜兒把他忘在一邊，隨興穿梭在一群人之間，這些人刻意學過法語，都希望在這樣的場合用上語言。將軍跟塞巴斯提安·德西貢薩修士聊了起來，這位聖人享有很高的威望，西元元年洪堡德路經本地時感染天花，是他治癒了他。修士本人是唯一不把這件事放在心上的人。「天主安排有的人死於天花，有的逃過一劫，男爵屬於後者。」他說。將軍前一次旅行來這裡時，曾經想要認識他，當時他聽說修士能用蘆薈治療三百種不同的疾病。

蒙提亞下令準備閱兵活動來送別，這時荷西·帕拉西歐斯從港口回來，捎來正式的消息說，午餐後輪船會停泊在屋子的前面。這個時間，六月天的太陽高掛在空中，蒙提亞也下令把從聖多明哥要塞送將軍出發的小船都搭好布棚。到了十一點，屋子裡擠滿受邀的賓客和自行前來的客人，大家都熱得喘不過氣來，而長桌上已經擺上各式各樣的珍饈，都是當地名菜。卡蜜兒不知道大廳裡發生什麼事，怎麼一陣騷動，接著她聽見耳邊響起有氣無力的一句法語：「夫人，您先請。」於是恍然大悟。將軍幫她每種菜都各夾一點，向她介紹每道菜的名稱、材料和由來，接著他替自己夾了份量更多的一盤，他的廚娘驚訝不已，因為一個小時前他才拒絕她所準備的佳餚，比擺在桌上的那些還要精緻。不久，他帶著卡蜜兒穿過正在找位置坐的人群，來到開著一片碩大的熱帶花卉的內院陽台，開門見山跟她攀談。

「如果我們能在金斯敦該會是多美妙。」他對她說。

「正合我意。」她說，臉上沒有一絲驚訝。「我愛那裡的藍山。」

「您會一個人來嗎？」

「不管跟誰在一起，我都是自己行動。」她說。接著她又淘氣地加了一句：

「閣下。」

他露出微笑。

「我會派赫斯洛普去找您。」他說。

他們談到這裡結束。他再一次帶著她穿過大廳，回到遇見她的地方，像是跳對舞曲那樣，向她點頭致意和告別，接著他把一口菜也沒碰的盤子放在窗沿上，回到自己的位置。沒有人知道他是何時下了留下來的決定，或者他為什麼下這個決定。他聽著政治人物談地方的不和，感到痛苦不堪，突然間他轉身面向海吉庫爾特伯爵，失當地對他說了大家都聽得到的話；

「伯爵，您說得沒錯。我現在這副病懨懨的模樣，要怎麼應付那麼多女人？」

「對，將軍。」伯爵嘆了一口氣。接著他又急忙地說：「但是，下個禮拜夏儂號即將抵港，那是一艘英國三桅帆船，不但有好的艙房，還配有一名醫術高明的醫生。」

「那可比一百個女人還要糟糕。」將軍說。

無論如何，他的解釋只是藉口，因為有名軍官打算把他到牙買加的艙房讓給將軍。只有荷西．帕拉西歐斯以他神準的判斷，指出真正的理由；「我的主子想什麼，只有我的主子知道。」而且，這趟旅行怎麼樣都不可能成行，因為那艘遠洋客輪為了到聖多明哥要塞來接他而擱淺，船身受損嚴重。

因此他留下來，唯一的條件是不會繼續待在蒙提亞的家。將軍認為他家是城內最漂亮的屋子，可是靠海緣故，對他的那身骨頭來說太過潮溼，尤其在冬天，起床時棉被都是溼的。他為了健康著想，需要住在空氣不像城內那麼嬌氣的地方。蒙提亞把他的話理解為他打算長期留下來，於是趕忙滿足他的要求。

拉波帕修道院坐落的丘陵側面原本有一個城外的娛樂場地，一八一五年，卡塔赫納居民親手放把火將它燒掉，為的是不讓保皇黨軍隊有駐紮的機會，防止他們再次攻占城市。這個犧牲卻毫無作用，因為西班牙人在圍城一百一十六天後，還是攻破防禦的城牆，拿下這座城市，而圍城期間，城內居民甚至得吃鞋底充飢，超過六千人活活餓死。十五年後，那片燒焦的平地依舊曝曬在下午兩點的豔陽下。這裡有少數幾棟重建的屋子，其中一棟是英國商人朱達·金塞勒的屋子，這幾天他出遠門不在。將軍從圖爾瓦科過來時，特別注意這棟屋子的棕櫚葉屋頂保養得宜，牆壁充滿繽紛的節慶色彩，而且隱身在一片果樹林之間。蒙提亞將軍心想，對他的房客的身分來說，這棟屋子太小，但將軍提醒他，他曾睡過一位伯爵夫人的床鋪，也曾裹著披肩睡在豬圈的地上。因此，蒙提亞就租下小屋，租期未定，還多付錢租下床鋪和臉盆木架，客廳裡的六張皮凳，和一個金塞勒先生自製私酒的蒸餾器。此外，蒙提亞將軍還從市政府搬來一張天鵝絨安樂椅，派人加蓋一間給護衛隊擲彈兵的棚屋，即使在陽光最毒辣的時刻，小屋內依然相當涼爽，比起瓦爾德歐約斯侯爵的宅第，任何時間溼氣都不會太重，屋內有四間通風良好的臥室，裡面會有蠹蜥出沒。凌晨時分，他聽著熟透的刺番荔枝從樹上掉落的瞬間爆裂聲，感覺失眠似乎沒那麼難以忍受了。到了下午，尤其是遇到滂沱大雨的天氣，就會看見一行窮人抬著淹死的親人到修道院守靈。

自從搬到拉波帕修道院的丘陵下之後，將軍去城裡不超過三次，而且是特地要讓路經卡塔赫納的義大利畫家安東尼奧·穆齊幫他畫人像。他自覺身體太過虛弱，考慮要僵直不動一個多小時，決定坐在侯爵的宅第的內院露台上，四周圍繞著野生花卉和歡樂的鳥鳴。他喜歡完成的畫像，雖然畫家顯然對他投注太多憐憫的目光。

就在那場九月暗殺發生不久前，他曾經在聖塔菲的總統府，讓來自新格拉納達的荷西．瑪利亞．埃斯皮諾薩給他畫人像，畫中的人跟他對自己的印象有極大落差，於是他忍不住對當時的秘書聖塔那將軍大吐苦水。

「您知道這幅肖像裡的人像誰嗎？」將軍對他說。「像拉梅薩那個老頭歐拉亞。」

瑪芮拉．沙耶茲知道這件事後覺得生氣，因為她認識拉梅薩那位老先生。

「我想您太不愛自己了。」她對將軍說。「我們最後一次看到歐拉亞時，他都快八十歲，已經站不起來了。」

他的所有肖像畫，歷史最悠久的是一幅袖珍畫，那是他十六歲時在馬德里給一個無名畫家畫的。三十二歲那年，他在海地又讓人畫了另外一幅，兩幅都真實呈現他的年紀和他加勒比海特質。他有著非洲血統，來自高祖父跟一位女奴生下一個兒子，因此他的五官有相當明顯的特徵，利馬的貴族都叫他桑博人。但是隨著越來越多的榮耀披身，畫家開始將他理想化，漂去他的血統，神化他的形象，甚至在官方的回憶錄裡化為羅馬輪廓的雕像。相反地，埃斯皮諾薩的畫筆忠實呈現他在四十五歲的樣貌，這時他已遭受病魔摧殘，他卻拚命掩飾再掩飾，直到臨終的前夕。

一個下雨的夜晚，將軍在拉波帕修道院的丘陵下小屋做了一個不安穩的夢，醒來後他看見臥室的角落坐著一個女孩，她穿著一般教徒穿的粗麻長袍，頭戴著發光的螢火蟲頭飾。在殖民時期，歐洲旅人對於印第安原住民拿著裝螢火蟲的瓶子照路很感吃驚。之後到了共和國時期，婦女流行把螢火蟲拿來做成妝點頭髮的發光花環，或者前額的泛光髮箍，或者胸前的螢光胸針。這一晚進入他的臥室的女孩把螢火蟲縫在髮帶裡面，一抹幽光映照在臉上。她的神情憂鬱而神秘，二十歲的年紀卻有一頭花白的頭髮，他立刻在她身上發現他最欣賞的美德的光輝：未經雕琢的智慧。她來到擲彈兵的駐紮地，表示願意獻身以換取任何東西，值班的軍官覺得很不可思議，便讓她見荷西·帕拉西歐斯，看看將軍是否感興趣。將軍邀她躺在他的身邊，因為他自覺沒有力氣將她抱到吊床上。她摘下髮帶，把螢火蟲收進身上的一段挖空的甘蔗裡面，然後在他的身邊躺下來。他們斷斷續續聊了一會兒，將軍大膽問她，他在卡塔赫納居民的眼中是什麼模樣。

「大家都說閣下您身體健康，可是裝病博取他們的同情。」

他脫掉睡衣，要女孩就著油燈看仔細。於是她一寸一寸檢視這具再淒慘也不過的身體：乾癟的肚子，清晰可見的肋骨，手腳簡直像枯骨，整個人就像一具毛髮稀疏的皮囊，膚色像死人一般慘白，飽受風吹日曬的頭顱則像是別人的。

「我只差嚥下最後一口氣了。」他說。

女孩堅持她的說法。

「聽說您從以前就是這樣，現在正好讓人知道。」

事實顯而易見，他不願意放棄。他繼續掀開關於他的病況不容置否的證據，與此同時她不時輕易地墜入睡夢，卻又繼續在夢中回答他的問題，沒有離題。他一整晚都沒碰她，光是感覺她朝氣蓬勃的青春就已心滿意足。突然間，德伊圖畢德上尉開始在窗外引吭高歌：「如果暴雨繼續肆虐，狂風越颳越烈，緊緊抱住我的脖子，讓大海吞沒我們。」這是一首舊歌，當時他的胃還能忍受熟透的番石榴和那氣味勾起相思的可怕力量，以及黑暗中的女人的絕情。將軍和女孩帶著幾近崇拜的心情一起聆聽歌聲，但是到了下一首，她聽到一半卻又睡著，他隨後變得精神委靡，焦躁不安。歌聲消失後，四周籠罩一片絕對的靜寂，她怕吵醒將軍，躡手躡腳起身，狗卻騷動起來。他聽見她摸索著門鎖的位置。

「妳要走啦，處女。」他說。

她發出開心的笑聲回答：

「只要跟閣下睡過一晚，都不可能是處女。」

她跟其他女人一樣離開了。他這輩子有過那樣多女人，許多只有短短幾個小時的因緣，他卻不曾對任何一個暗示要廝守。當他情慾高漲時，就算鬧得天翻地覆也要得到她們。一旦獲得滿足，只需要藉著回憶繼續想像和感覺她們，從遠方透過熱烈的書信獻上他的心意，寄給她們大量的禮物表示沒遺忘她們，但是絕不讓人生受到一丁點影響，因為這種接近虛榮的情感並不是愛情。

這一晚，當剩下他孤零零一人，他下床去找德伊圖畢德，後者還在院子的篝火旁跟值班的其他軍官聊天。將軍要他繼續唱歌，荷西・德拉克魯茲・帕雷德斯彈吉他伴奏，直到天色發亮，這時所有人從他點的歌曲發現他意志消沉。

他從第二趟歐洲之旅回來之後，便迷上了風靡一時的銅杯樂，在卡拉卡斯上流社會的婚禮上，他總是高聲歡唱這種歌曲，那優雅的舞姿是任誰也比不上的。後來戰爭改變他的喜好。他靠著這種流行的浪漫情懷歌曲，度過初戀的惶然不安，後來轉而欣賞華麗的華爾滋舞曲和凱旋進行曲。在卡塔赫納的這一晚，他回頭再點年輕時的曲目，有幾首太過古老，將軍還得教德伊圖畢德怎麼唱，因為當時他太小根本不記得。將軍越發憂傷，聽眾逐漸散去，最後只剩他跟著德伊圖畢德，兩人伴著篝火的餘燼。

這是個怪異的夜晚，夜空沒有半顆星子，吹來的海風夾帶著淒涼的哀號和腐臭的花香。德伊圖畢德是個惜字如金的男人，他可以從天亮起，眼睛眨也不眨地凝視冰冷的灰燼，同樣地，他也能一整晚毫不停歇地唱歌。將軍拿著一根棍子撥旺火堆，打斷他迷人的歌聲。

「墨西哥那邊的情形如何？」

「我跟那裡已經斷了聯繫。」德伊圖畢德說。「我是個被流放的人。」

「在這裡我們都是被流放的人。」將軍說。「打從戰爭開始，我只在委內瑞拉待過六年，其餘時間我騎垮了數匹馬，在大半個世界征戰。您無法想像我多麼願意不計代價，只希望現在能夠在聖馬特奧吃一盤雞肉蔬菜湯。」

他的思緒應該是飄回童年時的糖廠，因為他凝視著就要熄滅的火堆，陷入深沉的靜默。當他再次開口，就又回到現實世界。「煩人的是，當我們擺脫西班牙人的身分之後，接下來四處奔波，到的國家卻是三天兩頭改名字和換政府，我們都已經搞不清楚我們該死的到底來自哪裡。」他說。他再次凝望那堆灰燼好一會兒，接著換個語調問：

「而這個世界有這麼多國家，您怎麼會想來這裡？」

德伊圖畢德拐彎抹角好一會兒後回答。「我們在軍校學的是紙上談兵。」他說。「我們用鉛製的小士兵在石膏模型地圖上打仗，禮拜天老師帶我們去鄰近的草原，那裡有母牛跟剛從彌撒回來的婦女，上校發射大砲，要我們習慣聽到爆炸時的驚慌和火藥的氣味。您能想像最有名的老師是個有殘疾的英國人，他教我們怎麼從馬背上摔死。」

將軍打斷他的話。

「您想要的是真正的戰爭。」

「就是您的戰爭，將軍。」德伊圖畢德說。「但是我加入部隊已經快兩年，卻還不知道有血有肉的戰役是什麼模樣。」

將軍依然沒正視他的臉。「因為您選錯命運的道路。」將軍對他說。「這裡不會再有戰爭，頂多是互相角力，而這種鬥爭就像弒親。」在暗處的荷西．帕拉西歐斯提醒將軍天色就要破曉。於是他拿起棍子撥散灰燼，抓住德伊圖畢德的手臂起身，並對他說：

「我若是您，就會離開這裡，越快越好，趕在名譽玷汙之前。」

荷西．帕拉西歐斯不斷說厄運已經找上拉波帕修道院的丘陵下的小屋。當他們搬來這裡，尚未安頓就緒前，海軍上尉荷西．托馬斯．馬查多就從委內瑞拉抵達，他帶來消息說好幾個軍營拒絕承認分裂主義派的政府，以及一個支持將軍的新政黨聲勢變得壯大。將軍獨自接待他，仔細聆聽他的說法，但是似乎不太起勁。

「這是好消息，可是太晚了。」他說。「而我這個可憐的廢人要怎麼對抗整個世界呢？」他指示屬下依照禮數招待特使，但是沒給他任何答覆。

「我不期待再有健康奉獻給祖國。」他說。

然而，當他一送別馬查多上尉後，立刻轉過身問卡雷紐：「您找到蘇克雷了沒？」他表示找到了：「蘇克雷在五月中旬離開聖塔菲，他行色匆匆，希望能在他的聖人日那天跟妻子和女兒見面。」

「他提早出發。」卡雷紐下結論。「因為莫斯克拉總統在前往波帕揚的路上遇見他。」

「怎麼會這樣！」將軍驚訝地說。「他走陸路嗎？」

「沒錯，我的將軍。」

「慈悲的天主啊！」他說。

這是一種預感。而同樣這一晚，將軍便接獲蘇克雷大元帥遭殺害的消息，六月四日，蘇克雷在穿越險峻的貝魯埃克斯山區時中了埋伏，被人從背後開槍打死。蒙提亞捎來新的壞消息時，當將軍剛洗完夜間的澡，他幾乎無法全部聽完。他往額頭一拍，拉起還擺著晚餐陶瓷餐盤的桌布，氣得發狂。

「真是混帳！」他咆哮。

當響徹雲霄的怒吼還在屋內迴盪，將軍已經恢復自制。他頹坐在椅子上吼叫：「是歐邦多。」接著他又重複了好幾遍：「是歐邦多，是西班牙人雇用的殺手。」他指的是巴斯托首長荷西．瑪利亞．歐邦多將軍，駐守在新格拉納達南部邊界，他就這樣奪去了將軍唯一可能的繼任者，確定取得四分五裂的共和國總統寶座獻給桑坦德。參與這次謀殺的其中一人在回憶錄提到，天黑時刻，當他走出計畫謀殺的那棟屋子，他就在聖塔菲的大廣場上，看見蘇克雷出現在冰冷薄霧裡，心底感到深深的顫動，大元帥穿著黑色毛料大衣，頭戴普通人的帽子，雙手插在口袋，在大教堂的門廊上徘徊。

這天夜裡，將軍聽聞蘇克雷死訊後口吐鮮血。荷西．帕拉西歐斯隱瞞這件事，一如他也隱瞞在沃達那一次，訝異地撞見將軍拿著海綿趴在浴室地板刷洗血跡。雖然將軍沒有要求，他仍堅守這兩個秘密，心想壞消息已經夠多，沒有必要再多添幾樁。

在瓜亞基爾的一天晚上，如同這一晚，將軍意識到自己未老先衰。那時他還留著及肩長髮，用一條緞帶綁在脖子後面，方便在戰場和在床上騁馳，但是他發現自己頭髮幾乎褪白，臉頰乾癟，神情哀傷。「如果您看到我的模樣，一定認不出我來。」他寫給一個朋友這麼說。「我四十一歲，卻像個六十歲的老頭。」那一晚，他剪去頭髮。不久之後，他在波托西剃掉八字鬍和鬢角，試圖阻止青春像陣急風從指縫逃離。

蘇克雷遇刺之後，他再也變不出任何掩飾蒼老的伎倆。憂傷的氛圍盤據了拉波帕修道院的丘陵下的小屋。軍官們不再打牌，他們徹夜未眠，在院子裡圍著篝火聊天到夜深，他們不斷添加柴火好驅趕蚊蟲，或者在躺在大通鋪臥室裡高低懸掛的吊床上。

將軍一點一滴地釋放他的苦澀。他隨意挑選兩三個軍官，徹夜向他們吐露在他內心腐爛的悲痛。他對他們搬出同一套故事，說他的軍隊因為欠缺後援差點瓦解，都怪當時擔任哥倫比亞總統的桑坦德不肯給他兵力和金援，以完成解放秘魯的大業。

「他本性既吝嗇又摳門。」將軍說。「但是他的腦袋更駑鈍：目光短淺，看不到殖民地邊界外的世界。」

他又跟他們提說了上千次的事，引人昏昏欲睡，那就是桑坦德卻不顧危險任意邀請美國參加巴拿馬國會，而國會要宣布的正是美洲的統一，這是對統一大業根本是致命的一擊。

「這就好像邀請貓來參加老鼠的派對。」他說。「一切都是因為美國威逼恫嚇，控訴我們妄想把美洲大陸變成對抗神聖同盟的人民國家聯盟。真是何等榮幸啊！」

他又再一次述說他對桑坦德內心那股為達目的的冷血感到恐懼。「就跟死魚一樣冰冷。」他說。他又重複一遍說過千百次的事，攻訐桑坦德接受英國的貸款，以及欣然包庇他的朋友貪腐。他每回想起這件事，不管是私底下還是公開場合，總像在他似乎無法再忍受的政治氛圍再加一滴毒藥。但是他就是忍不住。

「這就好像世界開始毀滅。」他說。

他對處理公款相當嚴謹，只要談起這件事，就無法不失控。他在總統任內，曾對公職人員頒布法規，任何膽敢侵占或竊取超過十塊披索的行為都得判處死刑。相反地，他對他私人的財產卻揮霍無度，短短幾年就把絕大部分繼承而來的祖產花在獨立戰爭上。他把自己的薪水分給戰爭寡婦和傷殘官兵。他把繼承來的糖廠贈與侄子們，卡拉卡斯的屋子贈給姊妹，大部分的土地分贈給他早在奴隸制度廢除之前所解放的眾多奴隸。他拒絕利馬議會在解放的歡欣氛圍中贈與他的一百萬披索。政府為了讓他有個配得上身分的住居，配給他一棟在蒙塞拉特山的鄉間別墅，而他在交權讓位的前幾天也轉贈給一位生活困頓的朋友。在阿普雷河邊，他把吊床送給一個嚮導，讓他可以躺在上面發燒逼汗，自己卻包著軍用披風，往地上一躺繼續睡覺。他想要用自己的錢支付兩萬銀披索給貴格會教育學者約瑟夫・蘭開斯特，不過那不是清償他個人而是國家的債務。他愛馬成痴，卻把馬分送給沿途會面朋友，連榮耀披身的名駒白鴿也留在玻利維亞德聖塔・克魯茲大元帥的馬廄裡坐鎮。因此，每提起挪用貸款的話題，他往往會因為感覺遭到背叛，而失去了控制。

「當然，卡桑德羅跟九月二十五日那場暗殺一樣全身而退，因為他是個懂得不沾腥的魔法師。」將軍總這麼說給想聽的人。「但是他的朋友卻把英國人以高額利息借給國家的錢，再一次帶去英國做高利貸生意，替他賺取加倍的利潤。」

在連續徹夜未眠的夜晚，他告訴大家他靈魂深處最迷惘的心事。到了第四天破曉，當這場危機似乎將會沒完沒了，他出現在院子門口，身上還是他獲知命案消息那天晚上的衣服，他單獨叫來布里斯紐・梅德茲將軍，跟他聊到公雞初啼。將軍躺在他掛起蚊帳的吊床上，布里斯紐・梅德茲則是躺在另一張荷西・帕拉西歐斯掛在旁邊的吊床。或許他們倆都沒發現他們把太平時期坐著聊天的習慣遺忘多久，在這短短幾天內，重回那些惶惶不安的紮營夜晚的生活。將軍從這場談話明白了荷西・瑪利亞・卡雷紐在圖爾瓦科表達的不只是他個人的不安和希望，也是大多數委內瑞拉軍官的共同心聲。當他們看見新格拉納達人與他們敵對的舉動，更是深刻感受自己是委內瑞拉人的身分，但是他們準備好為統一大業捐軀。如果將軍肯下令要他們去委內瑞拉打仗，他們願意飛奔而去。而布里斯紐・梅德茲會是第一個。

這段日子痛苦難熬。將軍願意接待的唯一訪客是波蘭上尉米奇斯瓦夫・納皮爾斯基，他是弗里德蘭戰役的英雄，是慘烈的萊比錫戰役的倖存者，他剛到幾天，他聽從波尼亞托夫斯基將軍的建議，打算加入哥倫比亞軍隊。

「您來遲了。」將軍對他說。「這裡已經什麼都不剩。」

蘇克雷死後，一切都已灰飛煙滅。他向納皮爾斯基這麼解釋，後者也這麼把話寫進他的旅記，一百八十年後，新格拉納達的一位偉大詩人重拾這段故事，並把它放進了歷史。納皮爾斯基是搭乘夏儂號抵達。船長陪著他到將軍的家，聽將軍說他希望前往歐洲，可是他們倆都看不出他真心想要搭船。這艘三桅帆船中途會停靠拉瓜伊拉，然後返回卡塔赫納，再去京斯頓，於是將軍交給船長一封信，請他轉交幫他在委內瑞拉處理阿羅亞礦脈生意的代理人，希望船長回來時能帶點錢給他。但是帆船返回時並沒有帶來任何消息，將軍灰心喪志，沒有人想要問他究竟要不要搭船遠行。

沒有任何值得安慰的消息。荷西・帕拉西歐斯小心翼翼，盡可能拖延再度雪上加霜的壞消息。隨行的軍官非常擔心一件事，而且瞞著將軍不想讓他心煩，那就是護衛隊伍的輕騎兵和擲彈兵沿路播下怎麼樣也無法撲滅的淋病的火種。起因是停留沃達的那幾夜，有兩個女人跟幾乎全部的駐軍都睡過，之後隨著士兵到處一夜情，又把疾病給傳染出去。部隊無一人倖免，他們試過各種正規藥物或江湖醫生的偏方，卻都無效。

荷西·帕拉西歐斯萬般謹慎，不想讓主子陷入無謂的煩惱，但總會有疏漏。有一天晚上，一封沒有署名的信幾經傳遞，沒有人知道後來怎麼送到將軍的吊床邊。他沒戴眼鏡，伸長手臂把信拿遠，讀完後把信紙放在燭火上，直到燒成灰燼。

那是荷喜凡·沙戈拉瑞奧的信。禮拜一她隨著夫婿和子女來到這裡，短暫停留後將繼續前往蒙波斯，她聽到將軍遭剝奪職務並即將離國，心情舒暢許多。將軍從沒提及信中究竟說了什麼，但是他一整夜焦躁不安，到了天亮，他便派人送和解的提議去給荷喜凡·沙戈拉瑞奧。她不接受他的哀求，沒有一刻心軟，繼續原訂的旅程離開。將軍告訴荷西·帕拉西歐斯，她這麼做的唯一原因是她早當他已經死去，而跟一個死人和解毫無意義。

那個星期，據說瑪芮拉·沙耶茲為了讓將軍歸來，在聖塔菲單打獨鬥，鬧得越來越激烈。內政部處處為難她，要她交出保管的檔案箱。她不但拒絕，還進行一連串挑釁行動，惹火了政府。她戴著兩名身手矯健的女奴鬧事，分發頌揚將軍的宣傳小冊子，洗刷公共場所牆壁上用木炭寫的標語。眾人皆知她穿著上校的制服踏進軍營，參加士兵的慶祝活動，以及軍官的陰謀活動。其中傳得最為沸騰的謠言，是她靠著烏爾達內塔的庇護，正在推動武裝叛變，打算重建將軍的絕對權力。

實在難以令人相信將軍還有力氣承受更多打擊。他的發燒越來越準時在黃昏發作，他的咳嗽越來越猛烈。有一天凌晨，荷西·帕拉西歐斯聽見他大叫：「婊子祖國！」他心生警覺，以為將軍在責罵他的軍官，闖進臥室，卻發現他的臉頰血跡斑斑。他在刮鬍子時劃破皮，他氣的不是自己真倒楣，而是自己的動作笨拙。威爾森將軍急忙帶著藥劑師前來替他治療，藥劑師發現他如此沮喪，想給他幾滴顛茄汁安撫他的情緒。他卻斷然拒絕。

「就讓我這樣吧。」他說。「沮喪對迷失者來說是正常的。」

他的妹妹瑪麗亞·安東妮婭從卡拉卡斯寫信給他。「每個人都在抱怨你不肯回來整頓這一團亂。」她說。村莊的神父決心支持他，逃兵的數量已經到了忍無可忍地步，山裡滿是武裝分子，他們說除了他誰都不要。「這是一場瘋子的喧鬧，但是他們不懂他們做的就是革命。」他的妹妹說。有人在大聲支援他的同時，國內大半的牆壁上在天亮後卻滿是辱罵的字眼。而宣傳單上說，他們家族應該連五代都遭滅絕。在瓦倫西亞舉辦的委內瑞拉議會補上最後一擊，一致同意徹底分裂，並隆重宣告，只要將軍在哥倫比亞的領土，就無法跟新格拉納達和厄瓜多達成協議。此外，他也非常心痛，聖塔菲派來送官方通知的竟是他的死敵，一個曾參與九月二十五日暗殺行動的陰謀分子，總統莫斯克拉不但邀他結束流亡回國，還打算任命他為內政部長。「我不得不說，這是這輩子傷害我最深的事件。」將軍說。他一整晚沒睡，為了回信，他跟幾位抄寫員口述了幾封不同版本的信，但是他實在怒急攻心，最後竟睡著了。到了破曉時刻，他從一個不可思議的夢驚醒，對荷西·帕拉西歐斯說：

「我死去那天，卡拉卡斯會敲響喪鐘。」

不只如此。當馬拉卡波市長得知死訊，他將寫下：「我趕緊來跟大家分享新消息，這件重要大事無疑將使國家得到自由和幸福，帶來無以計數的好處。那個邪惡的天才，那個點燃無政府主義的火炬，那個祖國的壓迫者，已經死去。」這份宣布原本是告知卡拉卡斯政府，最後卻變成全國性的公告。

就在這段災難連連的日子，荷西·帕拉西歐斯在將軍的生日清晨五點唱歌祝壽：「七月二十四日，是聖母克里斯汀娜殉道之日。」將軍睜開眼睛，他應該是再一次感覺到自己被災難纏上。

他向來不慶祝生日，只慶祝命名日。在天主教的聖人曆上一共有十一個聖人西蒙，他希望自己是以幫助耶穌扛十字架的古利奈人西蒙來命名，但是命運指派了另一個西蒙給他，也就是在埃及和衣索比亞講道的使徒西蒙，日期是十月二十八日。而就在這個日子，有一年他在聖塔菲，宴會上有人替他戴上桂冠。他開心地摘下來，不懷好意地戴在桑坦德將軍的頭上，後者不動聲色，乖乖接受了。但是他能否繼續人生，倚賴的不是名字而是年歲。四十七歲對他來說別具意義，因為前一年的七月二十四日他在瓜亞基爾，當時壞消息滿天飛，他又發著高燒，恍惚之間，他看見了一個令他發抖的預兆。他從不相信預兆。但是這個預兆如此真實：如果他能活到下一個生日，就不再受死亡陰影的威脅。這個不可思議的神秘神諭給他力量，讓他違背常理熬到現在。

「天啊，我已經四十七歲了。」他嘟囔。「而我竟然還活著！」

他從吊床起身，因為莫名確信自己能逢凶化吉，他恢復力氣，心臟飛快跳著。他叫來布里斯紐．梅德茲，他是希望能去委內瑞拉捍衛哥倫比亞統一的那幫人的首領，因為生日，將軍請他在這天代為向他的軍官表達感謝之意。

「中尉以上的將領，」將軍對他說。「如果想去委內瑞拉打仗，就去準備行囊吧。」

布里斯紐．梅德茲將軍是第一個。其他人共包括卡塔赫納駐軍的兩位將軍、四位上校，以及八位上尉也加入隊伍。但是，當卡雷紐提醒將軍他先前的承諾，將軍卻說：

「您留下來，另有更重要的任務。」

出發前兩個小時，將軍決定讓荷西．勞倫西歐．席爾瓦也一起走，因為他知道這裡讓人發霉的作息，加深他對眼睛的擔憂。席爾瓦卻婉拒榮幸。

「現在的無所事事也是一種戰爭，而且是最殘酷的戰爭。」他說。「所以，如果將軍沒有其他任務要交代，我要留在這裡。」

相反地，將軍並沒同意德伊圖畢德、費南多和安德烈斯．伊巴拉離開。「如果您非走不可，應該去其他地方。」將軍對德伊圖畢德說。至於安德烈斯，將軍跟他解釋他的理由特殊，那就是迪耶哥．伊巴拉將軍已經在打仗，兩兄弟同在一個戰場上實在太擁擠。費南多沒有自告奮勇，因為他知道會得到一成不變的回答：「上戰場要全心全意投入，不能缺少雙眼和右手。」他只能自我安慰，或許這個回答是一種軍事勳章吧。

蒙提亞送來所需的資源，讓得到允許出發的人能在當晚立刻上路，他也參加了簡單的送別儀式，將軍送給每個人一個擁抱和一句話，並一一跟他們道別。他們分頭從不同的路離開，有的人借道牙買加，有的人行經古拉索，有的人路經瓜希拉，所有人都做便服打扮，沒帶武器或任何可能揭露他們身分的東西，這是他們從對抗西班牙人的秘密行動學到的經驗。破曉時，拉波帕修道院的丘陵下小屋已成廢棄的軍營，但是將軍留在那裡，期待一場新的戰爭能夠擦亮昔日的桂冠。

七

九月五日，拉斐爾・烏爾達內塔將軍奪取政權。這時立憲議會早已經終止代理權限，因此沒有其他有效的權力機構能將政變合法化，但是政變分子要求聖塔菲市政府承認，在將軍掌權之前，由烏爾達內塔擔任代理。就這樣，駐軍在新格拉納達的軍隊和委內瑞拉軍官成功叛變，靠著大草原的小莊園主人和鄉村教會的支持，打敗政府的武裝部隊。這是哥倫比亞共和國遭遇的第一次政變，也是在短短不到一個世紀的時間裡，勢必痛苦經歷的四十九場內戰的第一場。華金・莫斯克拉總統和卡塞多副總統孤立無援，於是放棄了他們的職位。烏爾達內塔從地上拾起權力的把柄，他統治的第一步是派出他的代表團到卡塔赫納，拱手獻上總統大位。

這段日子將軍的健康穩定，荷西・帕拉西歐斯不記得有多久沒看到主子這個樣子，軍事政變的消息一傳來，頭痛和黃昏的高燒馬上跟著棄械投降。但是他也從未看過將軍如此焦躁不安。蒙提亞感到擔心，跟塞巴斯提安・德西貢薩修士串通暗中幫忙將軍。修士欣然接受，而且做得相當好，在他們等待烏爾達內塔的信使的炎熱午後，兩人故意輸棋給將軍。

將軍是在第二次去歐洲的旅途中學會下棋，之後在秘魯的長征路上跟奧利將軍在死寂的夜晚在棋盤上廝殺，差一步就成了大師。但是他自覺能力僅止於此。「下棋不是遊戲，而是一種熱情。」他說。「而我寧願追求其他更大膽的熱情。」

然而，他把下棋納入他的公共教育教學大綱，列為學校應該教授的正當益智遊戲。事實上，他未曾持續磨練棋技，因為他的神經無法適應這麼謹慎小心的遊戲，他欠缺下棋所需的專注力，因為他已心力投注在其他更為重大的事情上。

將軍掛吊床的地方面對臨街大門，塞巴斯提安修士發現他躺在上面，大力搖晃，一邊監視熱燙灰塵滿布的道路，一邊等待烏爾達內塔的信使出現。「喔，神父。」將軍看到他抵達時說。「您真是學不會教訓。」他幾乎無法安靜坐著移動棋子，每下一步棋，他就趁著修士思考時站起來。

「閣下，請不要讓我分心。」修士對他說。「我要把您生吞活剝。」

將軍笑著說：

「午餐吃相太狂妄，小心晚餐可會自慚形穢。」

奧利經常停在桌邊研究棋盤，給將軍一點建議。但是被他生氣拒絕。然而，他每次贏棋就去庭院，他的軍官都在那裡打紙牌，他會向他們大聲宣布他又贏了。有一次棋局進行到一半，塞巴斯提安修士問他是否考慮寫回憶錄。

「絕不考慮。」他說。「回憶錄是死人的東西。」

等待郵件原是將軍主要的樂趣，此刻卻變成一種折磨。尤其是在局勢混亂的那幾個禮拜，聖塔菲的郵局延遲送出新消息，轉運的驛站也等得疲累不堪。相反地，秘密信件的往來卻活絡和快速。因此，將軍還沒收到信之前就先掌握消息，有充裕時間斟酌他的決定。

九月十七日，當他知道密使即將抵達，便派卡雷紐和奧利去通往圖爾瓦科的路上等人。他們是維生德·皮聶雷斯和胡利安·聖塔馬利亞上校，當他們看到將軍，首先感到驚訝的是他神采奕奕，一點都不像在聖塔菲傳聞的那般病入膏肓。將軍在他的住處舉辦臨時的隆重迎接儀式，出席的人士包括地方權要與軍方高官，他們發表簡要的演說，並為祖國舉杯。最後他留住兩位密使，跟他們私下互通真相。聖塔馬利亞上校性喜悲觀，他帶出這場談話最矚目的焦點：倘若將軍不接下大權，將會害國家陷入可怕的無政府狀態。將軍卻迴避這件事。

「首先重要的是存在，再來談改變。」他說。「除非政治情勢撥雲見日，我們方能知道祖國究竟存不存在。」、

聖塔馬利亞上校不懂這番話。

「我的意思是，最緊急的是使用武力統一國家。」將軍說。「但是源頭不在這裡，而是在委內瑞拉。」

從這一刻起，他緊抓住這個想法：再一次從頭開始，他知道敵人已經登門入室，而不是在自家門外。每個國家的寡頭政治都誓死反對統一，比如在新格拉納達

的擁護桑坦德的支持者與桑坦德本人，因為這會損害名門望族在當地享有的特權。

「這是這場分裂戰爭唯一而且非常真實的理由。」將軍說。「最悲哀的是，他們以為改變了世界，事實上卻延續了西班牙早已過時的思想。」

他一口氣繼續講完：「我知道他們都在取笑我，因為我在同一天寫的同一封信上，對同一個人說完一件事後又提出截然不同的想法，比如我支持君主制方案，或我不支持，或者在其地方卻同時支持兩種想法。」人們指責他評斷人的方式變化無常，說他操縱歷史，反對費南多七世卻擁抱莫里略，誓死反抗西班牙卻又奮力發揚它的精神，依靠海地打勝仗又把它視為外國，不邀它參加巴拿馬議會，他曾是共濟會成員，在望彌撒時讀伏爾泰卻又捍衛教會，他對英國人大獻殷勤卻又打算娶法國公主，他輕浮、虛偽，甚至背信忘義，因為他在朋友面前奉承他們，卻又在背後加以毀謗。「好吧，這些都是真的，但都是出於我的隨機應變。」他說。「我做的一切只有一個目的，那就是統一這個大陸和建立一個獨立的國家，我對這一點毫無疑問，且深信不疑。」最後他用加勒比海當地的話說：

「其他的都是胡說八道！」

兩天後，他在一封捎給布里斯紐．梅德茲將軍的信上說：「我不想接受證書授予的執政權，因為我不想由得勝的軍方提名，成為叛亂分子的首領。」然而，同樣這一晚，他向費南多口述另一封給拉斐爾．烏爾達內塔將軍的信上，小心翼翼地不想把話說得太絕。

第一封信是正式回覆，從開頭就能看到太過刻意的莊重：閣下先生。信裡，他替政變辯護，因為前政府解散，共和國處於棄置的無政府狀態。「這種事騙不了人民。」信中寫道。但是他無論如何都不會接下總統職位。他唯一能做的是返回聖塔菲，以普通士兵身分替新政府效命。

另一封是私人信件，從第一行可以看出：我親愛的將軍。這封信上寫滿詳盡的解釋，清楚列出他猶豫的理由。因為華金．莫斯克拉沒有交權讓位，可能明日他就會要人承認他是合法總統，誣陷他為篡位者。就這樣，他重申了他在正式回信中的立場：除非清楚證明執政權途徑的合法性，否則他怎麼樣都不可能接任。

這兩封信同時寄出，此外還有一份公告原稿，內容要求國家忘掉他的政治熱情和支持新政府。但他避免做出任何承諾。「雖然我看似答應了許多東西，但什麼也沒允諾。」之後他說。他承認自己寫的一些話，最終目的都是為了博取寄望他的人開心。

其中最意味深長的是第二封信的命令口吻，這對一個卸除所有權力的人來說十分意外。他要求給弗倫西沃．西梅內茲升官，讓他帶領軍隊和充足的裝備到西邊，抵抗荷西・瑪利亞・歐邦多將軍和荷西・希拉里歐・洛佩茲將軍發起的零星的反中央政府戰爭。「是他們暗殺了蘇克雷。」他這樣堅持。他還推薦其他軍官擔任高階職務。「您來打理這部分，」他對烏爾達內塔說。「我負責從馬格達萊納河到委內瑞拉包括博亞卡在內的其他事務。」他準備親自率領兩千人到聖塔菲，協助重建公共秩序和鞏固新政府。

接下來的四十二天，他沒再收到從烏爾達內塔直接來的消息。但無論如何，他還是繼續寫信給他，在漫長的一個月時間裡，他只忙著到處發出軍事命令。輪船來了又離開，但是他再也不談前往歐洲的旅行，偶爾會提這件事，只是做為政治施壓的手段。拉波帕修道院丘陵下的小屋變成了全國總司令部，這幾個月來的軍事決策，多數都是他躺在吊床上憑靈感做出的決定。一步接著一步，他並非刻意，卻也開始介入軍事以外的決策。他甚至開始操心小事，比如替他的好朋友塔迪斯謀得一份郵局差事，以及讓荷西・烏克羅斯將軍重新服役，因為他已經受不了將軍住處的寧靜生活。

在這段日子，他一再地強調昔日的一句老話：「我老了、病了、累了，我幻想破滅、飽受折磨、遭人毀謗，好心沒好報。」然而，凡看過他的人都不會相信這句話。因為他表面上看似如履薄冰，玩弄伎倆鞏固新政府，實際上卻緊握總司令的職位和指揮權，一步步打造複雜的軍事組織，準備收復委內瑞拉，再一次從那裡開始成立一個世界最龐大的國家聯盟。

此刻正是大好時機。新格拉納達已經確定掌握在烏爾達內塔手中，自由黨派遭逢挫敗，桑坦德困在巴黎。厄瓜多在弗洛瑞斯控制下，這位出身委內瑞拉的地方首領，是個野心勃勃和刁鑽棘手的人物，他把基多和瓜亞基爾從哥倫比亞分裂出去，打算建立新的共和國，但是將軍有信心在解決暗殺蘇克雷的兇手後，能夠延攬他來共同為統一大業努力。玻利維亞在他的朋友德聖塔．克魯茲大元帥的控制下，他剛剛提供將軍駐梵蒂岡外交代表一職。因此，他迫在眉睫的目標是打敗派耶茲將軍，一口氣奪下委內瑞拉的控制權。

依照軍事計畫，將軍似乎想利用派耶茲集中火力防守馬拉卡波，從庫庫塔發動大規模進攻。但是九月一日，里奧阿查省解除要塞司令官的職務，不承認卡塔赫納當局，自行宣布歸屬委內瑞拉。馬拉卡波不但立刻支持，還派佩德羅．戈魯赫將軍前去協助，他是九月二十五日暗殺行動的元兇，後來靠委內瑞拉政府的政治庇護得以逃過一劫。

蒙提亞收到消息立刻通知將軍，但是將軍已經知悉，正欣喜若狂。因為里奧阿查城的造反給了將軍一個機會，讓他得以從其他戰線調來更強大的新武力攻打馬拉卡波。

「此外，」他說。「戈魯赫已經在我們掌握之中。」

就在這一晚，將軍跟他的軍官關起門來策劃精準的戰略，他描繪崎嶇不平的地貌，如同移動棋子那樣調動整批軍隊，預測敵方令人難以料想的企圖。他沒有受過正規的軍校訓練，學歷比不上他的任何一位軍官，他們大多數都曾就讀西班牙最頂尖的軍校，但是他卻能掌握全面情勢，連最微不足道的細節都能考慮進去。他過目不忘的能力無比驚人，他能從多年前看過的蛛絲馬跡預見未來的阻礙，儘管他還稱不上戰略大師，卻沒人能超越他對軍事的敏銳度。

破曉時刻，他連最後的細節都完成了，這個戰略極為周詳。而且預見各種可能，攻打馬拉卡波訂在十一月底，最糟的話延到十二月初。這一天是下著雨的禮拜二，早上八點完成最後的檢查，蒙提亞告訴他計畫裡少了一位新格拉納達的將軍。

「新格拉納達沒有夠格的將軍。」他說。「那群人不是無能就是懶散。」

「那將軍，您呢？您要去哪裡？」

「對我來說，這個時刻去庫庫塔還是去里奧阿查城都一樣。」他說。

他轉過身準備離開，看見卡雷紐將軍緊皺眉頭，想起好幾次都沒做到的承諾。其實他無論如何都想把他留在身邊，但再也無法滿足他的渴望。他跟往常一樣拍拍他的肩膀，對他說：

「卡雷紐，我說到做到，您也一起走。」

他們一行兩千人的遠征隊從卡塔赫納出發，特意挑選一個具有象徵性的日子：九月二十五日。軍隊由馬里亞諾．蒙提亞、荷西．菲利克斯．布蘭克以及荷西．瑪利亞．卡雷紐將軍帶領，他們負責在聖塔瑪爾塔找一棟鄉間小屋，讓將軍可以在那裡一邊休養身體一邊就近掌握戰況。將軍寫了信給一位朋友：「再過兩天我要前往聖塔瑪爾塔活動一下筋骨，擺脫現在的乏味並轉換一下心情。」他說到做到：十月一日他便啟程出發。十月二日他還在路上寫了一封信給胡斯托．布里斯紐將軍：「我還在前往聖塔瑪爾塔途中，我希望運用我的影響力，幫助遠征隊對抗馬拉卡波。」同一天，他又寫了另一封信給烏爾達內塔：「我還在前往聖塔瑪爾塔途中，我希望拜訪那個從未去過的地區，看看是否能讓善於左右輿論的敵人清醒。」說完，他才向他透露他這趟旅行的真正目的：「我要就近監看對抗里奧阿查城的行動，我會前往馬拉卡波，跟在軍隊身邊，看看是不是能協助一些重要的行動。」從表面看，他不再是那個落敗和流亡的退休政治人物，而是馳騁戰場的將軍。

離開卡塔赫納，是因為戰事急迫。他沒時間舉辦官方告別儀式，僅僅提前通知少數的朋友。他下令費南多和荷西．帕拉西歐斯，把半數的行李託給朋友和幾間商家保管，這是一場前途未卜的戰爭，要捨去無用的包袱。他們把十箱私人文件交給本地商販胡安・帕瓦喬先生，託他把東西寄到稍後會通知他的一個在巴黎的住址。托管的收據上註明，如果主人迫於無法抗拒的因素而無法索回物品，帕瓦喬先生得以全數焚毀。

費南多把兩百枚金幣存在布西銀行，那是臨行前的最後一刻在將軍的文書用具中發現，卻找不到任何有關來源的線索。他也把一盒三十五枚黃金紀念章交給胡安・德法蘭西斯科・馬汀保管。他還留給他兩個天鵝絨腰包，一個裝有兩百九十四枚大型白銀紀念章，另一個裝有四十枚白銀和黃金合鑄的紀念章，其中一些是將軍的側面浮雕。他也留給他從蒙波斯帶來的、裝在一個古老大葡萄酒箱中的黃金餐具組，一組非常破舊的床套，兩大箱書本，一支鑲有鑽石的配劍，以及一把無法再使用的獵槍。在一些歲月腳步遺留下來的雜物中有些不再使用的眼鏡，那是將軍在三十九歲那年，發現有輕微老花眼難以刮鬍子時，開始逐漸淘汰的幾副眼鏡，如今他要伸長一個手臂的距離才能好好進行閱讀。

荷西・帕拉西歐斯則是把一個多年來東飄西蕩，始終帶在身邊的箱子留給胡安・德提歐斯・阿馬多先生，裡面究竟有什麼他其實也不太清楚。那是將軍的私人物品，可能是他一時衝動買下的出乎意料的東西，或從不重要的人手中得到的物品，有好長一段時間，他只能將它們帶在身邊，卻不知道該怎麼處理。那個箱子在一八二六年從利馬被帶到聖塔菲，在九月二十五日暗殺行動後，繼續跟著他到返回南方打完最後一場戰爭，「我們不能丟下箱子，因為不能確定裡面的東西是不是我們的。」他說。當他最後一次回到聖塔菲，他下定決心在制憲議會面前交權讓位，昔日龐大的行李只剩寥寥無幾，箱子也在其中。最後在卡塔赫納，當他們對全部財產做總清點時，決定打開這只箱子，卻發現裡頭是一堆很久以前就被當作遺失品的私人雜物。其中有四百一十五枚哥倫比亞金幣，一幅喬治·華盛頓將軍的肖像和他的一縷頭髮，一個英國國王贈與的黃金鼻菸盒，一個配有鑽石鑰匙的黃金匣子，裡面裝有一個聖骨盒和一枚鑲鑽的玻利維亞大星章。荷西·帕拉西歐斯把這些東西都寄放在德法蘭西斯科·馬汀的家，還做了一次詳細的描述和記錄，並跟他要了一張有效的收據。這時行李已經減低到比較合理的數量，儘管四個衣箱裡的衣服應該再減三箱，另一箱裝有十張破舊不堪的棉質與亞麻的桌布，還有一箱裝著風格雜亂不一的金銀餐具，不過將軍不想託人保管或賣掉，怕的是之後需要擺桌宴請值得讚揚的賓客。屬下曾多次建議他把東西賣掉，以增加少得可憐的財力，但是他每次都拒絕，理由是那是國家的財物。

他們帶著減輕後的行李上路，第一天人數縮減的隨行隊伍抵達圖爾瓦科。第二天他們繼續趕路，天氣本來不錯，但是未到中午，他們就得在一棵雨樹下躲雨，在雨中伴著沼澤的惡風過了一夜。將軍抱怨起脾臟和肝臟的疼痛，荷西．帕拉西歐斯依照法國療法手冊替他調製了一帖湯藥，結果疼痛加劇，發燒也越來越嚴重。天亮時刻，將軍虛弱地臥床，只能任人抬到索萊達村莊，將軍的一個老朋友佩德羅．胡安．維茲巴爾把他收留在他家。將軍就這麼躺了一個多月，十月的暴雨肆虐，讓他的各種病痛惡化。

索萊達是個非常適合這座村莊的名字：四條酷熱而淒涼的街道，兩旁矗立著殘破的房屋，離古老的聖尼可拉斯峽谷兩里遠，而短短幾年後卻發展成全國最繁榮好客的城市。將軍找不到比這裡更寧靜的、更有利的地點做為他休養的住處，這棟屋子有六個安達魯西亞風格的陽台，屋內採光充足，有一個漂亮的庭院，可以在百年雨樹下沉思。從臥室窗戶往外俯視，看到的是空蕩蕩的小廣場、恍若廢墟的教堂，和一棟棟棕櫚屋頂的房子，外牆漆著牽牛花的顏色。

居家生活的寧靜，並沒有讓他的健康有所起色。第一晚，他感到輕微的暈眩，但是他不認為這代表他又要臥床休養。根據法國療法手冊，他描述他的病是感染嚴重風寒後黑膽汁過多，和露宿野外引起風溼宿疾復發。這兩種診斷讓他更加反對同時服用幾種藥物治療不同疾病，因為他說，對有些人而言療效佳的良藥，對其他人來說卻有害。但是他也承認，不吃藥就不會有良藥，他每天都抱怨沒有好醫生，卻又抗拒派來許多醫生來幫他看病。

這段日子，威爾森上校在一封寫給父親的信裡，描述將軍隨時可能離開人世，他拒絕看醫生不是瞧不起他們，而是有自知之明。威爾森上校說，事實上疾病是將軍唯一懼怕的敵人，他不願意面對疾病，不想讓這個敵人分散他對人生更重要的志業的注意力。「治病就像在大船上工作。」將軍曾對他這麼說。四年前，奧利曾在利馬建議將軍，趁著準備玻利維亞的憲法時，接受徹底治療，而他的回答斬釘截鐵：

「同時進行兩場比賽是沒辦法贏的。」

他似乎相信，不斷四處征討和靠著自身力量，便是對抗疾病的符咒。費南妲・巴里戈當他是個孩子，習慣幫他戴上圍兜和拿湯匙餵他吃飯，他願意吃，默默地咀嚼，吞下再張開嘴巴。但是這段日子，他卻把盤子和湯匙搶過來，沒戴圍兜自個兒吃飯，為的是讓所有人明白他不需要依靠任何人。當荷西・帕拉西歐斯發現他試著親手做家務，一顆心都碎了，那通常是他的僕人、勤務兵或副官幹的活，當他又看到他想把一罐墨水倒進墨水瓶卻全都灑在身上時，內心感到無比沉重。這次有些不尋常，因為過去健康再差，所有人都佩服他雙手不會發抖，手腕非常有力，能一個禮拜剪一次指甲、修一次指甲，每天刮鬍子。

他在利馬的樂園，曾跟一個少女共度快樂的一晚，這個深色皮膚的女孩身體上每一寸都覆蓋著柔軟的寒毛。破曉後，當他刮鬍子時，凝視她一絲不掛躺在床上，悠遊在幸福的女人平靜的夢中，就忍不住想用聖禮劇的寓言象徵手法，把她永遠占為己有。他把她從頭到腳抹上肥皂泡沫，內心湧出愛的喜悅，拿起剃刀幫她把寒毛全部剃掉，一下用右手，一下換左手，一寸接著一寸，連一雙眉毛也沒放過，讓她回到呱呱墜地時的美妙裸體。她感覺靈魂深深受傷，問他是否真的愛她，他回以那句這輩子留在那許多女人心坎上的無情老話：

「妳是我在這個世界上的最愛。」

在索萊達村莊，他也趁刮鬍子時犧牲他的頭髮。他的頂上只剩稀疏髮量，但在一股童心的作弄下，他開始剪掉一撮白髮。接著再小心翼翼地剪去一撮，最後像割草那樣隨便亂剪，他一邊剪一邊用沙啞的嗓音朗誦他最愛的《阿勞卡納》的詩節。荷西．帕拉西歐斯踏進臥室，想看看他在跟誰說話，卻發現他正在剃頭，頭頂都是泡沫。他剃了個大光頭。

他並沒有從這種驅邪儀式得到解脫。他白天戴著絲質扁帽，到了晚上則蓋上紅色披肩的連帽，但絲毫沒有紓緩沮喪心情所颳起的寒風。他在漆黑中下床，在月光照拂的偌大屋子內踱步，只是現在不再光著身體遛達，而是包著毛毯，以免在燠熱的夜晚冷得打顫。這段日子，他覺得只包毯子不夠，最後除了絲質扁帽外，他還披上紅色的連帽披肩。

軍人亂搞陰謀，政客胡作非為，都讓他惱怒不已，一天下午，他一拳敲在桌上，決定他再也不要忍受他們。「告訴他們我得肺結核，叫他們別再來見我。」他咆哮。這個決定太過突如其來，他禁止屋內有人穿軍服或行軍禮。但是他沒有這些又活不下去，因此，儘管牴觸他的命令，他仍照常進行索求安慰的會面和無用的秘密會議。這時他覺得身體非常不舒服，便答應一位醫生看診，條件是不能檢查他的身體，或問他關於病痛的問題，也別想要他服用什麼湯藥。

「只能聊聊。」他說。

這位醫生是非常符合他期望的人選。他名叫埃庫勒士．戈斯戴波多，是個快樂、寬容和溫和的老醫生，頭頂寸髮不生，禿得發亮，光是他那恍若溺水者掙扎求生的耐心，就能減輕他人的疼痛。他抱著凡事懷疑的態度，具有無懼科學的膽量，在整個沿岸相當出名。他曾開過巧克力醬加上融化的起司作藥物，來治療病人的膽汁疾病，他提倡做愛能促進消化和延年益壽，他菸不離手，抽的是自己捲的牛皮紙菸，他還把這種菸開給病人治療各種身體上的莫名毛病。他的病人說，醫生從未完全治好他們的病，但是他講話舌粲蓮花，能逗他們開心。他迸出粗俗的笑聲。

「其他醫生醫死的人數，跟我差不多。」他說。「可是在我這裡治療會死得比較開心。」

醫生搭乘巴爾托洛梅．莫里那雷斯先生的豪華馬車抵達，這輛馬車每天往返好幾次，載著形形色色不請自來的訪客，到後來將軍索性規定要經過邀請才能前來。醫生穿著一套沒燙過的白色亞麻西裝，他在雨中邁開腳步，口袋裝滿吃的東西，還拿著一把嚴重脫線的雨傘，看起來不但無法擋雨，還會招喚雨水。打過正式招呼後，他首先做的是為自己抽到一半的香菸發出的臭味道歉。將軍一向無法忍受菸味，這一次以及日後，都會事先要醫生別放心上。

「我習慣了。」他對醫生說。「瑪芮拉抽的菸比您的還噁心，她連在床上也抽，當然，她往我身上吐煙時靠得比您還近。」戈斯戴波多醫生抓住這個夢寐以求的大好機會。

「對了，」他說。「她好嗎？」

「誰？」

「瑪芮拉夫人。」

將軍簡單回答：

「好。」

接著他更換了話題，這種太過明顯的刻意，讓醫生忍不住哈哈大笑，也掩飾了他的失禮。毫無疑問，將軍知道他的任何風流情事都難逃隨從人員的竊竊私語。他從未炫耀他在情場上的戰績，但由於多如牛毛，過分張揚，他床笫間的秘密眾所皆知。一封普通的信件要花三個月從利馬寄到卡拉卡斯，可是有關他的桃色冒險流言卻像心念似的到處亂飛。醜聞就像影子般緊緊跟著他，他的情人額頭已印上聖灰十字並永遠遭到標記，他卻還遵守神聖的承諾，徒勞地保守情事的秘密。從來沒有人聽過他背叛相好過的女人，除了荷西．帕拉西歐斯外，因為將軍所做的一切事情他都是同謀。他也從不滿足於毫無惡意的好奇心，比如戈斯戴波多醫生問起瑪芮拉．沙耶茲，即使跟她的私密事早已是公開的事，但也沒什麼需要謹慎小心的地方。

除了這個短暫的意外，對將軍來說，戈斯戴波多醫生的出現彷彿是天意。醫生以他充滿智慧的瘋狂想法提振他的精神，跟他分享口袋裡的糖漿小動物、白巧克力派、木薯餅乾，將軍基於禮貌接受，不知不覺全都吃掉了。有一天，他抱怨這種客廳的甜點雖能充飢，卻無法幫他找回失去的體重，這正是他的心願。「不用擔心，閣下。」醫生回答。「所有從嘴巴吞下去的東西都能增胖，而所有從嘴巴吐出來的都會貶低人格。」將軍覺得這個說法很有趣，於是答應跟醫生喝一大杯葡萄酒，和一杯米露。

然而，醫生小心翼翼替將軍轉好的情緒，卻在獲悉不好的消息之後崩塌。有人跟他說，他在卡塔赫納的借住處，屋主怕感染疾病，把他睡過的單人床連同床墊和床單，以及他住在那裡時摸過的東西都一併燒掉。他下令胡安·德提歐斯·阿馬多用他留在他那邊的錢，以新品價格賠償那些摧毀的東西，此外還支付房租。儘管如此，他還是無法排解這份苦澀。

幾天後，當他獲知華金·莫斯克拉路經這裡前往美國，卻不肯降低身分來看他，感覺就更糟了。他問了一些人，又問了其他人，毫不掩飾他的焦慮，最後將軍得知，莫斯克拉待在沿岸等待船隻，期間一個多禮拜，他拜訪很多他們共有的朋友，也包括將軍的幾個敵人，他對所有人表達他不滿將軍的忘恩負義。輪船啟航前，他在踏上接駁小船那一刻，對來送行的人概述他不變的看法。

「請你們好好記住，」他對他們說。「沒人喜歡那個傢伙。」

荷西·帕拉西歐斯很清楚將軍對這種指責有多麼敏感。將軍最難過和氣憤的，莫過於有人質疑他的情感，他會使出所向無敵的魅力來移山倒海，讓對方承認錯誤。他在最輝煌騰達的時候，安戈斯圖拉的美女黛菲娜·瓜迪歐拉曾氣他反覆無常，當著他的面關上她家大門。「將軍，您是人中豪傑。」她說。「可是愛情對您來說太沉重。」他從廚房窗戶溜進去，跟她窩在一起三天，為此他不但差點打輸一場戰役，也差點丟了命，直到黛菲娜終於相信了他的心。

他無法追上莫斯克拉，只能盡量發洩他的怨恨。他不斷問自己這種人有什麼資格談情愛，因為莫斯克拉將委內瑞拉放逐他的決定，用一紙公文便通知了事。「他要感謝我沒回覆，沒讓他在歷史留下臭名。」他大聲叫道。他想起曾為他做過多少事，幫忙他爬上今天的地位，忍受多少他鄉下人的愚蠢和自戀。最後，他寫給一個他們共同的朋友，那是一封充滿絕望的長信，目的是要把他的苦惱傳到莫斯克拉耳中，不論他身在世界的哪一個角落。

然而，將軍沒收到的消息就像看不見的迷霧般包圍他。烏爾達內塔依然沒回信。將軍在委內瑞拉的手下布里斯紐．梅德茲將軍倒是寄出了一封信，和一些他朝思暮想的牙買加水果，但是信差在半途溺斃。將軍在東邊疆界的手下胡斯托．布里斯紐則是動作太慢，叫他望穿秋水。烏爾達內塔的沉默替全國蒙上陰影。他在倫敦的公使費南德茲．馬德里的過世，則讓世界陷入了愁雲慘霧。

將軍並不知道，當他等不到烏爾達內塔的消息同時，後者跟他的隨行軍官頻繁通信，要他們從他身上套出明確答案。他寫給奧利：「我需要徹底弄清楚將軍到底要不要接任總統，還是我們這輩子都在追逐一縷永遠追不上的幽靈。」不只奧利，他身旁的其他人也試著不經意提起，想給烏爾達內塔一個答案，無奈無法突破將軍依舊閃躲的態度。

最後，當里奧阿查城終於傳來消息，卻比殘酷的預兆還要嚴重。正如預期，十月二十日馬弩葉爾．瓦爾戴茲將軍攻下該座城市，沒有遇到任何反抗，但一個禮拜後，戈魯赫將軍殲滅他的兩個偵察連，瓦爾戴茲當面向蒙提亞遞上辭呈，希望光榮下台，而蒙提亞認為這個舉動太過丟臉。「這個混帳怕死了。」他說。根據原定的計畫，攻打馬拉卡波還有十五天，但光是控制里奧阿查城就已經是遙不可及的夢。

「混帳！」將軍咆哮。「連我最驍勇善戰的將軍都擺不平軍營的騷亂。」

然而，打擊他最深的消息是，政府軍所到之處，人民紛紛逃離，因為他們把政府軍和他看作同夥，並認為他是害死帕迪亞的兇手，而這位上將在故鄉里奧阿查城是當地崇拜的偶像。無政府主義狀態和混亂的局勢，已經到處造成傷害，烏爾達內塔的政府卻束手無策。

將軍接見聖塔菲來的特派信差的那一天，戈斯戴波多醫生目睹他在聽完捎來的最新消息後大動肝火，於是對憤怒點燃了精氣的威力，再一次感到吃驚不已。

「這個狗屎政府不但沒迫使人民和重要人士加入同陣營，還限制他們的任何舉動。」他怒吼。「這次再跌跤，第三次就不可能再站起來，因為他的人手和支持他的民眾都會被消滅。」

醫生想安撫他，無奈怎麼努力都是白費，因為他狠狠地痛斥政府一頓後，大聲念出黑名單上的參謀人員。華金．巴里戈上校是三場重要戰役的英雄，將軍說他比他想的還要邪惡：「甚至可能是殺人兇手。」對於佩德羅．馬革提歐將軍，他懷疑他參與殺害蘇克雷的陰謀，說他能力不足以領導軍隊。對於貢薩雷茲將軍，說他是他在考卡省最狂熱的支持者，卻反過來狠狠地砍他一刀：「他的病是弱點也是苦難。」他氣喘吁吁，頹坐在搖椅上，好讓二十年來一直需要休息的心臟喘息。這時，他看見戈斯戴波多醫生一臉驚呆站在門檻處，於是扯高嗓音。

「總之，」他說。「對一個拿兩棟房子下注賭骰子的人能有什麼期望呢？」

戈斯戴波多醫生一頭霧水。

「這說的是誰？」他問。

「烏爾達內塔。」將軍說。「他在馬拉卡波跟一個海軍司令賭輸了屋子，文件上卻寫說是出售給對方。」

他吸了一口所需要的空氣。「當然，站在狡猾的桑坦德那邊的都是聖人。」

他繼續說。「他的朋友竊取英國高利貸業者的錢，用真正價格的十分之一購買國家債券，國家再用原價買回。」他澄清，他反對英國高利貸業者，無論如何都不是怕惹上賄賂的風波，而是預見他們危及用大量鮮血換來的獨立。

「我對債務深痛惡絕，程度勝過對西班牙人。所以我警告桑坦德，不管我們對國家做了哪些貢獻，一旦我們接受債務，一切都會是枉然，因為我們會有好幾個世紀不斷在支付利息。現在讓我們看清楚：債務終會擊垮我們。」

現在的新政府剛掌權時，不但同意烏爾達內塔有關尊重手下敗將的決定，還歡天喜地稱這是一種新的戰爭倫理：「除非我們目前的敵人對我們做出我們對西班牙人做的事。」也就是戰爭致死。但是在索萊達村莊過得戰戰兢兢的夜晚，他在一封措詞嚴厲的信裡提醒烏爾達內塔，所有的內戰一定是最兇狠的一方獲勝。

「相信我，醫生。」他對醫生說。「我們的當局和我們的生命若要保住，一定得靠灑下我們敵方的鮮血來交換。」

突然間，他的怒氣消失無蹤，就像他出現時一樣莫名，接著將軍開始替他剛剛羞辱一番的軍官一一赦免歷史的罪名。「總之，錯的人是我。」他說。「他們只是想爭取獨立，而這絕對是他們即將來臨的一刻，而且他們幹得非常漂亮！」他對醫生伸出手，要對方扶他這具皮包骨起身，然後以一聲嘆息下結論：

「我反而迷失在一個夢裡，尋找某個不存在的東西。」

在這段日子，他決定了德伊圖畢德的去處。十月底，德伊圖畢德收到母親的一封信，信一直都是從喬治敦寄來，她在信中告知墨西哥自由黨軍力的發展，讓他們家重返祖國的希望越來越渺茫。他面對這樣的混沌局面，加上打從兒時內心就醞釀的惶惶不安，開始變得如坐針氈。幸好有一天下午，當將軍扶著他的手臂在屋子的長廊上散步時，出其不意地說出一個回憶。

「我對墨西哥只有一個不好的回憶。」他說。「那是在維拉克魯茲，港口指揮官的獵犬把我要帶去西班牙的兩隻小狗崽撕碎。」

他說，無論如何這是他闖蕩世界的第一個經驗，因此永遠烙印在他的心頭。一七七九年二月，他第一次前往歐洲，維拉克魯茲是途中短暫的停泊點，之後不巧遇上英國封鎖哈瓦那，也就是下一個停泊點，因此滯留快兩個月。他趁著延後出發所多出的時間搭車到墨西哥市，攀爬將近三千公尺高的積雪火山，和探索令人驚奇的沙漠，那裡跟他之前居住的阿拉瓜山谷鄉村的日出景色截然不同。「我以為那裡就是月球。」他說。他對墨西哥市的清新空氣感到驚訝，對公有市場的繽紛和乾淨感到著迷，在那裡兜售的食物有龍舌蘭紅蟲、犰狳、絲蚯蚓、椿象卵、蚱蜢、黑螞蟻幼蟲、山貓、蜜汁水蟑螂、玉米蜂、飼養蜥蜴、響尾蛇、各種鳥禽、侏儒狗，和一種彷彿有生命、不停跳動的菜豆。「凡是會走動的都吃。」他說。他感到驚奇的，還有無數條穿越整座城市又清澈見底的水道，彩繪禮拜天色彩的小船，色彩奪目的大量花卉。但也令他感到沮喪的是，白天太短的二月，憂鬱的印第安原住民，綿綿不斷的細雨，往後當他在聖塔菲、利馬、拉巴斯、高聳綿延的安地斯山脈地區，他都能重溫這些感覺堵在他的胸口，一如第一次的經歷。他透過別人介紹認識的主教，拉著他的手去見總督，他覺得總督比主教更像主教。不過這位總督沒太注意這個褐色皮膚、骨瘦如柴、衣著過分講究，和讚嘆法國大革命的青年。「或許我可能賠上一條命。」將軍打趣地說。「但我心想，對一位殖民地總督，就該跟他談點政治，而這是我在十六歲那年唯一知道的東西。」繼續旅程之前，他寫了一封信給他的舅舅佩德羅·帕拉西歐斯·伊索霍，這也是他第一封保留下來的信。「我的字寫得太難看，連自己都看不懂。」他說，然後笑得半死。「但是我跟他解釋，這是因為旅途勞頓的緣故。」這封一張半的信有四十個拼字錯誤，其中光「兒子」這個字就拼錯兩個地方。

德伊圖畢德沒辦法回應，因為他的回憶拼湊不出其他東西。他對墨西哥只剩下不幸的回憶，而這個回憶更襯出他天生憂鬱的氣質，將軍了解他。

「不要留下來投效烏爾達內塔。」將軍對他說。「也不要跟您的家人去美國，美國是個可怕的強國，他們述說著自由的神話，卻陷我們所有人於苦難。」

他的這番話，就如同往一座猶豫的沼澤裡投下疑問。德伊圖畢德呼喊：

「別嚇我，將軍！」

「您別慌。」將軍用平靜的口吻說。「去墨西哥吧，即使可能有生命危險或者就是死在那裡。趁您還年輕，現在就動身，因為多拖一天都可能太晚，到時您不論在這裡或那裡都找不到歸屬，到任何地方都像異鄉人，這會比死還要難受。」將軍直視他的雙眼，打開手掌放在胸口，下結論：

「答應我，您會這麼做。」

就這樣，德伊圖畢德在十二月初帶著要給烏爾達內塔的兩封信出發，將軍在其中一封說德伊圖畢德、威爾森和費南多是他身邊最能信任的人。德伊圖畢德在聖塔菲待下來，還不確定最後的目的地，直到隔年四月，桑坦德派分子策動陰謀，剝奪烏爾達內塔的大權。他的母親憑著鍥而不捨的精神，終於替兒子爭取到墨西哥使團派駐華盛頓的秘書職位。接下來的人生，他在忙著為民服務的生活中遭人遺忘，再也沒聽說過他們家族的消息，一直到三十二年過後，當馬西米利亞諾．哈布斯堡靠法國的武力支持成為墨西哥皇帝，收養兩個德伊圖畢德家族第三代的男孩，並任命他們成為他那頂虛幻飄渺的皇冠的繼承人。

將軍託德伊圖畢德寄給烏爾達內塔的信，第二封要求他銷毀之前和往後會寫的信，不想留下他在不順遂時期的痕跡。烏爾達內塔沒如他的意。五年前，他也對桑坦德將軍提出同樣要求：「不要公開我的信，不管我還活著或是死了，因為那些信隨意揮灑，雜亂無章。」桑坦德也沒如他的意，桑坦德的信跟將軍相反，不論是形式還是內容都完美無缺，一眼看上去，就看得出他在寫給收件人的時候，就意識到會成為史料。

從維拉克魯茲的第一封信，到他在過世前六天口述的最後一封信，將軍至少寫過一萬封信，有些是他的親筆信，有些是他口述給抄寫員完成的信，還有些是抄寫員根據將軍的指示編寫的信。保存下來的共超過三千封，和大約八千份帶有他簽名的文件。有時他會把抄寫員氣瘋。或者相反。有一次他覺得剛剛口述完的信不妥，但不想另外寫一封，便逕自在抄寫員的信上面多加一行：「或許您發現了，馬特爾今天真是蠢到不行。」一八一七年，他在離開安戈斯圖拉準備實現解放美洲大陸的前夕，在短短一天內口述了十四份有關政事的文件。或許是這件事，出現他曾同時對好幾位抄寫員口述好幾封信的傳聞，但是真是假從未證實。

到了十月，外頭只剩下雨聲。將軍不再踏出房間，戈斯戴波多醫生只得絞盡腦汁讓將軍接受看診，和吃他帶來的東西。午睡時間，荷西．帕拉西歐斯看著將軍躺在吊床上動也不動，若有所思地凝視荒涼的、廣場上的雨，感覺他似乎正在腦海回顧他的一生，包括最微不足道的片刻。

「慈悲的天主啊。」有一天下午，他嘆氣。「不知道瑪芮拉好不好！」

「因為沒有她的消息，我們只能說她很好。」荷西．帕拉西歐斯說。

自從烏爾達內塔獨攬大權後，有關她的消息便戛然終止。將軍不曾再寫信給她，但是他指示費南多要讓她掌握他們的旅程。她的最後一封信是在八月底收到，裡面告知許多關於軍事政變所準備的機密，內容看似草草帶過，資料卻刻意縱橫交錯，為的是誤導敵人，要解謎並不容易。

瑪芮拉不顧將軍的善意勸導，完美扮演國內玻利瓦爾黨分子第一人的角色，獨自主導一場跟政府的紙上戰爭，甚至有些過度興奮。莫斯克拉總統不敢對她輕舉妄動，不過沒有禁止他的部長對她不利。瑪芮拉譴責官方報紙惡意攻訐，她將她的回應印成傳單，騎著馬在女奴的護衛下在皇家街分發。她勇闖郊區，等在那兒的石頭巷道上追擊分發毀謗將軍的傳單的人，她用更不堪的標語，覆蓋天亮後出現在牆壁上的辱罵。

最後，這場與政府的戰爭演變成對她個人的攻擊。但她沒有退縮。在一個國家節慶日，她從政府組織裡的一位心腹那裡聽說，大廣場上正在蓋煙火架，上面掛了一幅醜化將軍王袍加身的畫像。瑪芮拉帶著女奴，騎著馬闖越守衛隊的攔阻，搗壞了成品。於是市長帶領一群糾察士兵企圖將她從床上帶走，但是她早已舉起兩把上膛的手槍等他們，最後透過雙方的朋友居中調解，才阻止事情進一步鬧大。

一直到烏爾達內塔奪權，她才得以平靜下來。她把烏爾達內塔當真心的朋友，他則把她當最熱血沸騰的同謀。當將軍到南方跟秘魯的侵略者作戰時，她孤獨地待在聖塔菲，烏爾達內塔就是照顧她的安全和回應她需求的忠實朋友。當將軍在憲法大會發表他不幸的宣言，是瑪芮拉說服他寫信給烏爾達內塔：「我希望重拾我們昔日的友誼，提出誠心誠意的和解。」烏爾達內塔接受這個慷慨的提議，瑪芮拉則在軍事政變過後還了他人情。她從公共場合消失，而且非常徹底，因此十月初曾謠傳她去了美國，而大家都深信不疑。如此一來，荷西．帕拉西歐斯的確沒錯：瑪芮拉很好，因為沒有一丁點她的消息。

將軍的視線迷失在雨中，他滿腹悲傷，不知道在期待什麼或等待誰，或者為什麼要等待，他細細盤點過去，有一回竟觸礁了：他哭著睡著了。當荷西．帕拉西歐斯聽到細碎的呻吟，還以為是那隻在河邊收留的流浪狗的哀號。但那是他主子的聲音。他目瞪口呆，因為長期以來他跟將軍都相當親密，只見他哭過一回，而那一回不是因為痛苦而是憤怒。他叫來伊巴拉上尉，要他看守長廊，後者也聽見了伴隨眼淚的抽咽聲。

「這對他有好處。」伊巴拉說。

「對我們都有好處。」荷西．帕拉西歐斯說。

將軍睡得比平常稍晚一點醒來。

不管是鄰近果園的鳥鳴，還是教堂的鐘聲都沒吵醒他，有好幾次，荷西．帕拉西歐斯來到吊床邊俯下身，想確定他是不是還在呼吸。當將軍睜開雙眼，已經超過八點，天氣開始拉熱。

「十月十六日禮拜六。」荷西．帕拉西歐斯說。「瑪加利大．瑪利亞．亞拉高聖母日。」

將軍從吊床起身，凝視窗外灰塵滿地的荒涼廣場，圍牆斑駁脫落的教堂，以及黑美洲鷲爭奪死狗的屍塊吵成一團。炙人的晨曦宣告這將是炎熱的一天。

「我們儘快離開這裡吧。」將軍說。「我不想聽到處決的槍響。」

荷西．帕拉西歐斯忍不住打哆嗦。他曾在其他地方經歷將軍口中的那一刻，此刻的將軍跟當時一樣，光腳踩在粗糙的磚頭地板上，一件長褲裙，光禿禿的頭顱戴著睡帽。這是一場在現實世界重演的舊夢。

「我們不會聽到的。」荷西．帕拉西歐斯說，接著精準指出：「皮亞爾將軍已經在安戈斯圖拉接受槍決，一個十三年前跟今天很像的日子，而不是在今天下午五點。」

馬努葉爾．皮亞爾將軍個性強悍，是個來自古拉索的黑白混血兒，當年三十五歲，在愛國民兵中戰功最為彪炳，當解放軍極需要他帶領軍隊聯合起來對抗莫里略的衝鋒陷陣，他卻挑戰將軍的權威。

皮亞爾號召黑人、黑白混血兒、印黑混血兒和所有國內無依無靠的人，群起反抗由將軍為首的卡拉卡斯白人貴族。他頂著救世主的光環，受到無比歡迎，能夠比擬的只有荷西．安東尼奧．派耶茲，或者保皇黨分子荷西．托馬斯．波維茲，他也吸引了一些白人解放軍軍官的支持。將軍使盡所有招數，都無法降服他。後來將軍下令將他逮捕，押送到臨時首都安戈斯圖拉，在那裡，將軍在親近他的軍官的簇擁下鞏固了勢力，其中幾個之後會陪著他走完最後一趟馬格達萊納河之旅。將軍任命一個戰爭委員會做出簡易判決，其中幾名委員還是皮亞爾的軍人朋友。荷西．瑪利亞．卡雷紐擔任主席。官方辯護人直接讚揚皮亞爾是對抗西班牙政權的最傑出人物之一，並不需要編織任何什麼虛偽的謊言。他被宣告犯下擅離職守罪、造反罪和叛變罪，遭剝奪軍銜和判處死刑。大家都知道他立下汗馬功勞，因此不相信是將軍批准這項判決，更何況在這個節骨眼，莫里略收復好幾個省，愛國主義者士氣低迷，害怕軍隊將大規模潰散逃亡。將軍迫於各方壓力，不得不聽放緩態度聽取身邊比較親近的朋友的意見，其中包括布里斯紐．梅德茲，但是他的決定已經無法上訴。他撤銷摘除軍銜的判決，批准執行槍決，並加重刑罰，改為公開執行。那是個彷彿一切厄運都可能降臨的漫漫長夜。十月十六日下午五點，當毒辣的陽光烤曬著安戈斯圖拉的大廣場，槍決完成執行，而在此之前六個月，皮亞爾親手從西班牙人手中奪走這座城市。行刑隊隊長叫人清除黑美洲鷲正在爭食的一條死狗的剩餘屍塊，關閉周圍入口，防止任何遊蕩的動物擾亂行刑的肅靜。他拒絕皮亞爾要求由他自己下令行刑隊開火的最後榮譽，強行將他的雙眼蒙上，但是他無法阻止他在道別世界前，親吻十字架以及對國旗永別。

將軍拒絕親臨處決現場。他待在家中，身邊只有荷西．帕拉西歐斯一人，後者看著將軍聽見槍聲那刻，拚命忍著不讓淚水潰堤。他在一份通知軍隊的公告上說：「昨天是讓我心如刀割的一天。」往後餘生，他不斷告訴自己，這是拯救國家不得不採取的手段，他降服了叛徒，避免內戰爆發。總之，這是他一生最殘暴使用權力的一次，但是也是最恰當的行動，他因此立刻鞏固他的權威，統一指揮權，清空他通往榮耀之路的阻礙。

十三年後，他在索萊達村莊，似乎沒發現他是時空錯置的受害者。他繼續凝視廣場，直到一個衣衫襤褸的老嫗穿過，她帶著一頭騾子，動物身上馱著兜售的椰子水，她的影子嚇跑了黑美洲鷲。這時他躺回吊床，發出鬆了一口氣的嘆息，沒有人問，他就自動說出荷西．帕拉西歐斯從安戈斯圖拉那個悲劇的夜晚就想知道的答案。

「我還是會那麼做。」他說。

八

對他來說，走路是最大的風險，並不是怕跌倒，而是太吃力。當他在家中上下樓梯，即使能自己來，還是會有人幫忙。然而，當真的遇到需要攙扶時，他卻不准人家幫忙。

「謝謝。」他說。「但是我辦得到。」

有一天他辦不到了。當他一個人準備下樓梯，眼前的世界消失無蹤。「不知道怎麼一回事，我雙腿發軟摔倒，摔得奄奄一息。」他對一個朋友說。更糟糕的是：他是在樓梯旁感到頭暈目眩，沒摔死是奇蹟，但這是因為體重太輕，才沒沿著樓梯滾下去。

戈斯戴波多醫生帶著將軍搭乘巴爾托洛梅．莫里那雷斯先生的馬車，緊急前往古老的聖尼可拉斯峽谷，把他安置在他前次旅行的住處，替他準備同樣那間通風良好的大臥室，往下可俯瞰安查街。途中，他左眼的內角開始凝結濃稠的分泌物，感覺十分不舒服。他在路上無視周遭一切，有時他看似在禱告，其實只是一節接著一節，低吟他偏愛的幾首詩。將軍一向注重外表的整潔，只是這一次他竟然不理睬眼睛，醫生很驚訝，於是拿出他自己的手帕替將軍擦拭。快進城時，將軍清醒過來，因為一群母牛橫衝直撞而來，驚險閃過他們的馬車，但撞翻了教區神父的四輪馬車。神父在半空翻了個筋斗，馬上爬起來，全身包括頭髮都覆蓋白沙，額頭跟雙手受傷流血。將軍從驚嚇後回神，擲彈兵不得不在無所事事的行人和光溜溜的孩子之間開出一條路，這些老百姓只想看熱鬧，根本不知道呆坐馬車中的人是誰，那個在昏暗中的輪廓一動也不動，彷彿是死人。

醫生替這位神父做介紹，當主教們輪番在布道壇上砲轟將軍時，他是少數還支持將軍的人，為此他們以為他是貪婪的共濟會成員，於是開除了他的教籍。將軍似乎不懂發生什麼事，直到他看見神父長袍上的血跡才回到現實世界，而後者要求他以他的權威，下令禁止母牛在城內遊蕩，大道上車水馬龍，走在路上簡直不可能沒有危險。

「不要自找麻煩，閣下。」將軍對他說，但沒有看他。「這個情況在全國都一樣。」

早上十一點，靜止不動的太陽烤曬一片沙土的寬闊街道，看過去一片荒涼，整座城市都籠罩在熱氣裡。將軍很高興他不會待在這裡太久，只需要等摔傷復原，然後找個海象最差的一天出海，因為法國療法手冊說，暈船有益排除膿性膽汁和清空胃部。他恢復得很快，然而想在壞天氣時找到船並不容易。

他對力不從心的身體感到憤怒，他沒有精力參加任何政治或是社交活動，只能偶爾接待來這個城市向他道別的私人老友。他住的屋子相當寬敞，一直到十一月依舊涼爽，屋主為他把房屋改為家庭病院。巴爾托洛梅．莫里那雷斯先生是眾多的戰爭受害者之一，戰爭唯一留給他的是一份郵局行政職務，他從十年前開始工作，卻從不支薪。他是個宅心仁厚的人，將軍從上一趟旅行之後便稱呼他為老爹。他的妻子是個怡然自得的女人，有著一股難以駕馭的母性當家力量，她忙著編織蕾絲花邊，這在歐洲的輪船上十分暢銷，但是自從將軍來了以後，她把所有時間都花在他身上。她甚至跟費南妲．巴里戈爭吵，因為她在扁豆中加橄欖油，相信這能紓緩胸痛，將軍心懷感激，因此勉強把它吃掉。

這段日子，將軍最感心煩的是眼角的濃稠分泌物，他心情低落，最後終於願意點洋柑橘眼藥水。他也打牌，藉以暫時忘卻蚊蟲的折磨和日落時的憂鬱。有一次他內心充滿悔恨，通常這種時刻並不多，他像是半開玩笑半認真地向屋主爭說，好好達成一次和解勝過打贏千次官司，這讓他們大感驚訝。

「在政治上也是這樣？」莫里那雷斯先生問。

「在政治上尤其是這樣。」將軍說。「我們不跟桑坦德和好，到頭來害慘大家。」

「只要有朋友，就會有希望。」莫里那雷斯先生說。

「恰恰好相反。」將軍說。「我的榮耀落盡，不是因為敵人叛變，而是朋友所做的一切。是他們陷我於《奧卡尼亞公約》會議的災難，是他們讓我糾纏於君主制的麻煩，是他們迫使我帶頭尋找重新選舉的可能，又因為同樣的理由逼我交權讓位，現在他們把我困在這個國家，在這裡我已經沒有什麼可以失去。」

雨下個不停，溼氣開始侵蝕記憶。即使在入夜之後，熱氣依然逼人，將軍不得不更換好幾次溼透的襯衫。「我像是在煎鍋裡慢慢煮熟。」他抱怨。一天下午，他在陽台上坐了三個多小時，凝視貧困社區的街道上滿布被激流沖刷的殘磚碎瓦、家具與動物死屍，驚人的暴雨彷彿連房屋都要連根拔起。

就在暴雨襲擊時，城市司令胡安．葛蘭帶著消息出現，他逮捕了維茲巴爾先生的一個女僕，因為她把將軍在索萊達村莊剪下的頭髮當作聖物兜售。他聽完之後，再次感到哀傷和沮喪，任何他的東西都被當成了廉價的商品。

「大家似乎都當我死了。」他說。

莫里那雷斯夫人為了聽清楚他們的談話，把搖椅挪近牌桌。

「大家都跟從前一樣，把您當作聖人。」她說。

「嗯。」他說。「如果真是這樣，請你們放了那個無辜的可憐女人吧。」

他不再閱讀。如果需要寫信，頂多交代費南多，也不再檢查，就連需要親筆簽名的少數幾封也不看過。上午他坐在陽台上打發時間，凝視恍若沙漠般空無一人的街道，看著載水的驢子經過，看著神情愉悅的粗俗黑女人販賣日曬鑽嘴魚乾，看著十一點整學校裡的孩子，而教堂的門廊上，神父身穿一襲布滿補靪的破長袍，向將軍獻上祝福後就消失在熱氣中。下午一點，當大家都在睡午覺時，他沿著河岸漫步，那孤獨的影子嚇跑了市場成群的黑美洲鷲，空氣中瀰漫水管的腐臭味，他向認出他的民眾打招呼，他穿著便裝，憔悴的模樣就像半個活人，認得他的人其實只有少數幾個，接下來他走到擲彈兵的營區，那裡不過是在內河航運港口對面的一個蘆竹泥牆屋。他擔心日子的煩悶會侵蝕軍隊士氣，這一點從明顯亂七八糟的營區就能看出端倪，沖天的臭氣已經到了令人難以忍受的地步。但就在這個時間，有位熱得頭昏腦脹的士官長道出了他難以承受的真相。

「閣下，害我們慘兮兮的不是士氣。」他對將軍說。「是淋病。」

將軍到這一刻才獲知這件事。當地的醫生已經傾囊相助，使用殺菌劑灌腸，拿糖當緩和劑，卻又把該怎麼做的問題丟回給軍官，幾個軍官一直無法達成共識。整座城市都聽說這個即將來臨的威脅，光榮的共和國軍隊在他們眼裡成了瘟疫的信使。將軍並不擔心，他斬釘截鐵，以嚴厲的隔離措施來解決問題。

正當缺乏好的或壞的消息時，情況開始令人失去耐心，一名信差從聖塔瑪爾塔快馬捎來一則蒙提亞將軍混沌不明的口信：「他已經在我們手中，手續順利進行。」將軍覺得這則訊息十分怪異，傳訊的方式也不尋常，他想應是至關重要的參謀要事。或許跟里奧阿查城的行動有關，他認為這場戰役將名留青史，可是沒有人明白。

在這段日子裡，基於安全上的理由，會把各種口信編得錯綜難懂，或者刻意將軍事簡報寫得晦澀難懂，這都是常見的狀況，像在對抗西班牙初期的反叛行動時，曾有一套相當有用的訊息密碼系統，但是後來的政府無比鬆懈，停用了這套系統。將軍曾擔心他的軍官欺瞞自己，蒙提亞也有同樣看法，這種情況讓這則口信更加複雜難猜，也加深了將軍的不安。於是他派荷西．帕拉西歐斯前往聖塔瑪爾塔，藉口去買當地市場找不到的新鮮水果、蔬菜，幾瓶雪莉烈酒和白啤酒，但真正的意圖是解開謎底。結果很簡單：蒙提亞想講的是，米蘭達．林塞的丈夫已經從沃達的監獄轉移到卡塔赫納的監獄，再過不久就能獲得赦免。這個謎團竟然這麼簡單，將軍大感失望，即使對牙買加的救命恩人報了恩，也讓他高興不起來。

十一月初，聖塔瑪爾塔的主教捎來親筆短信，說他扮演使徒居中調節的結果，終於安撫了沼澤一帶的村民的情緒，那裡在前一個禮拜差點爆發一場支援里奧阿查城的民眾暴亂。將軍也親筆回函感謝他，並要求蒙提亞比照辦理，不過他不太喜歡主教急著討債的態度。

他跟主教艾斯特維茲的關係向來不怎麼融洽。他表面像個和藹的、拄著溫和曲柄拐杖的牧羊人，骨子裡卻熱中政治，但份量並不怎麼重要，他內心深處反共和國，反美洲大陸統一，反跟將軍政治思想有關的一切。他在憲法大會擔任副主席，他清楚他的真正任務是阻擋蘇克雷的勢力，不論是在選舉政府高層官員，還是試著共同替委內瑞拉的衝突尋求友好的解決途徑，他靠的是使盡下流手段，而不是高明招數。莫里那雷斯夫婦知道他們之間的嫌隙，因此在將軍下午四點喝午茶的時候，搬出他那套預言般的比喻，一點都不覺得奇怪地說：

「在這個國家，主教竟然幫忙消滅革命，我們的子孫將會如何呢？」

莫里那雷斯夫人以一種親切但不失堅定的輕斥來回答：

「閣下，您說得有理，但我不想知道結果。」她說。「我們是傳統的天主教徒。」

將軍立刻修飾他的說法：

「毫無疑問，您肯定比主教先生還要虔誠，因為他秉持天主的愛，卻不是維持沼澤區的和平，而是讓教民在戰爭中團結起來反對卡塔赫納。」

「我們這裡也反對卡塔赫納的暴政。」莫里那雷斯先生說。

「我知道。」將軍說。「每個哥倫比亞人都像一個敵國。」

將軍從索萊達村莊要求蒙提亞派一艘輕型船到鄰近的沙巴尼亞港口，他計畫藉著暈船嘔出膽汁。雖然有一個叫華金・德米耶的共和黨西班牙人，也是西班牙海軍准將埃爾博特的合夥人，曾保證借將軍一艘不定期在馬格達萊納河上航行的蒸汽河輪，但蒙提亞沒有馬上做到將軍的要求。眼看機會不大，蒙提亞在十一月中派出一艘沒有事先通知，卻在聖塔瑪爾塔靠港的英國商船。將軍一得到消息，便告知他要利用這個機會離國。「我決定離開，到任何地方都好，我不想死在這裡。」他說。接著他彷彿看見預兆，身體不禁一陣瑟縮，卡蜜兒在等他，她在一個鮮花盛開的陽台上，凝視著大海，視線細細搜尋著海平線那方，於是他嘆氣：

「我在牙買加是受人喜愛的。」

他交代荷西・帕拉西歐斯開始打包行李，這一晚他為了尋找幾份無論如何都要帶走的文件，忙到三更半夜。他覺得疲累不堪，睡了三個小時。曙光初露，他已經睜開雙眼，當荷西・帕拉西歐斯告知聖人曆日期，他才意識到自己身在何方。

「我夢見我在聖塔瑪爾塔。」將軍說。「城市非常乾淨，放眼望去清一色都是白色屋子，可是高山遮住了大海。」

「那麼，那並不是聖塔瑪爾塔。」荷西・帕拉西歐斯說。「而是卡拉卡斯。」

所以將軍的夢透露的是他們不會去牙買加。費南多一大清早就到了港口安排旅程的細節，回來時卻發現他的舅舅正在對威爾森口述一封信，信中他向烏爾達內塔要求一本離國的新護照，因為倒台的前政府簽發的護照已經失效。這是他唯一能給出的、取消旅行的理由。

然而，所有人一致認為真正的理由，是這天早上捎來有關里奧阿查城的消息，這幾次的行動拖累了原本的局勢。所謂坐擁兩側海洋的祖國已經摔成碎片，內戰的幽魂狠狠地踩在它的廢墟之上，對將軍來說，最感到厭惡的是逃避逆境。「為了拯救里奧阿查城，我們能承受一切犧牲。」他說。戈斯戴波多醫生憂心忡忡，比起無可救藥的疾病，他更擔心病人滿腹擔憂，而他是唯一敢對將軍有話直說的人。

「這個世界快完蛋了，您還心繫里奧阿查城。」醫生對他說。「我們做夢也想不到有這種榮幸。」

將軍立刻回答：

「這個世界的命運繫於里奧阿查城。」

他是真的這麼相信，因此無法掩飾內心的焦急，預計占領馬拉卡波的日期已經到來，然而勝利卻比以往還要遙遠。隨著十二月到來，午後陽光燦爛，他害怕不只里奧阿查城，或許整個沿海地區都將淪陷，而且委內瑞拉會組織一支遠征隊，把他夢想的最後殘跡都清除一空。

從前一個禮拜開始，天氣驟變，原本綿綿的陰雨開始轉為清朗的天空和繁星點點的夜晚。將軍對世界的美景視若無睹，有時他在吊床上沉思，有時他參加打牌，卻不在意手氣。不久之後，當他們在客廳打牌，一陣夾帶玫瑰芬芳的微風吹走他們手中的紙牌，也吹開了窗戶的插鎖。莫里那雷斯夫人對於上天安排的季節提早降臨，不禁呼喊：「十二月到了！」威爾森和荷西・勞倫西歐・席爾瓦急忙關上窗戶，以免風把房子都吹跑。將軍是唯一沉浸在他的執念中的人。

「已經十二月了，我們還是一點動靜都沒有。」他說。「難怪人家說糟糕的士官長勝過沒用的將軍。」

他繼續打牌，牌局進行一半，他把紙牌擱在一旁，吩咐荷西・勞倫西歐・席爾瓦準備所有旅行事宜。威爾森上校前一天才把他的行李二度搬下船，這一會兒他不知所措。

「船已經離開了。」他說。

將軍知道。「那艘船不夠好。」他說。「我們得去里奧阿查城，看看能不能讓我們傑出的將軍們下定決心打勝仗。」離開牌桌前，他感覺有必要跟屋主夫婦解釋清楚。

「這已經不是要不要打仗的問題。」他對他們說。「而是攸關榮譽的要事。」

就這樣，十二月一日早上八點，他們登上馬弩葉爾號雙桅帆船，華金．德米耶先生依據他的指示開船：先繞一圈讓他嘔出膽汁，再前往他位在聖佩德羅．亞歷山大的製糖廠歇息，待他從許多毛病中恢復，和化解數不盡的哀愁後，或者會再繼續前往里奧阿查城，再試一次拯救美洲大陸。馬里亞諾．蒙提亞將軍跟著荷西．瑪利亞．卡雷紐將軍一起搭上雙桅帆船，此外他也找來一艘美國的灰海豚號護衛艦護航，船上除了裝設精良的火炮，也載著一位醫術高明的外科醫生：耐特醫生。然而，當蒙提亞看到將軍病懨懨的模樣，不願意只聽耐特醫生的指示，也尋求了他的當地醫生的看法。

「我不認為他能撐得住旅程。」戈斯戴波多醫生說。「但是就讓他去做吧，做任何事都要比現在這樣活著要好。」

大沼澤區升起致命燙人的熱氣，河道航行速度緩慢，因此他們趁著北方開始吹來信風，改道前往外海，這一年的風提早到來，有利於航行。雙桅帆船張開方形船帆，船隻保養得不錯，以愉悅的節奏向前航行，船上有一間替將軍準備的船艙，乾淨而舒適。

將軍神采奕奕地登上船，他想待在甲板上眺望馬格達萊納的河灘，淤泥把河水染成土色，綿延好幾里長直到內海。他穿著一件舊燈芯絨褲，一頂安地斯山區的扁帽，和一件護航艦船長送的英國海軍外套，在亮燦燦的陽光下，他伴著拂來的微風，氣色看起來好了許多。護航艦的船員為了向他表達敬意，捕捉了一隻巨大的鯊魚，在魚肚裡找到好幾樣五金器具，還有一對踢馬刺。將軍帶著觀光客的雀躍享受這一切樂趣，直到不敵倦意，再一次沉浸在他的靈魂深處。這時他對荷西．帕拉西歐斯打了個手勢，要他靠近，在他耳邊悄聲說：

「現在莫里那雷斯老爹應該正在燒床墊和埋湯匙吧。」

正午時分，他們經過大沼澤區前的一片遼闊水域，河水混濁，空中的鳥兒正在爭食一群金黃的鑽嘴魚。在沼澤和大海之間，有一處冒著熱氣的硝石平原，在那兒的陽光更為透亮，空氣更為乾淨，漁村也聚集在這裡，家家戶戶的庭院裡晒著捕魚器具，再過去就是沼澤區的神秘村莊，在那兒，白天出沒的鬼魂讓洪保德的子弟都懷疑起他們信奉的科學。大沼澤區的另外一頭，聳立著聖塔瑪爾塔內華達山脈，峰頂覆蓋永不融化的冰雪。

雙桅帆船張著船帆，以愉快地節奏，安靜地在水面飛快地滑行，船隻輕而穩，將軍幾乎沒有感到身體不適，無法嘔出膽汁。然而，過了不久，當他們經過主山脈一條延伸到海裡的支脈附近，水面變得比較顛簸，風勢也比較強勁。將軍觀察眼前的變化，感覺越來越有希望，因為世界跟著在他頭頂上盤旋的肉食性鳥兒開始旋轉，冰冷的汗水溼透他的襯衫，眼眶盈滿淚水。蒙提亞和威爾森必須扶住他，他的身體太過薄弱，一陣浪打來，可能就會把他從船舷邊捲走。到了黃昏，他們進入聖塔瑪爾塔海灣平穩的水域，這時他已經將殘破不堪的身體裡的東西吐乾淨了，他累得倒在船長的單人床上奄奄一息，但是陶醉在完成夢想的喜悅中。蒙提亞將軍對他的健康狀況相當驚慌，下船前，他請耐特醫生再來看診，醫生請他們雙手搭椅給他坐著上岸。

碼頭上迎接的人群稀稀落落，這是有原因的，此外聖塔瑪爾塔人對於政府的相關事物皆漠不關心。對共和國來說，聖塔瑪爾塔是比較難馴服的城市之一。儘管隨著波亞卡戰役結束，確立了獨立，薩馬諾總督卻逃到此地等待西班牙派來的支援軍隊。將軍曾經親自交涉多次，希望解放這座城市，一直到共和國建立，蒙提亞才終於做到。保皇黨分子心懷怨恨，加上將軍不知道他對卡塔赫納人的好感，助長了當地民眾的反感，讓他們認為中央政府偏袒卡塔赫納。然而，造成這種不滿最重要的原因，甚至連將軍的支持者都難以接受的，是將軍將荷西·普魯斯奧·帕迪亞上將處決，尤其他跟皮亞爾將軍一樣都是黑白混血兒。隨著烏爾達內塔將軍奪取政權，這種敵意逐漸高漲，因為他是當初做出死刑判決的戰爭委員會的主席。因此，教堂的鐘聲沒有如預期響起，沒有人知道是怎麼一回事，莫羅堡壘也聽不見震天價響的歡迎鞭炮聲，因為天亮後軍火庫的火藥受潮。士兵在將軍快抵達前，才動手清除用木炭寫在大教堂側牆的標語，以免他看到：荷西・普魯斯奧萬歲。政府宣布將軍到來，連在少數幾個到港口等他的人也不怎麼感動。其中最引人注目的是主教艾斯特維茲不在場，而他是通知名單上排在第一位置、也是最舉足輕重的人物。

許多年後，華金・德米耶先生在人生走到遲暮時憶起在那燠熱的第一晚，將軍被抬上岸的奄奄一息模樣，他裹著一條羊毛毯子，頭戴兩頂壓低到眉毛的扁帽，幾乎氣若游絲。然而，他最清楚記得的是他熱燙的手，費力的呼吸，下擔架來跟所有人打招呼的那股超乎自然的優雅，他幾乎站不住腳，在副官的協助下，跟他們一個個問好，並呼喚他們的頭銜和全名。接著，他讓人抬上四輪馬車，倒臥在座位上，腦袋無力地垂靠在椅背，但是那雙貪婪的眼睛搜尋著車窗外一去不再復返的景色。

車隊穿過大道，就來到他們安排的下榻處，這棟屋子是昔日的海關改建。這時將近晚上八點，是禮拜三，但十二月的微風開始吹起，海灣的散步大道上彌漫一種禮拜六的氛圍。街道相當寬闊，路面骯髒不堪，石砌房屋和走道相接的陽台相較國內其他地方，保存得相當良好。家家戶戶搬出家具坐在人行道上，有些人甚至在街道中央接待訪客。成群的螢火蟲在樹木間穿梭，照亮了濱海大道，發出的磷光比路燈還要明亮。

舊海關是國內最古老的建築，在兩百九十九年前蓋成，前陣子剛整修過。他們替將軍準備一間位在二樓的臥室，面對海灣景色，但是他大部分時間寧願待在主大廳，只有這裡才有掛吊床的鐵環。裡面也有一張粗面桃花心木雕紋大桌，再過十六天，將軍塗上香料防腐的遺體將會停放在桌上，身上穿著那件顯示他的軍階的藍色外套，上面的八顆純金鈕扣全消失無蹤，有人趁他過世一片混亂時拔走。

似乎只有他一個人不相信生命已經逼近終點。然而，當晚九點，蒙提亞將軍緊急叫來的法國醫生亞歷山大．普羅斯佩．埃維洪不需要量他的脈搏，就發現他早從幾年前就開始走向死亡。將軍的脖子無力，胸膛攣縮，臉色蠟黃，他認為最主要的病因是肺部受損，他根據接下來幾天的觀察，更確定他的判斷無誤。他單獨向將軍進行初步問診，一半用西班牙語，一半用法語，他發現病人有能耐扭曲症狀和竄改病痛，在看診間，病人用盡僅剩的一口氣，努力忍住咳嗽和咳痰。初診的結果經由臨床檢驗確立。接下來的十五天，他一共公布三十三份病情報告，他在針對那晚的第一份報告，指出將軍的主要病因是身體孱弱，但是他也飽受良心的折磨。

埃維洪醫生三十四歲，是個充滿自信、有涵養和穿衣品味不凡的人。因為不滿法國的波旁王朝復辟，他在六年前來到這裡，他講得一口純正流利的西班牙語，書寫也正確，但是將軍在初診時，便趁機向他證明自己法語也不錯。醫生抓住這個機會。

「閣下，您講的是巴黎口音。」醫生對他說。

「是拱廊街的口音。」他說，打起了精神。「您怎麼知道？」

「我能從一個人的口音猜出他在巴黎的哪個街角長大。」醫生說。「不過我自己是在諾曼第的一個小村莊出生和生活，直到年紀夠大才離開。」

「那裡的乳酪很美味，可是葡萄酒很糟糕。」將軍說。

「或許這就是我們非常健康的原因。」醫生說。

醫生觸動將軍內心純真的那一面，輕鬆地得到他的信任。而再更進一步博取更多信任，是他沒另開新藥，只給他一匙戈斯戴波多醫生準備的糖漿，來紓緩他的咳嗽症狀，以及一片鎮靜藥片，他想睡覺，因此沒抗拒服用。他們繼續天南地北聊了一下，直到安眠藥發揮效果，醫生躡手躡腳退出房間。蒙提亞將軍跟其他軍官送他回家，當他聽醫生說他會穿著衣服睡覺，以免他們需要他隨時支援，他心中警鈴大作。

接下來一個禮拜，埃維洪醫生和耐特醫師幾次會面意見都不相同。埃維洪相信將軍罹患一種損害肺部的疾病，病因來自某次沒好好治療的感冒。耐特則認為，從皮膚的顏色和黃昏發燒的情形看來，是一種慢性瘧疾。然而，他們一致認同他病入膏肓。他們尋求其他醫生協助，來排解他們的歧見，但是三個聖塔瑪爾塔和其他外省的醫生都拒絕，並沒有說明理由。於是，埃維洪和耐特醫生達成治療的共識，決定用止咳藥膏治感冒，用奎寧來治瘧疾。

到了週末，病人的狀況每況愈下，因為他背著醫生喝了一杯驢奶，導致病情加重。他的母親習慣喝加蜂蜜的溫熱驢奶，也讓他從小喝來止咳化痰。但是這種連結他最遙遠回憶的濃郁滋味，卻攪亂了他的膽汁，擊垮他的身體，造成他病危，耐特醫生不得不提前去牙買加，從那裡派一位專家來看他。最後他派了兩位醫生，帶上各種醫療資源，以不可思議的速度抵達，無奈還是太晚。

然而，將軍的精神跟憔悴的身體完全格格不入，從他的動作看來，一步步澆熄他性命的病只不過像是平常的小病。他躺在吊床上一整夜無法成眠，凝視莫羅堡壘的燈塔的探測燈光，他努力忍著，不想讓呻吟揭露疼痛，他的視線緊盯著海灣璀璨的燈火不放，他認為這是世界上最美的景色。

「我看了又看，眼睛看得都痛了。」他說。

白天，他努力表現得跟從前一樣的勤奮，他叫來伊巴拉、威爾森，以及他身邊比較親近的費南多，指示他已經迫不及待要向他口述的信。只有荷西．帕拉西歐斯內心清楚將軍的急迫意味他的時辰已經到來。因為他忙的全是對他的身邊親近的人命運的安排，其中還包括一些不在聖塔瑪爾塔的人。他忘掉跟昔日秘書荷西·聖塔那將軍的激烈爭執，替他在外交處謀得職位，讓他能享受新婚生活。他總是稱讚荷西·瑪利亞·卡雷紐將軍心地善良，替他鋪了一條日後將帶領他當上委內瑞拉代理總統的道路。他要求烏爾達內塔發給安德烈斯·伊巴拉和荷西·勞倫西歐·席爾瓦任命書，讓他們在未來至少保有一份穩定的薪水。席爾瓦後來當上他們國家的總司令和戰爭與海事部長，活到八十二歲去世，當時他的視力不清，罹患他一直懼怕的白內障，靠著殘兵證過活，那是他經過不斷努力，以身上數不清的傷疤，證明了他的戰爭功績，終於得來的。

將軍也試著說服佩德羅·布里斯紐·梅德茲回新格拉納達擔任戰爭部長，但是事情發展太迅速，他來不及去做。他在遺囑留了一份遺產給侄子費南多，替他打開一條通往公共行政界的平坦道路。他跟他的第一副官迪耶哥·伊巴拉將軍是少數幾個在私底下和公開場合用你相互稱呼的人，他建議他搬到其他地方，會比留在委內瑞拉有用。至於跟他在最後幾天依舊鬧得不愉快的胡斯托·布里斯紐將軍，他會在彌留之際完成對他的安排，清償人生的最後一個人情債。

也許他的軍官們都沒想過，這些安排是如何將他們的命運緊緊地繫在一起。

不管時運好壞，他們都將共度餘生，包括五年後他們竟然又在委內瑞拉相聚，投身佩德羅．戈魯赫將軍的麾下，踏上另一場為實現玻利瓦爾統一大夢的軍事征戰，真是歷史的嘲諷。

這不是什麼政治操作，而是他對身後的安排，以保障失去他的庇護的孤兒，而威爾森聽完將軍向他口述給烏爾達內塔的信，和信中令人訝異的宣言，確定了這件事：「里奧阿查城已經毫無希望。」這天下午，將軍收到主教艾斯特維茲的一封書簡，後者出其不意，要求將軍幫忙在中央政府安插他的高等職員，宣布聖塔瑪爾塔和里奧阿查城晉升為省級行政區，這樣一來，就能結束長久以來跟卡塔赫納的不和。當荷西．勞倫西歐．席爾瓦將軍朗讀完信，將軍流露沮喪的神情。

「哥倫比亞人的想法都是傾向分裂。」將軍對他說。不久，當他跟費南多處理遲遲未回覆的信時，更難掩滿臉苦澀：

「就不用回了吧。」他對他說。「讓他們等到我埋在土堆下，到時就能為所欲為了。」

他經常憂慮天氣變化，感覺自己瀕臨崩潰邊緣。如果天氣潮溼，他希望乾燥一點，如果轉冷，他希望暖和一點，如果是山區天氣，他希望偏海洋一點。於是他老是憂心忡忡，要人開窗讓空氣流通，又要他們關上，把安樂椅擺在背光處，等到坐下來以後，卻又覺得躺在吊床上，用僅剩的力氣搖晃，才能鬆一口氣。

將軍在聖塔瑪爾塔憂鬱度日，當他稍微重拾平靜後，再次提起要去德米耶先生的鄉村小屋，埃維洪醫生第一個站出來鼓勵他，他非常清楚這是重病最後階段的徵狀。出發前一晚，將軍寫信給一個朋友：「我只剩不到兩個月的壽命。」這是一句昭告所有人的話，因為他這輩子很少提到死，更遑論在最後這幾年。

聖佩德羅．亞歷山大位在內華達山支脈下，距離聖塔瑪爾塔一里遠，那裡是一片甘蔗園，還有一座加工原糖的製糖廠。將軍搭乘德米耶先生的四輪馬車，奔馳在灰塵飛舞的路上，而十天過後，他將會在回程的反方向路上，身上包著那條高地人的舊毛毯，不過是躺在一輛牛車上，身體已經斷了生命氣息。他還沒看到小屋，已經感覺微風捎來溫暖的糖漿氣味，於是無力招架孤單的不懷好意：

「是聖馬特奧的氣味。」他嘆氣。

聖馬特奧製糖廠是他懷舊情感的中心，距離卡拉卡斯二十四里遠。在那裡，他三歲喪父，九歲喪母，二十歲成為鰥夫。他在西班牙娶妻，妻子是他的親戚，一個出身土生白人貴族的美麗女孩，當時，他唯一的夢想是跟她在聖馬特奧製糖廠過著幸福快樂的日子，當個坐擁僕人和田產的主子，繼續累積龐大的資產。他一直沒弄清楚，妻子在婚後八個月是死於惡性型熱病還是在家中遭遇意外事故。對他來說，這是他重生的轉折點，因他曾是殖民時期的公子哥兒，沉迷於世俗歡樂，對政治壓根兒提不起興趣，而從那時之後，他突然改頭換貌，永遠轉變成現在的樣貌。他不再談亡妻，不再想起她，從沒打算再娶一個取代她。他這一輩子，幾乎每晚都會夢見聖馬特奧的家，他經常夢見他的父親和母親，以及他的每個手足，但是從沒夢見過亡妻，因為他把她埋葬在心底最深處，那裡堆積著遺忘的記憶，而這是一種沒有她能繼續活下去的殘暴手段。能瞬間攪動他記憶的，只有聖佩德羅・亞歷山大的糖漿氣味，製糖廠的奴隸若無其事的表情和吝於施捨憐憫的眼神，圍繞他家的大片樹林，而屋子剛漆成白色好迎接他的歸來，這裡也是他的人生的另外一座製糖廠，走向插翅也難飛的死亡的命運。

「她叫瑪莉亞・德蕾莎・羅德里奎茲・德托羅・阿拉亞。」他突然開口說。

德米耶先生心不在焉。

「那是誰？」他問。

「我的妻子。」他說，接著立刻回答：「不過，請忘了這件事吧，那差不多是我童年的回憶了。」

他沒再多說。

他們安排的臥室在他的記憶掀起另一陣波濤，因此他小心翼翼檢視，彷彿每一樣物品都透露著什麼。除了一張天篷床，還有一個桃花心木衣櫥，一張也是桃花心木的大理桌面小夜桌，和一張紅色天鵝絨安樂椅。靠窗牆邊有一個羅馬數字的八角形時鐘，時間停在一點零七分。

「我們來過這裡。」他說。

不久，當荷西・帕拉西歐斯替時鐘上緊發條，對準正確時間，將軍躺上吊床打算睡覺，哪怕只睡一分鐘也好。這時，他才看見窗外的內華達山脈，蔚藍而純淨，彷彿一幅吊畫，他迷失在記憶中其他輪迴的其他房間裡。

「我從未感到離家這麼近。」他說。

在聖佩德羅・亞歷山大的第一晚他睡得很好，到了隔天他簡直像擺脫病痛，甚至能夠參觀所有的榨汁機，稱讚優良品種的牛隻，品嘗糖漿，讓所有的人訝於他對製糖技術知識的了解。蒙提亞將軍對於他的轉好難以置信，跟埃維洪醫生要求真相，醫生解釋，將軍不可思議的好轉現象，是將死的人身上看到的迴光反照。或許再過幾天他就走到人生的盡頭。蒙提亞聽到這個壞消息後不知所措，他舉起拳頭往光禿禿的牆壁狠狠一捶，撞碎了骨頭。此後餘生他不再是同一人。他曾對將軍撒過非常多次謊，全都是善意謊言，以及出於瑣碎的政治因素考量。從這天開始，他開始善意欺騙他，也指示接觸他的人這麼做。

這個禮拜，一共八位高階軍官抵達聖塔瑪爾塔，他們因為反政府行動被逐出委內瑞拉。他們當中有幾個曾在解放戰爭立下汗馬功勞：尼古拉斯·席爾瓦、千尼達·波托卡雷羅、胡安·因凡特。蒙提亞不只要求他們對瀕死的將軍隱瞞壞消息，還要他們編些好消息，以期減輕他身體最沉重的痛苦。而他們做得更好，交給他一份振奮人心有關國家情勢的報告，終於燃起他的雙眸昔日的光芒。將軍重提上個禮拜就擱置的里奧阿查城話題，再次談委內瑞拉，彷彿機會就在眼前。

「我們從未有過這樣重新走向筆直康莊大道的大好機會。」他說。接著他用一種無比的信心下結論：「當我再次踏上阿拉瓜山谷的那天，整個委內瑞拉的人民會站起來支持我。」

一天下午，他興致勃勃，在來訪的軍官面前制定一個新的軍事策略，他們出於憐憫在旁幫忙。然而，他們一整晚都得聽他用預言的口吻，說著他們該如何從源頭重建，這一次一定要一鼓作氣實現他的無邊疆土的帝國夢。在場的人都以為自己正聽著瘋子胡言亂語，只有蒙提亞膽敢無視於大家的驚愕。

「注意。」他對大家說。「他在卡薩柯伊馬也說過同樣的話，那時各位都是相信的。」

沒有人忘得掉一八一七年七月四日那天，將軍為了躲避西班牙軍隊在曠野的突襲行動，不得不泡在卡薩柯伊馬湖一晚，當時他的身邊只跟著一小群軍官，布里斯紐．梅德茲也在其中。將軍打赤膊，燒得發抖，突然間開始扯開嗓子，一步接著一步，說出他在將來要做的所有大事：立即拿下安戈斯圖拉，翻越安地斯山區，解放新格拉納達，接著是委內瑞拉，以建立哥倫比亞，最後征服往南到秘魯的無邊疆土。「到那個時候，我們將登上欽博拉索山，在白雪皚皚的峰頂插下大美洲的三色旗，那是一個將延續萬世的統一和自由的國家。」他下結論。當時聽他說這番話的人也認為他腦袋壞了，然而那卻是個完全做到的承諾，一步接著一步，花不到五年時間。

不幸的是，他在聖佩德羅．亞歷山大說的預言不過是厄運降臨前夕的幻影。看似消失無蹤的病痛，在第一個禮拜過後，突然間化為摧毀一切的惡風襲來。這時，將軍的身軀已經嚴重萎縮，穿上襯衫時，得讓人將袖子再捲上一圈，把燈芯絨褲子剪掉一英寸。入夜後他只能睡上三個小時，接下來咳得喘不過氣，或者神智不清，驚嚇不止，或者飽受打嗝困擾，那是在聖塔瑪爾塔發作的毛病，現在越來越嚴重。到了下午，當大家都在打盹兒，他卻得藉著凝視窗外高山的積雪峰頂，來減輕疼痛。

他曾經四次搭船橫越大西洋，騎馬行遍解放過後的土地，沒有人完成同樣的壯舉，但是他從未立下遺囑，這在當時是特立獨行。「我沒有任何東西可以留給任何人。」他說。當他在聖塔菲準備旅程時，佩德羅・阿爾坎塔拉・埃南將軍曾建議他立遺囑，他說所有旅客都這麼做，這是謹慎起見，將軍回答他的語氣認真多過於玩笑，他說死亡還不在他接下來的計畫中。然而，他在聖佩德羅・亞歷山大卻主動開始口述他的遺願和他最後的公告。這到底是他有意識的行為，還是他的心過於傷痕累累，因而踏出錯誤的一步。

由於費南多生病，他便向荷西・勞倫西歐・席爾瓦口述一串有些不連貫的要點，但並未確切表達他的願望或覺悟：美洲難以治理，革命徒勞無益，這個國家將會無可救藥地落入貪婪之輩手裡，之後不知不覺，淪落各種膚色和種族的暴君的統治，而他還有許多消沉的想法早已散見跟不同朋友的書信往返之間。

他彷彿處在神智清醒狀態，一連口述好幾個小時，即使一陣猛咳也沒停下來。荷西・勞倫西歐・席爾瓦跟不上他的速度，而安德烈斯・伊巴拉無法一直用左手寫字。當所有的抄寫員和副官都疲累不堪，只剩下尼古拉斯・馬里亞諾・德帕茲中尉還撐著，他以嚴肅的態度和工整的字體，忠實記下口述，直到紙張用完。他要來更多紙張，但是等了很久還沒送到，於是他繼續寫在牆壁上，直到幾乎寫滿。將軍感激涕零，把羅倫佐・卡爾卡莫將軍在愛情決鬥中使用的兩把手槍贈與他。

他的最後心願是把他的遺體送回委內瑞拉，兩本屬於拿破崙的書要保存在卡拉卡斯大學，分給荷西．帕拉西歐斯八千塊披索，以感謝他長年的服務，燒掉他留在卡塔赫納託給帕瓦喬先生保管的文件，把玻利維亞國會頒給他的榮耀獎章送回原地，把蘇克雷大元帥贈他的一把鑲嵌寶石的長劍歸還他的遺孀，把他剩餘的財產，包括阿羅亞礦脈在內，分送給他的兩個妹妹和他已故兄長的子女。此外他沒有其他遺產，因為全拿去清償好幾筆債務，有大筆也有小筆的，其中一筆是像惡夢般糾纏不休的教師蘭開斯特的兩萬銀披索。

他小心翼翼地在一條條的指示間，特地對勞勃．威爾森先生感謝他的兒子的正直行為和忠心耿耿。這樣的特意表揚並不奇怪，奇怪的是他並沒有這樣感謝奧利將軍，後者在他臨終之際不在場，只是因為來不及從卡塔赫納趕到，而他在那裡又是奉他的命令恭候烏爾達內塔總統的差遣。

他們兩人的名字永遠跟將軍的名字連結在一塊兒。之後，威爾森接任大英帝國駐利馬的臨時代辦職務，後來駐卡拉卡斯，他會繼續在前線參與這兩國的政治事務。奧利必須駐守京斯頓，之後轉到聖塔菲長期擔任他的國家的領事，五十一歲那年死於此地，他把跟在將軍身邊的見聞寫下，一共集結了三十四冊的巨量。他在晚年沒沒無聞，但是成果豐碩，他以一段話做為總結：「解放者已經死去，他偉大的事業已經毀壞，我避居牙買加，整理他的文件，同時撰寫我的回憶錄。」

將軍立完遺囑的那天起，醫生已經用盡他所能用的止痛辦法：雙腳塗芥末膏，背脊按摩，全身敷陣痛藥膏。他們用灌腸液替他緩解天生的便秘，雖然有效可是副作用嚇人。因為害怕腦溢血，他替他進行起疱性藥物治療，祛除累積在腦袋中的風寒。這種治療是以斑蝥素膏藥為主，那是一種腐蝕性昆蟲，磨碎之後敷在皮膚上會產生能吸收藥物水泡。埃維洪醫生替垂死掙扎的將軍在後頸敷上五劑膏藥，小腿肚一劑。一個半世紀過後，許多醫生依然以為他立刻死亡的原因是那些腐蝕性的膏藥引起泌尿系統混亂，先是小便失禁，之後排尿變得疼痛，最後轉為血尿，直到膀胱乾癟貼著骨盆，這是埃維洪醫生在後來解剖時證實的一點。

將軍的嗅覺變得異常敏感，他強迫奧古斯托·湯馬森保持距離，因為這位也是藥劑師的醫生身上有股抹劑的臭味。他叫人拿他的古龍水將房間大量噴灑一遍，繼續泡他彷彿夢幻的澡，親手刮鬍子，拚命刷牙，拿出超乎自然的毅力遠離死亡的髒汙。

十二月的第二個禮拜，路易·秘魯·德拉克魯瓦路經聖塔瑪爾塔，他是拿破崙軍隊一位年輕的老將，不久之前還是將軍的副官，拜訪過後，他做的第一件事是寫信給瑪芮拉·沙耶茲。瑪芮拉一收到信，立刻踏上前往聖塔瑪爾塔的旅程，但是當她抵達瓜杜阿斯時，她聽說就算她用盡一輩子時間趕路也來不及了。這個消息對她來說青天霹靂。她陷入哀傷，心繫將軍的兩箱文件，後來她成功藏在聖塔菲一個安全地點，直到幾年後，丹尼爾．奧利在她的指示下取回文件。桑坦德將軍在上台後的首波行動，就是將她放逐國外。瑪芮拉帶著高漲的自尊，接受她的命運，她先是去了牙買加，之後浪跡秘魯的派塔，境況堪憐，那是一個臨太平洋的窮困港口，來自五大洋的捕鯨船會到那裡停泊休息。她靠著做些針織品和抽騾販的香菸排解活在遺忘中的煩悶，當雙手關節炎好轉時，就做一些動物造型的糖果賣給水手。她的丈夫索恩醫生則是魂斷利馬的一處荒郊野地，有人在搶奪他身上的少數財物時殺死了他，他在遺囑留給瑪芮拉一筆相當於她出嫁時的嫁妝金額，但是她卻一直沒有收到。對自己遭遺棄的處境，她還能感到安慰的是三次令人難忘的拜訪：西蒙．羅德里格茲大師，她跟他一起分享化為灰燼的昔日榮耀；朱塞佩．加里波，這位義大利愛國者到阿根廷對抗羅薩斯的獨裁統治，返國途中來看她；小說家赫爾曼．梅爾維爾，他為了寫《白鯨記》正在環遊海洋。她老了之後，因為一邊臀部骨折而身體虛弱，只能躺在吊床上用紙牌算命，給情侶一些愛情的建議。五十九歲那年，她死於瘟疫，衛生警察放了把火，把她的小屋連同裡面將軍的珍貴文件和他們之間私密的信件都全數燒掉。據她對秘魯．德拉克魯瓦所說，她僅剩的將軍的私人遺物是他的一縷髮絲和一隻手套。

當秘魯・德拉克魯瓦抵達聖佩德羅・亞歷山大時，看到的是將軍垂死前的一片混亂。屋子像是漂流在海上的船。軍官們覺得睏就睡，暴躁易怒，當埃維洪醫生哀求他們保持安靜，連做事謹慎的荷西・勞倫西歐・席爾瓦竟也拔刀相對。費南妲・巴里戈隨時都得照料太多嗷嗷待哺的嘴，她提不起力氣，失去了好脾氣。而那些士氣低落到谷底的人夜以繼日打紙牌，毫不顧忌隔壁房間瀕死的病人聽見他們大聲喧嘩。一天下午，當發高燒的將軍昏睡在床，露台上有人破口大罵，行為囂張，說是要收帳，六片木板、兩百二十五根釘子、六百根普通鉚釘，五十根鍍金鉚釘，八百四十公分長綿布，八百四十公分長麻布緞帶，和五百公分長黑色緞帶，一共要十二塊二十三分披索。

那一連串叫囂壓過了其他聲音，迴盪在屋子內外。埃維洪醫生正在臥室替蒙提亞將軍骨折的手換繃帶，他們倆都知道病人從睡夢清醒的時刻也惦記著帳款。蒙提亞從窗邊探身出去，卯足全力大喊：

「混帳！閉嘴！」

將軍在一旁插話，但沒張開眼睛。

「別管他們。」他說。「總之，我什麼帳都聽得到。」

只有荷西．帕拉西歐斯知道，將軍光憑這幾句就清楚，剛剛大聲叫喊的是一筆兩百五十三塊披索和七塊七十五分里亞爾的部分帳款，市政府公開募捐他的喪葬費用，除了私人捐款，還動用屠宰場和監獄的資金，清單上的材料是要打造他的棺材和建造他的墳墓。荷西．帕拉西歐斯依照蒙提亞的命令，從這一刻起禁止讓人進入臥室，不論訪客的軍階、頭銜或者官職，他則親自執行一套看護病人的嚴厲制度，彷彿安排的是自己的死亡。

「如果從一開始就給我有這樣的權力，這個人會活到百歲。」他說。費南妲．巴里戈想要進臥室。

「這個孤獨可憐的男人喜好女色。」她說。「他過世時候，不能沒有一個女人守在床頭，即使像我這樣又老又醜又沒什麼用。」

他們不讓她進去。她只好坐在窗邊為替病患禱告，淨化他在垂死前的胡亂囈語。後來她留在本地，靠著政府救濟過活，為將軍終身守喪，一直到一百零一歲去世。

禮拜三傍晚，鄰近的馬馬托克村莊的神父前來進行臨終聖禮，費南妲在路上覆蓋鮮花，和領頭高唱哀歌。他走在兩排印第安婦女前面，大家打赤腳，一身粗麻布長袍，頭戴百合花冠，拿著油燈照亮道路，用她們的語言高唱喪禮禱詞。她們穿過小徑，費南妲走在前頭一路撒下花瓣，在這個撼人心魄的一刻，沒有人敢擋下她們。當將軍感覺她們走進臥室，他從床上支起病體，舉起手臂遮住眼睛避免頭暈目眩，接著高聲叱喝她們出去：

「把那些長明燈拿出去，簡直是鬼魂的遊行。」

費南多不希望屋內沉悶的氣氛壓垮已經被判死的病患，於是從馬馬托克村莊請來街頭樂隊，讓他們在院子的羅望子樹下演奏一整天。將軍對音樂的撫慰作用反應良好。他點了幾次他最喜歡的《九重葛》對舞舞曲，昔日他到哪兒都印製和分發樂譜，引領了一股流行的風潮。

奴隸們停下榨汁機，站在窗前的藤蔓植物之間凝視將軍許久時間。他包著白色床單，跟著節拍搖頭，他比死後更加枯瘦和蒼白，頭頂又冒出了沖天的短毛。每一曲結束，他就真心鼓掌，那是他在巴黎學來的傳統習慣。

到了中午，他聽了音樂後精神振奮，於是喝了一碗肉湯，吃下米糕和水煮雞肉。接著他要來一面鏡子，躺在吊床上攬鏡自照並說：「看看這眼神，我還死不了。」大家原本對埃維洪醫生製造奇蹟失去希望，如今又重新燃起。但是病人雖看似好轉，卻把沙爾塔將軍當作另一位西班牙軍官，也就是波亞卡戰役後，桑坦德將軍未經審判就命人在一天內槍決的三十八名戰犯之一。不久，他的病情突然再一次惡化，再也沒有恢復過來，他用僅剩的一絲聲音大聲叫人請樂師離開，不要攪亂他在臨死的痛苦之際的寧靜。當他重拾平靜，他下令威爾森重寫一封給胡斯托．布里斯紐將軍的信，請求他跟烏爾達內塔將軍和好，解救這個國家，擺脫無政府狀態的恐懼，當作獻給他的死後的一種敬意。他唯一口述的部分是開頭：「我在生命的最終時刻，寫這封信給您。」

夜幕降臨，將軍跟費南多談到夜深，這是他第一次對他的前程給予建議。他們曾打算一起合寫的回憶錄的想法依然只是未實行的計畫，可是他的侄子跟在他身邊許久，可以試試自己寫，這對他來說是一種把心底的話藉著筆尖寫出來的簡單練習，這樣一來，他的子孫能夠對那些輝煌和悲慘的歲月都有一番了解。「奧利如果堅持下去，必定也能寫出點東西。」將軍說。「但是寫的會是不同的東西。」這時費南多二十六歲，他會活到八十八歲，但是除了幾張毫無連貫的東西，他沒寫出些什麼，因為命運讓他喪失記憶，這是他莫大的好運。

將軍在口述遺囑時，荷西．帕拉西歐斯也待在臥室裡。在如此莊嚴隆重的場合，不論是他或任何人都沒說上一個字。但是到了夜晚，就在進行放鬆身心的沐浴時間，他請求將軍變更遺囑上有關他的安排。

「我們一直很窮困，但是什麼都不缺。」他對將軍說。

「事實上，正好相反。」將軍對他說。「我們一直很富有，但是什麼都不足。」

這兩個對立的狀況都正確。荷西．帕拉西歐斯年紀輕輕就開始服侍他，這是透過將軍的母親安排，也就是他的女主人，他並沒有經由正式的途徑得到解放，他的地位一直介於奴隸和平民之間，卻從沒領過一份薪水，身分也從未確定，他個人的需要包含在將軍個人的需要裡面。他連穿衣和吃飯都跟將軍一樣，只是相較之下儉樸許多。荷西．帕拉西歐斯沒有軍階，也沒有殘兵證，這把年紀更不可能重新開始生活，因此將軍不可能丟下他自生自滅。所以別無他法：八千塊披索的條款不但不能取消，也不能拒收。

「這樣很公平。」將軍說。

荷西．帕拉西歐斯的回答乾脆俐落：

「我們一起死才公平。」

事實的確如此，荷西．帕拉西歐斯跟將軍一樣不擅管理錢財。將軍過世後，他留在印第安卡塔赫納，接受公家慈善救濟，他困在往日回憶，借酒澆愁，耽溺享樂。他在七十六歲離世，死前住在一個聚集潦倒的解放軍的破舊建築，飽受酒毒性譫妄症的折磨。

十二月十日破曉，將軍感覺非常不適，他們緊急叫來艾斯特維茲主教，以防將軍想要懺悔。主教火速趕到，他相當重視這次的會面，特地穿上宗座聖衣。但是將軍要求關起門來進行，沒有見證人在場，最後一共持續十四分鐘。他們到底說些什麼，從沒人知道。主教神色難看，匆匆離去，他沒有道別，爬上了他的馬車，最後即使再三邀請他，他也不肯主持祭禮，也沒參加葬禮。將軍病入膏肓，他躺在吊床上已經無法自行起身，醫生必須像抱新生兒那樣，將他抱起來，讓他坐在床上，靠著枕頭，以免他一陣咳嗽岔氣。當他終於重拾平靜的呼吸，他要大家出去，想跟醫生單獨談話。

「我沒想到這次情況這麼嚴重，已經到了塗抹聖油膏的地步。」他對醫生說。「我沒那麼幸運，並不相信在另一個世界延續人生。」

「並不是您想的這樣。」埃維洪說。「解決心病後，病人就能振奮起來，有益醫生治療的工作。」

將軍沒理會他巧妙的回答，因為他想著，這一刻他的病痛和他的夢想在瘋狂競爭之後來到了終點，身體忍不住顫抖起來。接下來將是一片昏暗。

「混帳。」他嘆氣。「我要怎麼離開這座迷宮！」

在這個走到人生盡頭的清醒時刻，他細細地打量臥室，而第一次他看清了裡面真實的面貌：借來的床，破舊的化妝台，上面模糊的鏡子不會再忠實映照他的身影，瓷釉剝落的臉盆架，和再也用不到的水、毛巾和肥皂，八角形時鐘冷酷無情地橫衝直撞，急急忙忙奔向十二月十七日他人生最後一個下午，那場一點零七分他逃不掉的死亡約會。這時他雙手環抱胸前，開始聽見榨糖廠的奴隸們嘹亮的歌聲，高唱六點鐘的聖母經，他看見窗外天空上即將永遠消逝的閃耀金星，長年積雪的峰頂，新長出的藤蔓植物，但是他看不到下個禮拜六下午綻放的小巧的黃色鐘形花，那天屋子將因為舉辦喪事緊閉，而在他人生最後的光芒熄滅之後，往後的幾個世紀內，再也不會見到一樣的生命。

致謝

多年以來，我一直聽阿爾瓦洛．穆提斯談論他想要寫西蒙．玻利瓦爾的最後一趟馬格達萊納河之旅。後來他發表了書的前奏篇《最後的面容》，我認為故事的結構相當成熟，風格和語調相當乾淨俐落，我也很快就讀完。然而，兩年過去了，我發現他遺忘了這件事，這是我們眾多作家經常犯的毛病，即使忘掉的是我們最心愛的夢想，到這一刻我才大膽請求他讓我來寫這個故事。這一擊精確無比，虎視眈眈十年後才敢出手。所以他是我第一個要感謝的人。

這時，比起主角的豐功偉績，我更感興趣的是他的馬格達萊納河之旅，那是我自孩提時代就聽說的故事，他從加勒比海沿岸踏上旅程，而我很幸運在這裡出生，最後在抵達遙遠和灰暗的波哥大後結束，而我從第一次踏上這座城市就自覺像個異鄉人，這是我在其他地方從未有過的感覺。我當學生時，曾懷著一種任何作家都無法抗拒的神秘抱負，來回搭過十一次船，那些出自密西西比造船廠的河輪注定化為鄉愁。

另一方面，我不太擔心史實部分，因為玻利瓦爾的最後一趟河上之旅是他一生最少文獻記錄的一段時間。那時他只寫了三、四封信——他一生口述的信件應該超過上萬封，他的隨行人員沒有留下關於那哀傷的十四天的任何隻字片語。然而，寫第一章時，我不得不調查他的生活方式，這一次調查接著連結到另一個調查，然後一個接著一個，直到查不下去。漫長的兩年，我陷進大量的文件堆流沙裡，有些資料是矛盾的，但更多的是充滿訛誤，從丹尼爾·佛羅倫薩·奧利的三十四冊著作到出乎意料的剪報。我對於歷史查證的經驗和方式嚴重不足，也讓寫作的日子倍加艱困。

如果沒有他人的協助，我無法寫成這本書，多虧前人開墾了這塊荒地，經過了一個半世紀的耕耘，讓我能夠利用大量的文獻來述說他的人生，也讓這個大膽的文學冒險變得容易許多，又不失小說大膽的傲慢。但是我要特別感謝一群老朋友和新朋友，他們把這本書當作自己的事，不只看重我那些比較重要的疑問——比如玻利瓦爾在他反覆無常的矛盾中真正的政治思想，也重視許多繁枝末節——比如他的鞋子尺寸。然而，我也要鄭重感謝因為疏忽而不在這篇謝辭中的人和他們的寬容。

哥倫比亞歷史學家艾黑尼沃洛·古鐵雷茲·克雷伊回覆了一份長達好幾頁

的問題表單，還製作一個卡片檔案匣，不只給了我令人驚喜的資料——許多被刊在十九世紀哥倫比亞報紙後便遺失了，因此成為了我整理和調查資料方式的最初一盞明燈。此外，他和歷史學家法比歐．普右四手和著的《玻利瓦爾的日常》可比一張航海圖，讓我在寫作的航程之際，能夠自在遊走在主角的每個時空。法比歐．普右遠在巴黎，他打電話為我親自朗讀文件，彷彿止痛劑安撫我的焦慮，或者緊急發來電報或發傳真，恍若一帖攸關生死的救命藥。哥倫比亞歷史學家古斯塔沃．巴爾加斯是墨西哥國立自治大學教授，他總是隨時接我的電話，釐清我的大小疑問，尤其是牽涉那個時代的政治思想。玻利維亞歷史學家維尼西沃．羅梅若．馬汀內茲人在卡拉卡斯，他幫忙我找到一些我看似不可思議有關玻利瓦爾私生活面的習慣——尤其是他粗俗的講話方式，以及有關他的隨行人員的性格與命途，以及針對最終版本的史料做一次嚴厲的查證。我要感謝他彷彿來自上天的警示，玻利瓦爾不能像孩子般開心吃芒果，理由非常充分，那就是芒果還要再過好幾年才會傳到美洲。

赫黑．愛德華多．里特是駐哥倫比亞的巴拿馬大使，之後成為他們國家的外交部長，他數度緊急搭機，只為了把他在市面上找不到的書送來給我。弗朗西斯科．德布里斯克塔來自波哥大，他憑著不屈不撓的精神，扮演玻利瓦爾浩瀚複雜的傳記的燈塔。哥倫比亞前總統貝利薩里奧．貝坦庫爾在電話上幫我解釋疑問前後約一年時間，替我確定玻利瓦爾吟誦的幾句詩是厄瓜多詩人荷西．約奎．奧梅多的作品。我跟弗朗西斯科．皮維達爾在哈瓦那逐步對談，啟發我對如何下筆有了清楚的概念。羅貝多．卡達維德（百眼巨人）是哥倫比亞最受歡迎和體貼的語言學家，他幫忙我調查幾個方言的意思和歷史。古巴科學院的地理學者葛拉斯東．奧利瓦和天文學家赫黑．貝雷茲．多瓦爾根據我的請託，針對上個世紀前三十年的滿月之夜做一番調查。

我的老朋友漢尼拔．諾格拉．門多薩從駐王子港的大使館，寄出他私人文件拷貝本給我，他慷慨地隨我使用，那是他針對同樣題材正在撰寫的一個研究的筆記和草稿。此外，他在第一版原稿抓出半打的致命錯誤和自殺式的時代錯置，化解這本小說陷於讓人懷疑內容嚴謹性的危機。

最後，安東尼奧．玻利瓦爾．戈亞內斯非常親切地跟我一起檢查原稿，他是小說主角的旁支親戚，或許也是墨西哥最後一個依循古法的字體排印師，我們一吋吋地爬梳矛盾、重複、不連貫、錯誤和錯字，徹底檢視語文和拼字，直到淘汰七個版本。就是這樣，我們很驚訝竟抓到一個遠在出生前就打勝仗的軍人，一個跟著心愛的亡夫遠赴歐洲的寡婦，一頓玻利瓦爾跟蘇克雷在波哥大的親密午餐，當時他們一個在卡拉卡斯，另一個卻在基多。然而，我不是太確定該不該感謝這最後兩次的幫忙，因為這類謬誤或許能替這本書令人戰戰兢兢的情節，無意間增添一絲或許非常需要的幽默。

加布列・賈西亞・馬奎斯

一九八九年一月，墨西哥市

西蒙・玻利瓦爾簡要年表

一七八三年——七月二十四日：西蒙・玻利瓦爾出生。

一七八六年——一月十九日：西蒙的父親胡安・維生德・玻利瓦爾過世。

一七九二年——七月六日：西蒙的母親瑪莉亞・德拉康西森・帕拉西歐斯・伊布蘭克夫人過世。

一七九五年——七月二十三日：玻利瓦爾告別伯父家。一場長期官司開打，他被安置在老師西蒙，羅德里格茲的住處。十月返回卡洛斯伯父家。

一七九七年——委內瑞拉殖民地爆發獨立運動，稱作「高爾和西班牙的陰謀」，玻利瓦爾在阿拉瓜山谷以軍校學生身分入伍成為民兵。

一七九八年——受安德烈斯・貝尤指導，開始修習他的文法與地理課。這段時間他同時在家和在弗朗西斯科・德安杜哈爾神父創立的學院學習物理和數學。

一七九九年——一月十九日：啟程前往西班牙，途經墨西哥和古巴。他在維拉克魯茲寫下第一封信。

一八〇〇年——到了馬德里，他聯絡上智者德斯塔里茲侯爵，也就是真正形塑他的智慧的人。

一八〇一年——三月到十二月間：在西班牙畢爾包學習法文。

一八〇二年——二月十二日：到了法國亞眠，仰慕拿破崙。愛上巴黎。

五月二十六日：在西班牙馬德里迎娶瑪莉亞・德蕾莎・羅德里奎茲・德托羅・阿拉亞。

七月十二日：與妻子抵達委內瑞拉。致力經營莊園。

一八〇三年——一月二十二日：瑪莉亞・德蕾莎病逝卡拉卡斯。

十月二十三日：再次踏上西班牙。

一八〇四年——十二月二日：去巴黎參加拿破崙的登基大典。

一八〇五年——八月十五日：在義大利羅馬的薩克羅山宣誓。

十二月二十七日：在巴黎開始攻讀的蘇格蘭共濟會儀式學位。

一八〇六年——一月，晉升為大師。

一八〇七年——一月一日：在美國查爾斯頓登岸。在美國遊歷幾座城市，六月返回卡拉卡斯。

一八一〇年——四月十八日：遭監禁在阿拉瓜的莊園，因此未參加四月十九日事件，委內瑞拉革命就在這一天爆發。

六月九日：背負外交任務，前往倫敦。他在倫敦結識弗朗西斯科．德米蘭達。

十二月五日：從倫敦回國。五天過後，德米蘭達也抵達卡拉卡斯，借住在西蒙．玻利瓦爾的家。

一八一一年——三月二日：第一屆委內瑞拉議會集會。

七月四日：玻利瓦爾在愛國社發表演說。

七月五日：委內瑞拉獨立宣言。

七月二十三日：玻利瓦爾投效德米蘭達麾下在瓦倫西亞作戰。這是他第一次上戰場。

一八一二年——三月二十六日：卡拉卡斯發生地震。

七月六日：西蒙．玻利瓦爾上校遭到背叛，痛失卡貝略港堡壘。

七月三十日：玻利瓦爾跟其他兩名軍官逮捕德米蘭達，他們基於他簽訂投降書，認定他是叛徒，把他交由軍事法庭審判。馬簪葉爾・瑪莉亞・卡沙斯從他們手中帶走這位著名的囚犯，交給西班牙人。

九月一日：第一次流亡，抵達古拉索。

十二月十五日：在新格拉納達發表卡塔赫納宣言。

十二月二十四日：占領特內里費，玻利瓦爾開始打馬格達萊納河戰役，驅逐整個地區的保皇黨分子。

一八一三年——

二月二十八日：庫庫塔戰役。

三月一日：占領聖安東尼奧德爾塔奇拉。

三月十二日：成為新格拉納達准將。

三月十四日：在庫庫塔開打可敬戰役。

五月二十三日：在梅里達被讚揚為「解放者」。

六月十五日：在特魯希略頒布「死亡戰爭法令」。

八月六日：凱旋進入卡拉卡斯。可敬戰爭結束。

十月十四日：卡拉卡斯市政府在公眾議會上宣布玻利瓦爾為元帥和「解放者」。

十二月五日：阿勞雷戰役爆發。

一八一四年——二月八日：拉維多利亞戰役爆發。

二月二十八日：聖馬堤歐戰役爆發。

五月二十八日：第一場卡拉沃沃戰役爆發。

七月七日：「解放者」帶領約兩萬名卡拉卡斯的居民遷徙到東方省。

九月四日：里巴斯和皮亞爾驅逐玻利瓦爾和馬里諾，並下令在卡魯帕諾逮捕他們。

九月七日：玻利瓦爾發表他的《卡魯帕諾宣言》，拒絕承認逮捕令，隔天登船前往卡塔赫納。

九月二十七日：新格拉納達政府晉升玻利瓦爾為總司令，肩負重新征服昆迪納馬卡省的任務。他踏上征戰，成功逼迫波哥大投降。

十二月二日：在波哥大建立政府。

一八一五年——五月十日：試圖解放委內瑞拉，從卡塔赫納進入卻遭該城的市政府激烈反對，決定登船前往牙買加，踏上自願流亡之路。

九月六日：發表著名的《牙買加書信》。

十二月二十四日：登岸海地的萊凱，與來自古拉索的海軍上將朋友路易斯．布里雍相見。在海地拜會佩蒂翁總統，這位總統日後將提供他寶貴的合作。

一八一六年——三月三十一日：離開海地，踏上萊凱征戰。路易斯．布里雍陪在他身邊。

六月二日：在卡魯帕諾頒布解放奴隸法令。

一八一七年——二月九日：玻利瓦爾和貝穆德斯在巴塞隆納的聶維里河上相擁言和。

四月十一日：皮亞爾發動聖費利克斯戰役。他成功解放安戈斯圖拉，控制奧里諾科河，確立共和國（第三共和）。

五月八日：法政神父荷西．科爾提斯．馬達里亞加在卡里亞科呼求議會集會。這個在卡里亞科的議會最後以失敗收場，但是通過的兩項法令依然有效：國旗上的七顆星，和瑪格麗塔島的名稱為新埃斯帕塔州。

五月十二日：皮亞爾升為總司令。

六月十九日：玻利瓦爾以求和語調寫信給皮亞爾：「將軍，我寧願跟西班牙人打仗，也不願跟愛國主義者失和。」

七月四日：為躲避保皇派埋伏，玻利瓦爾躲在卡薩科伊馬湖，水淹直達脖子，在目瞪口呆的軍官面前想像和預言征服安戈斯圖拉到解放秘魯要做的事。

十月十六日：皮亞爾在安戈斯圖拉遭到槍決。路易斯．布里雍主持戰爭委員會。

一八一八年——一月三十日：在阿普雷的卡聶菲斯圖拉牧場，與大草原的頭目派耶茲第一次會面。

二月十二日：玻利瓦爾在卡拉沃索打敗莫里略將軍。

六月二十七日：在安戈斯圖拉建立奧里諾科河郵務。

一八一九年——二月十五日：設立安戈斯圖拉議會。以議會之名發表著名演說。當選委內瑞拉總統。立即發動解放新格拉納達的征戰。

八月七日：波亞卡戰役。

十二月十七日：玻利瓦爾創立哥倫比亞共和國，分成三個省；委內瑞拉省，昆迪納馬卡省和基多省。議會選玻利瓦爾當總統。

一八二〇年——

一月十一日：抵達阿普雷的聖胡安德帕亞拉。

三月五日：抵達波哥大。

四月十九日：在聖克里斯托巴慶祝革命十週年。

十一月二十九日：與西班牙將軍帕布羅・莫里略在特魯希略的聖塔安娜會面。前一天批准了停戰協定和戰爭整頓條款。

一八二一年——

一月五日：在波哥大制定南方戰爭計畫，將任務託給蘇克雷。

二月十四日：恭賀拉斐爾・烏爾達內塔宣告馬拉卡波獨立，不過他表示害怕西班牙認為這是不守信的行為，有損停戰協定。

四月十七日：玻利瓦爾在一份公告宣布廢止停戰協定，一場「聖戰」即將開打：「這場戰爭是為了讓敵人裁軍，不是摧毀他們。」

四月二十八日：再次樹敵。

六月二十七日：玻利瓦爾在卡拉波波打敗西班牙將軍拉托雷。雖然不是最後一場戰役，但是在卡拉波波確立了委內瑞拉獨立。

一八二二年——四月七日：爆發波伯那戰役。
五月二十四日：爆發皮欽查戰役。
六月十一日：玻利瓦爾抵達瓜亞基爾。兩天後宣布瓜亞基爾併入哥倫比亞。
七月二十六日和二十七日：玻利瓦爾與阿根廷將軍聖馬丁在瓜亞基爾會面。
十月十三日：在厄瓜多鄰近昆卡的洛哈寫下《我對欽博拉索山的狂想》。

一八二三年——三月一日：秘魯總統里瓦．阿奎羅向「解放者」請求派遣四千名士兵以及哥倫比亞的援助，來幫助他完成獨立大業。玻利瓦爾在三月十七日先派出第一支三千人軍隊，四月十二日再派出另外一支三千人軍隊。
五月十四日：秘魯議會宣布一則法令，呼籲「解放者」結束內戰。
九月一日：玻利瓦爾抵達秘魯的利馬，議會授權他降服投效西班牙的里瓦．阿奎羅。

一八二四年——一月一日：抱病抵達帕提維勒卡。

一月十二日：頒布死刑法令，嚇阻從國庫偷超過十塊披索的人。
一月十九日：寄給老師西蒙，羅德里格茲一封動人的書信：「是您鑄造我的一顆嚮往自由、正義、偉大和美麗的心。」
二月十日：秘魯議會任命他為獨裁者，挽救共和國沉淪。
八月六日：爆發胡寧戰役。
十二月五日：玻利瓦爾解放利馬。
十二月七日：召集巴拿馬議會。
十二月九日：蘇克雷在阿亞庫喬打勝仗。完成整個西班牙美洲殖民地的解放。

一八二五年——

英國承認美洲新國家的獨立。
二月十二日：秘魯議會授予「解放者」榮譽以示感激：一枚獎章，一尊騎馬雕像，一百萬披索，以及另外一百萬披索給解放軍隊。玻利瓦爾婉拒議會給他個人的獎金，接受給他的士兵的獎金。
二月十八日：秘魯議會不通過他辭去權力無限的總統職位。

八月六日：在上秘魯的丘基薩卡舉行議會集會，決定創立玻利維亞共和國。

十月二十六日：玻利瓦爾攀登玻利維亞的波托西山。

十二月二十五日：下令在丘基薩卡植樹一百棵：「這裡非常需要樹木。」

一八二六年——

五月二十五日：玻利瓦爾從利馬通知蘇克雷，秘魯承認玻利維亞共和國，同時寄給他玻利維亞憲法草案。

六月二十二日：成立巴拿馬議會。

十二月十六日：抵達馬拉卡波，召集委內瑞拉人民參與國民大會。

十二月三十一日：抵達卡貝略港尋找派耶茲。

一八二七年——

一月一日：特赦科西亞塔事件主要負責人。批准派耶茲擔任委內瑞拉部隊司令職位。

一月一日：從卡貝略港寫信給派耶茲：「我不能分裂共和國；但是我為委內瑞拉著想，如果這是委內瑞拉的意願，將交由議會大會決定可能性。」

一月四日：在瓦倫西亞附近的納瓜納瓜與派耶茲會面，並向他表明支持。在這之前，他曾對派耶茲說，「他有權利以正義抗議非正義，以拒絕服從波哥大議會來抗議濫用武力。」桑坦德對此感到不滿，對「解放者」逐漸心生不快。

一月十二日：和派耶茲抵達卡拉卡斯，受到人民熱烈歡迎。

二月五日：從卡拉卡斯再一次向波哥大議會提交請辭總統職位，並刻意強調他下決定的原因：「我帶著深深遺憾，一次、上千甚至上百萬次請辭共和國總統大位……」

三月十六日：和桑坦德徹底決裂：「別再寫信給我，因為我不想要回信，也不願意稱呼您為朋友。」

六月六日：哥倫比亞議會否決玻利瓦爾的請辭，要求他到波哥大宣誓。

七月五日：離開卡拉卡斯，前往波哥大。自此不曾再回到出生的城市。

九月十日：抵達波哥大，面對暗潮洶湧的政治反對浪潮，宣誓為共和國總統。

九月十一日：寫信給托馬斯．德赫爾斯：「昨日我來到這個首都，此刻已經就任總統。沒錯：要戰勝重重困難才能避開種種險惡。」

一八二八年——

四月十日：在舉辦《奧卡尼亞公約》會議時，抵達布卡拉曼加。這個公約清楚劃分了玻利瓦爾黨派和桑坦德黨派。玻利瓦爾在公約前抗議，「帕迪亞將軍在卡塔赫納意圖暗殺，卻受到從寬處置。」

六月九日：離開布卡拉曼加，前往委內瑞拉。他想住在托羅伯爵在阿腦克的別墅。

六月十一日：《奧卡尼亞公約》會議破局。

六月二十四日：改變計畫，返回受到民意支持的波哥大。

七月十五日：派耶茲在瓦倫西亞發表的公告稱玻利瓦爾為「十九世紀的不凡天才」，「為各位的福祉，他十八年來一再犧牲，要求自己竭盡所能：他放棄最高指導權上千次，但是迫於共和國當前的情勢不得不行使權力。」

八月二十七日：頒布專政組織法，對應《奧卡尼亞公約》會議樹立的敵意。玻利瓦爾廢除副總統職位，將桑坦德排除在政府之外。「解放者」派他擔任哥倫比亞駐美國大使。桑坦德接受派任，但是拖延出任時間。桑坦德遭剝奪職位可能是導致暗殺玻利瓦爾的原因。

九月二十一日：派耶茲承認玻利瓦爾為國家元首，並在大主教拉蒙．伊那西歐．梅德茲和卡拉卡斯主廣場上的群眾面前宣誓：「……我宣誓，服從、保護和貫徹頒布的法令，並視之為共和國法律。上天是我的宣誓的見證人，將會獎勵我實現諾言的忠誠。」

九月二十五日：玻利瓦爾在波哥大遭暗殺。瑪芮拉．沙耶茲救他一命。桑坦德也參與陰謀。烏爾達內塔擔任審判法官，判處桑坦德死刑。玻利瓦爾把死刑改成流放。

一八二九年——

一月一日：玻利瓦爾在普里菲卡松。他迫於情勢來到厄瓜多爾，因為秘魯占領瓜亞基爾，引發軍事衝突。

二月二十七日：蘇克雷在塔爾基戰役擊敗荷西．德拉馬爾帶領的秘魯入侵者。

七月二十一日：哥倫比亞收復瓜亞基爾。人民迎接解放者凱旋歸來。

九月十三日：寫信給奧利：「我們都知道，新格拉納達和委內瑞拉的聯合僅靠我的威權維持，這種威權現在或之後都可能失去，而這端看上天的旨意或人民的意願……」

九月十三日：派耶茲來信：「我下令發布公告，邀請所有市民和機關以正式和慎重的態度表達他們的意見。現在您可以合法懇求人民暢所欲言。委內瑞拉應該以共同利益為主，拋開顧忌，表明態度。以激烈手段說出真正的期盼，將能完成改革，實踐公共精神……」

十月二十日：返回基多。

十月二十九日：前往波哥大。

十二月五日：從波帕揚寫信給胡安．荷西．弗洛瑞斯：「蘇克雷將軍可能是我的繼承人，我們都可能會支持他；我會真心真意幫忙他。」

十二月十五日：向派耶茲表達絕不再接受共和國總統職位，如果議會選派耶茲當哥倫比亞總統，他會以自己的榮譽發誓，樂意為他效勞。

十二月十八日：直截了當否決哥倫比亞君主制計畫。

一八三〇年——

一月十五日：再次返回波哥大。

一月二十日：設立哥倫比亞議會。玻利瓦爾傳信提交他的辭呈。

一月二十七日：要求議會批准他前往委內瑞拉。哥倫比亞議會拒絕。

三月一日：交權讓位給政府委員會主席多明戈．卡塞多，退居富查河畔。

四月二十七日：致信給憲法大會，重申他請辭總統職位的決定。

五月四日：華金．莫斯克拉當選哥倫比亞總統。

五月八日：玻利瓦爾離開波哥大，走向他命運的最終站。

六月四日：蘇克雷在貝魯埃克斯山區遭殺害。七月一日玻利瓦爾在拉波帕修道院的丘陵下小屋獲悉不幸消息，悲痛欲絕。

九月五日：烏爾達內塔接任哥倫比亞政府領導權，但顯然缺乏公共權威。波哥大、卡塔赫納和新格拉納達的其他城市上演示威遊行和暴動，希望解放者重返權位。與此同時，烏爾達內塔在等待他的回應。

九月十八日：一聽說烏爾達內塔領導政府，玻利瓦爾立刻表示自願以平民和士兵身分捍衛共和國的完整性，他宣布將帶領兩千人前往波哥大支援現任政府；並拒絕大家欲拱他重返權位的請求，他解釋他會被視為侵占者，但是不排除在下次選舉，「以合法性出任的可能，或者會有一位新總統。」最後，他要求同胞團結起來支持烏爾達內塔的政府。

十月二日：在圖爾瓦科。

十月十五日：在索萊達。

十一月八日：在巴蘭幾亞。

十二月六日：前往聖佩德羅．亞歷山大的別墅，這是西班牙人華金．德米耶的產業。

十二月十日：口述遺囑和最後一則公告。醫生堅持要他懺悔和接受臨終聖禮，玻利瓦爾說：「這是什麼？……我病得太重，讓您不得不跟我提遺囑和懺悔？……我該怎麼離開這座迷宮！」

十二月十七日：病逝聖佩德羅．亞歷山大的別墅，身旁只有寥寥無幾的朋友。

國家圖書館出版品預行編目資料

迷宮中的將軍 / 加布列・賈西亞・馬奎斯作；葉淑吟譯. -- 初版. -- 臺北市：皇冠, 2022.01
面；公分. --（皇冠叢書；第5000種）(CLASSIC;114)
譯自：El general en su laberinto

ISBN 978-957-33-3838-3（平裝）

885.7357 110020570

皇冠叢書第5000種
CLASSIC 114

迷宮中的將軍

El general en su laberinto

作　　者—加布列・賈西亞・馬奎斯
譯　　者—葉淑吟
發 行 人—平雲
出版發行—皇冠文化出版有限公司
台北市敦化北路120巷50號
電話◎02-27168888
郵撥帳號◎15261516號
皇冠出版社(香港)有限公司
香港銅鑼灣道180號百樂商業中心
19字樓1903室
電話◎2529-1778　傳真◎2527-0904
總 編 輯—許婷婷
責任編輯—蔡維鋼
美術設計—王瓊瑤
著作完成日期—1989年
初版一刷日期—2022年01月

法律顧問—王惠光律師

讀者服務傳真專線◎02-27150507
電腦編號◎044114
ISBN◎978-957-33-3838-3
Printed in Taiwan
本書定價◎新台幣420元/港幣140元